BOOK HILL

मिथ्या

दीपक पराजुली

BOOK HILL

बुक-हिल पब्लिकेसन प्रा. लि.
कर्पोरेट तथा सम्पादकीय कार्यालय
सत्य-सदन ५३०/२० कालिका मार्ग,
का.म.न.पा.- २९, कालिकास्थान, काठमाडौं ।
पोस्ट बक्स नं. : ४९७४
फोन : +९७७-१-५९०४४०१/२
bookhillp@gmail.com
www.bookhill.com.np

आवरण
सचिन यगोल श्रेष्ठ

डिजाइन/लेआउट
उमेश काफ्ले

प्रथम संस्करण : भदौ, २०७८

ISBN : 978-9937-753-09-8

MITHYA BY DEEPAK PARAJULI

भाइरल

समय : मध्याह्न

स्थान : जगत्-मिथ्या

केटाकेटीहरू पोखरीमा मस्तसँग पौडिरहेका थिए । युवायुवतीहरू चौतारीको एक छेउमा बसेर चिसो बियरले आँत चिस्याउँदै थिए । त्यही चौतारीको अर्को छेउमा 'हीरालाई हीराले काट्छ, गर्मीलाई गर्मीले फाल्छ' भन्दै बुढाबुढीहरू तरतरी पसिना निकाल्दै तात्तातो चिया सुर्क्याइरहका थिए ।

एउटै चौतारीमा बसेका तिनको पुस्तामात्र होइन, सोच र शैली पनि फरक थियो । जस्तो, बुढाबुढीहरूको नजरमा भालुको मुतजस्तो बियरले मुखमात्रै तित्याउने युवायुवतीहरू बुद्धि नभएका 'बेबकुफ' थिए भने युवायुवतीहरूको नजरमा गोरूमुते चियाले मुखमात्रै डढाउने बुढाबुढीहरू पैसो चुहाउन भनेपछि मरिजाने 'चुतिया' थिए । पोखरीमा मस्तसँग जल-मगन केटाकेटीहरूको भने कसैमाथि कुनै टिप्पणी थिएन । उनीहरू आफ्नै दुनियाँमा मन-मगन थिए । बरू सबैको गुनासो थियो त केवल असह्य गर्मीसित ।

गुनासो मात्रै थियो भनेर पनि सुख पाइएन । अवस्था यस्तो आइदियो कि गर्मीलाई गुनासो हैन, सरापै हालेजस्तो भयो । मानौं, त्यही सरापको प्रतापले जगत्-मिथ्याको त्यो तमासा गर्मिलो मौसम अचानक परिवर्तन भएको हो । जो बिलकुल अप्रत्याशित थियो । अकल्पनीय थियो ।

आठै दिशाबाट एकाएक कालो बादलको थुप्रो हुइकँदै आयो । अनि पूरा आकाशलाई गम्लङ्गै ढाकिदियो । अघिसम्म भएभरको गर्मी फ्याँकेर जगत्लाई अत्याइरहेको चर्को घाम पनि बादलभित्रै बिलाइगयो । त्यसपछि त जतातत्तै अन्धकारै अन्धकार !

गड्याङगुडुङ... गड्याङगुडुङ... गड्याङगुडुङ... गड् याङ् गुड उङ् ! धरती थर्काउने गरी बादल गर्जन थाल्यो । जति गड्गडाए पनि पानी पर्छ झैं मात्र भयो । पर्न भने सकेन ।

चराचुरूङ्गीको चिरबिर-चिरबिर पनि च्याँ..च्याँ.. च्याँ..च्याँ...को अत्यासलाग्दो कोलाहलमा परिणत भएको थियो । मान्छेहरूको खैलाबैला हुने नै भयो । त्यसमाथि थपियो, कुकुरहरूको रूखो भुकाइ । झन् त्यसमाथि थपियो, सडकमा जोडतोडले गुडेका गाडीहरूको ट्याँट्याँ र टुँटुँ... !

सबथोक अकस्मात् भएको थियो । पोखरीमा मस्तसँग पौडिरहेका भुरा केटाकेटी हुन् वा चौतारीमा चिसो बियरले आँत चिस्याउँदै गरेका युवायुवती हुन् वा तात्तातो चियाले गर्मी काट्दै गरेका बुढाबुढी हुन्, सबैको मनमा भयले किला गाड्यो । मौसममा आएको त्यो अस्वभाविक परिवर्तनलाई उनीहरूले कुनै अनिष्टको सङ्केत ठाने ।

त्यसैले त कत्ति पनि ढिला नगरीकन मान्छेहरू आ-आफ्नो गन्तव्यतिर यसरी टाप कस्न थाले, मानौं प्रलयले उनीहरूलाई पछाडिबाट लखेटिरहेको छ । कुनै सम्भावित दुर्दशाको आशङ्काले उनीहरूलाई आ-आफ्नो गुँडतिर बेतोडसँग हुत्याइरहेको थियो ।

पक्कै कतै प्राविधिक गडबडी भएकाले हुनुपर्छ, अँध्यारो भएपछि आफैं बल्ने सडकका स्वचालित बत्तीहरू पनि एकछिन बलेर झ्याप्पै निभे । अँध्यारोमा बाटो पहिल्याउन गोजीमा मोबाइल हुनेले मोबाइलको लाइट बालेर दगुरे । कसैले टर्चलाइट बालेर दगुरे । कसैले लाइटर बालेर दगुरे । गोजीमा केही नभएका भुक्का बटुवाहरू यत्तिकै दगुरे । यसरी हेर्दाहेर्दै मध्याह्नको चलायमान बजार सुनसान रातमा परिणत भइदियो ।

म बजारमै थिएँ । हेर्दाहेर्दै बदलिएको मौसमको साक्षी बन्न छोडेर आफ्नो मोटरबाइक हुइँक्याएँ । अनि सीधै हेडक्वार्टरतिर हान्निएँ । हेडक्वार्टर पुगपछि मलाई जगत्-मिथ्याको मौसममा आएको अनौठो परिवर्तनको कारणबारे थाहा दिइयो, जो एउटा रहस्यमयी घटनासँग सम्बन्धित थियो । जुन घटनालाई

सविस्तार सुनाउनका निम्ति म यहाँ उभिएको छु। यद्यपि म कुनै अदालतको कठघरामा उभिएको भने होइन।

परिचयको आवश्यकता छ भने मरो नाम सापेक्ष हो। र म जगत्-मिथ्याका लागि नेपाल हेर्ने सरकारी एजेन्ट हुँ। मैले सरकारी तेल खान थालेको एक दशक भयो। तर यो पदमा भने म हालसालै नियुक्त भएको हुँ। त्यसैले मलाई नेपालका बारेमा त्यति जानकारी छैन। जति हुनुपर्ने हो।

तपाईं सुन्न तयार हुनुभएको हो भने म सुनाउँदै छु। यस्तो दुःखद घटना, जसलाई आमजनताले थाहा पाउन अखबार, टिभी वा रेडियोको समाचार केही पनि कुर्न परेन। दुनियाँभर कुनै खुङ्खार शिकारीले थापेका जालजस्ता लाग्ने सामाजिक सञ्जालहरूमा यो घटना भाइरल बनेर आइदियो। तर तपाईंमात्र एक यस्तो व्यक्ति हुनुहुन्छ, जसलाई यो घटनाका बारेमा अहिलेसम्म अत्तोपत्तो केही थाहा छैन। छ त ? छैन नि !

भाइरल भइसकेको भनिएको घटनाका बारेमा तपाईंलाई अहिलेसम्म थाहा नहुनु ? ओहो, यो कस्तो विडम्बना ! आखिरीमा यो घटना थाहा पाउनकै लागि तपाईंले एउटा सिङ्गै किताब पढ्नुपरेको छ। यसका लागि मलाई क्षमा गरिदिनुहोस्।

घटनाको बारेमा केही कुरा भन्नुअघि म यहाँ एउटा यस्तो तथ्य सार्वजनिक गर्दै छु, जो लिखित दस्तावेजको रूपमा मलाई प्राप्त भएको हो। घटनाको अन्तर्यलाई राम्रोसँग बुझ्न यो दस्तावेज काम लाग्न सक्ला भनेर यहाँ प्रस्तुत गरिएको छ। कतिपय अवस्थामा दस्तावेजमा प्रस्तुत तथ्यहरू घटनाको मूल विषयवस्तुसँग सान्दर्भिक हुन पनि सक्छन्, नहुन पनि सक्छन्। त्यसको छिनोफानो गर्ने जिम्मा म तपाईंहरूलाई नै दिन्छु।

दस्तावेज नं १

"परदेशमा गएर सुँगुरझैं मोटाउनुभन्दा कुवाको भ्यागुतो भएर घरदेशमा बस्नु नै ठीक हो भन्ठानें ।"

- मोहदत्त

कथा भन्ने मौका

"सरजी ! मेरो नाम मोहदत्त हो । नाम जेजस्तो भए पनि मान्छेचैं म अच्छाखास्सा छु । जेलिएको धागोजस्तो यो जटिल संसारमा मजत्तिको सीधा सरल मान्छे पाउनु दुर्लभ छ । म मिथ्या-कथा लेख्न चाहन्छु । मलाई यसमा असाध्य रूचि पनि छ । म जगत्-मिथ्याको रैथाने बासिन्दा हुँ । मेरो जरोकिलो यहीं गाडीएको छ ।

म जन्मेको यहीं हो । हुर्केको पनि यहीं हो । त्यतिमात्र होइन, मेरै पुर्खाका पाइला र पौरखले यो भूमि सर्वप्रथम आवाद भएको हो । जतिखेर जगत्-मिथ्या एउटा बञ्जर प्रदेशमात्र थियो । यदि कुनै प्रयोगशालामा लगेर यहाँको माटो परीक्षण गरियो भने त्यहाँ मेरा पूर्वजहरूले बगाएको रगत, पसिना र आँसुको अंश जरूर भेटिनेछ । त्यस हिसाबले म यहाँको आदिवासी हुँ । यहाँबाट भागेर अन्त कतै जाने ठाउँ पनि छैन मेरो । मिथ्या-कथा लेख्न सकिनँ भनेर भाग्ने पनि छैन । कृपा गरेर मलाई एक मौका दिनुहोस् !"

यसरी मोहदत्तले सरकारी हाकिम श्री कुम्भोदरसमक्ष जुम्लाहात पसारेर गिडगिडाउँदै याचना गऱ्यो । सँगसँगै हाकिमलाई खुशी पार्न भनी एक बिडा स्पेशल पान पनि टकाऱ्यो, जुन पान उसले जगियालालको दुकानबाट प्रचलित दररेटभन्दा दोब्बर पैसा भुक्तानी दिएर खरिद गरेको थियो ।

हुलियाको कुरा गर्नुहुन्छ भने मोहदत्त भर्खर कुनै कोइलाखानीबाट काम सकेर फर्किएको मजदुरजस्तो देखिन्थ्यो, जो न्यून ज्यालामा काम गर्न बाध्य छ । त्यो देखेर हाकिमले पनि ठान्यो होला सायद, योभन्दा बढी गर्न सक्ने उसको हैसियत नै छैन ! उसले जे सक्यो, त्यही गऱ्यो ।

श्री कुम्भोदर सरकारी स्वामित्वको एकमात्र प्रकाशन गृह 'मिथ्या-प्रकाशन लिमिटेड'को शक्तिशाली हाकिम थियो । ऊ असाध्यै कडा मिजासको थियो । असाध्यै अहङ्कारी पनि थियो । सदाकाल घमण्डले गमक्क फुलेर बस्दथ्यो । मान्छेलाई मान्छे गन्दैनथ्यो । जो कोहीलाई 'तँ' भनेरै सम्बोधन गर्दथ्यो । कवि भनेपछि त झन् यति तुच्छ व्यवहार गर्दथ्यो, कुरै नगरम !

उसको उत्पीडनको शिकार नबनेको कवि जगत्-मिथ्यामा सायदै कोही थियो होला । उसको विरूद्धमा शिकायत गर्नेहरूमा सबैभन्दा बढी त कविहरू नै थिए । नाथे शिकायतले केही नाप्न सकेको थिएन । प्रशासनको जरादेखि टुप्पोसम्म हाकिमको जबर्जस्त प्रभाव थियो । उसका विरूद्ध पर्ने शिकायतका फाइलहरू अड्डाभित्र ठडिएका कफिनजस्ता दराजहरूमा कहिल्यै नब्युँतने गरी दफ्नाइन्थे । एक प्रकारले भन्ने हो भने हाकिमको रौं उखाल्न सक्ने कोही माइकालाल जगत्-मिथ्यामा त्यो मितिसम्म जन्मेकै थिएन ।

सरकारले पनि यस्तै टटरो हाकिमलाई मिथ्या-प्रकाशन लिमिटेडजस्तो गरिमामय संस्थामा नियुक्त गरेको थियो । ऊ कतिसम्म टटरो थियो भन्ने कुरा अब धेरै नभनूँ होला । एकै वाक्यमा भन्नुपर्दा ऊ 'एब्सुल्युट्ली रङ म्यान इन द राइट प्लेस' थियो । सायद, मिथ्या-सरकारको नीति नै यस्तो थियो कि ? अब त्यो कुरा दैवले जाने जानून्, नजाने नजानून् !

हाकिम घुम्ने मेचमाथि सानसँग बिराजमान थियो । मानौं, इन्द्रको आसन भनेको त्यही हो । यो दुनियाँकै मानक अभिमानी हाकिमले मोहदत्तले दिएको पान स्वीकार गऱ्यो र मुखमा दाग्यो ।

धन्न प्रभो ! त्यति चैं गऱ्यो... !

मोहदत्तले यसलाई शुभ-सङ्केतको रूपमा लियो । आधा युद्ध त अहिल्यै जितेझैं भयो उसलाई । जब कि जीवनका अनेक मोर्चाहरूमा नराम्रोसँग हारेको सिपाहीजस्तो देखिन्थ्यो ऊ । के साँच्चै नै उसलाई आज 'लक' लाग्ला त ? भाग्यले उसको भाग जुराउला त ? यो प्रश्नको उत्तर दिने समय अझै घर्किसकेको थिएन ।

मोहदत्तको याचित अनुहारलाई तुच्छतापूर्वक ताकिरहेको हाकिम श्री कुम्भोदरले पान चपाउँदै थुकदानीमा एकफेर पिच्च थुक्यो अनि आफ्नो

निजी जुँगामा मस्तसँग ताउ लगाउँदै भन्यो, "के काम गर्छस् तँ ? तेरो अरू ब्याकग्राउन्ड पनि भन्... !"

हाकिमको हुकुमलाई शिरोपर गर्दै बडो अदबका साथ मोहदत्तले आफ्नो काम र पृष्ठभूमिको बारेमा भन्न शुरू गऱ्यो, "सरजी ! म जगत्-मिथ्याको एक भूतपूर्व कवि हुँ । तपाईंलाई थाहै छ... !"

बीचैमा कुरा काटेर हाकिम श्री कुम्भोदर कड्कियो, "तपाईं होइन, हजुर भन् !" आफ्नो मान-मर्यादाको मामिलामा हाकिम कसैसँग सम्झौता गर्न चाहँदैनथ्यो । झन् कवि भन्ने थाहा पाएपछि ऊ यसरी कड्किनु स्वभाविकै थियो । धन्न कड्कियो मात्र भन्नुस् । हातपात गरेन । यसैमा सन्तोष मान्नुपर्छ ।

त्यत्तिमै साँढेले हिर्काएको पाठोझैं बिच्कियो, मोहदत्त । थत्तेरी ! कास्टिङमै उसको 'लक' फासफुस हुने हो कि क्या हो ? तर जसतसो उसले आफ्नो जिब्रोलाई सम्हाल्यो र भूल सुधार गर्दै पुनः भन्न थाल्यो, "माफ गर्नुहोला, सरजी... ! हाड नभएको जिब्रोले धोका दियो । हजुरलाई थाहै छ, जगत्-मिथ्याको सरकारले कविहरूलाई स्वतन्त्र रचना गर्नबाट बन्देज गरको छ । कविहरूले सिर्फ अरूलाई गाली गरेको, सरापेको, खोइरो खनेको अनि कुण्ठा, आक्रोश, डाहा, ईर्ष्या, अभिमान, रोग, भोक र शोकले ग्रस्त गाली-कविताहरू मात्र रचना गर्न सक्दछन् । बुद्धपुरूष र कविमा सिर्फ एकडिग्रीको मात्र फरक हुन्छ भन्ने कुरा सुन्नमा आएपछि कविहरूले पनि सत्यको साक्षत्कार गर्न सक्ने सम्भावना टड्कारो देखिएकोले मिथ्या-सरकारले यस्तो व्यवस्था गरिदियो ।

कविहरूले रचेका गाली-कविताहरू बक्नका लागि मिथ्या-सरकारले गालीअड्डाको व्यवस्था गरेको कुरा तपाईं... माफ गर्नुहोला (थैत्, झन्डै चिप्लेको फेरि...) हजुरलाई विदितै छ । जहाँ कविहरूले आफ्नो गाली कविता सरकारी अधिकारीहरूसमक्ष सुनाउनुपर्दछ र त्यसलाई यहाँको राष्ट्रिय टेलिभिजन र रेडियोले प्रत्यक्ष प्रसारण गर्छन् ।

म पनि भयानकभन्दा भयानक गाली-कविताहरूको रचना गरेर सरकारी गालीअड्डामा गई बक्ने काम गर्थें । गाली-कविताका लागि सरकारले दिने पारिश्रमिकबाट मेरो गुजारा राम्रैसँग चलिरहेको थियो ।

सरकारले गत आर्थिक वर्षदेखि कविहरूको पारिश्रमिकमा भारी कटौती गरेको कुरा हजुरलाई थाहै छ । पछिल्ला दिनहरूमा कविहरूले बकेका गाली-कवितामा क्रोध, कुण्ठा, आक्रोशादि तामसिक तत्वमा ह्रास आएको हुनाले सरकारले यस्तो कठोर निर्णय गऱ्यो । हामी कविहरूको निम्ति यो एउटा जघन्य र उत्तिकै पाशविक निर्णय थियो ।

यो निर्णयले गर्दा अब गाली-कविता लेखेर दुई थाल भात जुटाउनसमेत धौधौ हुन थाल्यो । खान नपाएर भोकभोकै मरिने पो हो कि भन्ने डर भयो ।

मिथ्यामार्टमा गएर मनपसन्दको भ्रमको पोका किन्ने मेरो ठूलै धोको थियो । तर, हामीजस्ता भुक्काहरूका लागि त्यो भ्रमको पोको 'आर्का हातको माल, चुहाएर बस् ऱ्याल' भनेझैं भयो । यो जुनीमा कसैगरी नसकिने भो सरजी !

मैले कतै सुनेको थिएँ, उता नेपालमा त नारा-कविता एकदम चल्छ रे ! आ-आफ्नो राजनीतिक पार्टीको आस्थाअनुसारको नारा-कविता लेख्नमा पोख्त भएपछि प्रज्ञाप्रतिष्ठानको प्राज्ञ बनाएर राम्रै भत्ता-सुविधा पनि दिन्छन् रे ! एकमन त त्यतै गएर नारा-कविताको खेती गरौं कि भनेर नसोचेको पनि हैन । तर पुस्तौंदेखि बसेको आफ्नो थातथलोलाई चटक्कै छोड्न नसकेर म यहीं थन्किएको छु । परदेशमा गएर सुँगुरझैं मोटाउनुभन्दा, कुवाको भ्याकुतो भएर घरदेशमा बस्नु नै ठीक हो भन्ठानें । यसर्थ मेरो देशभक्तिमाथि पटक्कै शङ्का नगरियोस् भन्न चाहन्छु ।

सरजी ! हजुरसँग के कुरा लुकाउनु र ! म त्यो कुरा पनि खोलिदिन्छु, जो मेरो निजी जीवनसँग सम्बन्धित छ ।

मेरी श्रीमतीले प्रेम-कविता लेखिदेऊ भनेर मलाई पटक-पटक अनुरोध गर्थी । गाली-कविताबाहेक अरू कविता लेख्नु भनेको गैर-कानूनी कुरा हो । त्यस्तो प्रेम-कविता लेखेको सरकारले थाहा पायो भने आजीवन झ्यालखानामा जाक्छ भनेर उसलाई कति सम्झाउँथे । तर जति सम्झाए पनि ऊ मान्दै मान्दिनथी ।

जेल जानु परे पनि जाउँला । के छ र ! एकबारको जुनीमा प्रेम-कविता नसुनी त मलाई कालले पनि लैजान्न भन्थी । साह्रै नै जिद्दी थिई मेरी श्रीमती । उसको दिनहुँको कचकचले मेरो गिदी खाइरहेको थियो । गर्न पनि अति नै गरेकी थिई त्यसले ।

लौ त अपराधै सही, भन्दै मैले अरूले थाहा नपाउने गरी प्रेम-कविता लेख्ने प्रयास नगरेको पनि हैन । तर गाली-कविता रचना गर्ने चक्करमा मेरो सिर्जनशीलता एकाङ्गी भइसकेको रहेछ । जति प्रयास गर्दा पनि मैले आफ्नी श्रीमतीका लागि एउटा पनि प्रेम-कविता रच्न सकिनँ ।

यही कुरालाई लिएर हाम्रो बीचमा बारम्बार झगडा हुने गर्थ्यो । परालको आगो होइन, वनको डढेलोझैं बढ्दै गयो हाम्रो झगडा । र अन्ततः एक दिन श्रीमतीले मलाई डिभोर्स दिई । त्यसैको झोंकमा मैले पनि नाथे गाली-कवितालाई डिभोर्स दिएको हुँ ।

हुन त श्रीमतीको चालचलनका बारेमा मलाई धेरथोर ज्ञात भइसकेको थियो । मबाट प्रेमिल कविता लेखिने छाँटकाँट नदेखिएपछि उसले आफ्नो बाटो मोडेकी हो । उसले त्यसरी फनक्क बाटो मोडेपछि मेरो ज़िन्दगी पनि भीरबाट गुल्टिएको गाडीजस्तै उत्तानटाङ लागेको हो ।

पछिल्ला दिनमा ऊ एउटा केटासँग सल्किएकी थिई । त्यो केटोले गोप्यरूपमा मेरी श्रीमतीका लागि प्रेम कविताहरू लेख्थ्यो र सुनाउँथ्यो । एकपटक मैले श्रीमतीको झोलाबाट केही थान प्रेम-कविता रङ्गेहात पक्रिएको पनि हुँ, जो गुलाबी रङको कागजमा हरियो रङको मसीले लेखिएका थिए ।

तिनै कविता सुनाएर उसले मेरी श्रीमतीलाई आफ्नो मायाजालमा फसायो । कुरा कसो हो भने, प्रेम-कविता सुनाउने नाममा त्यसले मेरी श्रीमतीलाई शहरको सीमान्त क्षेत्रका गोप्य कुनाकाप्चा एवम् सुनसान खण्डहरतिर लैजान्थ्यो, जहाँ सरकारी सुरक्षाकर्मी तथा जासुसहरूको उपस्थिति एकदम कमजोर हुन्थ्यो ।

बडो अफसोसका साथ भन्नुपरेको छ सरजी, त्यस्तो ठाउँमा लगेर उसले मेरी श्रीमतीबाट यौनिक फाइदासमेत उठाउने गर्थ्यो । एकपटक मात्र होइन, पटकपटक... ! यसरी मेरी श्रीमती त्यही केटोको प्रेम-कविताको फन्दामा परी र मलाई सदासदाका लागि छाडेर गई ।

मेरी श्रीमतीलाई भगाउने त्यो केटो देखेर मलाई उठ्नुसम्म रिस उठेको हो । अवैधानिकरूपमा प्रेम-कविता रचेको र सुनाउने गरेको कसूरमा त्यो केटोका विरूद्ध मैले मिथ्या-प्रहरी प्रशासनमा गई किटानी जाहेरी पनि दर्ता गराएकै हुँ । प्रमाणको रूपमा गुलाबी रङको कागजमा हरियो रङको मसीले

लेखेको कविता पनि बुझाएकै हुँ सरजी ! नियमले त त्यो केटो अहिले झ्यालखानाको खोले पिएर बस्नुपर्ने हो तर खै, अहिलेसम्म त्यो केटो पक्राउ परेको कुरासमेत जानकारीमा आएको छैन । मलाई के लाग्छ भने उनीहरू यो देश छोडेर अन्तै भागिसके । सरकारले पनि अन्तर्राष्ट्रिय पहुँच बढाए हुने हो ।

सरकारी स्वामित्वको मिथ्या-प्रकाशन लिमिटेडले अब उप्रान्त मिथ्या-कथा छापेर जनतामा पुऱ्याउने र सोका लागि एउटा तगडा मिथ्या-कथा-लेखकको खोजी गरेको कुरा थाहा पाएर म पनि लेख्न सक्छु भन्ने विश्वासका साथ हजुरसमक्ष बिन्ती गर्न आएको छु । सरजी, मेरो ब्याकग्राउन्ड भने पनि, जे भने पनि कुरा यत्ति हो । म मिथ्या-कथा लेख्न चाहन्छु । प्लिज, मलाई एक चानस दिनुस् !"

मोहदत्तको ब्याकग्राउन्ड स्टोरी सुनेपछि हाकिम श्री कुम्भोदरले लामो श्वास फेर्दै आफ्नो थसुल्ले ज्यानलाई तनक्क तन्कायो । उसले चपाउँदै गरेको पान निखिने क्रममा थियो । क्षुद्र वचन बोल्ने उसको थुतुनोलाई पानले पूरै लाल बनाइदिएको थियो ।

आफ्नो बायाँ हात भुँडीमाथि राखेर डुलाउँदै हाकिमले अन्तिम चरण थुक्यो र सोध्यो, "पहिले गाली-कविता लेख्ने गऱ्या रैछस् । गाली-कवितामा त तेरो राम्रै दख्खल होला तर यहाँ मिथ्या-कथा लेख्नुपर्ने कुरो छ । तँसँग मिथ्या-कथा लेखनको कुनै अनुभव छ ?"

"अब हजुरले पनि कस्तो कुरा गर्नुभएको ? मिथ्या-कथा लेखनको अनुभव त यो जगत्-मिथ्यामा कुन माइकालालसँग होला र ! आजसम्म सरकारले त्यस्तो कथा लेख्ने अनुमति कसैलाई दिएकै छैन । भन्ने नै हो भने जगत्-मिथ्याका हरेक मान्छेको मनमा एउटा न एउटा मिथ्या-कथाचैं पक्कै छ । सिर्फ त्यसलाई निकालेर बाहिर ल्याउने तरक्की हुनुपर्छ । सरजी, त्यो तरक्की मसँग छ ।"

"तँ नाथेजस्ता अरू मनुवाहरूले पनि लेख्छु भन्या छन् । अझ मिथ्या-सरकारले स्वदेशीलाई भन्दा विदेशी लेखकलाई प्राथमिकता दिने भनेको थियो । एउटा लेख्न सक्ने विदेशी मनुवा पनि फेला परेको थियो । तर त्यो मूला मनुवा

जे लेख्छु, सत्य लेख्छु पो भन्दो रैछ । जगत्-मिथ्यामा सत्यलाई निषेध छ भन्ने कुरा गतिलै गरी बुझाएपछि लास्टमा आएर जाबो एउटा मिथ्या-कथा पनि लेख्न नसकेर भागेर गयो त्यो । अब विदेशी लेखक पाउने सम्भावना नभएपछि स्वदेशी मनुवालाई नै यो जिम्मा दिने भनेको छ सरकारले । अब तँ भाते पनि आफ्नो दावेदारी प्रस्तुत गर्न आएको छस् । लौ, सुना न त एउटा मिथ्या-कथा ! मन परे तँलाई नै दिउँला नि त कथा लेख्ने चानस !"

हाकिम श्री कुम्भोदरको कुराले मोहदत्त उत्साहित नहुने कुरै थिएन । अब त उसले पूरै युद्ध जित्न लागेको महसुस गऱ्यो । "लेख्ने चानस देला-नदेला तर कथा सुनाउने चानस त दियो" भन्ठानेर ऊ पूरै रोमान्चित भयो । अनि सुकेको ज्यानबाट लुकेको जोश निकालेर मिथ्या-कथा सुनाउन थाल्यो :

मुर्दाराज

यो दुनियाँभित्र पनि अनेक दुनियाँ छन् । ती अनेक दुनियाँमध्येको एक यस्तो दुनियाँको कथा म भन्न गइरहेको छु, जुन दुनियाँमा वास्तवमै मरेका मान्छेहरू शासक र जिउँदा मान्छेहरू शासित थिए भन्नुपर्छ किनभने जिउँदाहरूसँग त्यति अधिकार थिएन, जति अधिकार मरेकाहरूले भोगचलन गर्दथे।

हुन त त्यहाँको संविधान पनि संविधानसभाको निर्वाचन भई सो सभाको नब्बे प्रतिशत बहुमतले जारी गरेको थियो । तर संविधानका सबै धाराहरू निर्वाचित जिउँदा सभासदहरूले आफ्नो न्यायिक विवेक प्रयोग गरेर लेखेका थिएनन् । बरू मरेका मान्छेहरूको महान्वाणीहरूलाई सँगालेर त्यहाँको संविधान तयार पारिएको थियो । त्यसैले त्यो संविधानलाई फगत् मुर्दासंविधान र त्यहाँको शासनव्यवस्थालाई मुर्दाराज भनिदिंदा केही फरक पर्दैनथ्यो ।

हजुरलाई थाहा नहुन सक्ला तर मलाई पूरापूर थाहा छ कि त्यो दुनियाँका मान्छेहरू जिउँदो हुँदासम्म कहिल्यै कसैको सम्मान गर्ने, उनीहरूको व्यक्तित्व र विचारको कदर गर्ने काम किन्चित गर्दैनथे । जब कोही मर्थ्यो, त्यसपछि उनीहरूले त्यो मरेको मान्छेको सालिक बनाउँथे । मूर्ति बनाउँथे । मन्दिर बनाउँथे अनि पुज्ने काम गर्दथे । त्यो मरेको मान्छेले जिउँदो हुँदा के-कसो भन्ने गर्थ्यो ? उसले के-कस्ता विचारहरू प्रकट गर्ने गर्थ्यो ? मृतकले आफू जिउँदो हुँदा कुनै कविता वा दैनिकी पो लेख्ने गर्थ्यो कि ? आदि-इत्यादि कुराहरू मृतकको परिवार, इष्टमित्र र आफन्तजनसँग सोधपुछ गरी आवश्यक जानकारी सङ्कलन गरिन्थ्यो । त्यसपछि मृतकको भनाइलाई त्यहाँको संविधानमा आबद्ध गर्ने काम पनि हुन्थ्यो ।

स्वर्गीय हुन् या नर्कीय, ठूलाबडा, कुलीनहरूको भनाइ संविधानका मौलिक हक बराबर थिए भने सामान्य, गरिब र सीमान्तकृतहरूको भनाइचैं राज्यको नीति-निर्देशक सिद्धान्तमा समेटिएका हुन्थे । मरेका मान्छेहरूको विचारलाई लिएर पनि यस किसिमको संवैधानिक भेदभाव थियो त्यहाँ ।

त्यति मात्र कहाँ हो र ? मरेका कुलीनहरूको सालिक र मन्दिरले शहरका मुख्य चोक, विख्यात पार्कहरू ओगट्न पाउँथे भने सामान्यजन गरिबगुरूवाहरूको सालिक वा मन्दिर शहरदेखि पर निर्जन जङ्गलहरूमा राखिने गरिन्थ्यो । कति जिउँदाहरूका लागि बस्ने एउटा छाप्रोसमेत थिएन । उनीहरू खुला आकाश र अँध्यारा ओडारहरूमा मरिरहेका हुन्थे भने मरेका कुलीनहरू सुनको गजुरमुनि भव्य सालिक बनेर सानसँग बाँचिरहेका हुन्थे । मुर्दाराजमा यस्तो भेदभावयुक्त चलन उहिलेदेखि नै चलिआएको थियो ।

अरू दुनियाँ र मुर्दाराजको शब्दकोशमा वर्णानुक्रमानुसार कैद शब्दहरूको अर्थमा व्यापक भिन्नता पाइन्थ्यो । जस्तो उदाहरणका लागि मुर्दाशब्दकोशमा 'साहित्यकार' शब्दको अर्थ यसप्रकार थियो- 'जीवन र जगत्का व्यवहारिक एवम् भावनात्मक विषयका बारेमा शाब्दिक रचना गरेको दिवङ्गत व्यक्ति ।'

कुरा प्रष्ट थियो, कुनै साहित्यिक स्रष्टा मरेपछि मात्र त्यहाँ साहित्यकार कहलिन सक्थ्यो । त्यहाँ समीक्षकहरू पनि थिए । जसले तिनै दिवङ्गत स्रष्टा याने मुर्दाराजका साहित्यकारले लेखेको कृतिमाथि समीक्षा गर्दथे । समीक्षाको अर्थ हुन्थ्यो, कुनै पनि साहित्यकारको रचनालाई बढाइँचढाइँ गरेर महिमा गाउनु । विपुल प्रशंसा गर्नु । बस् त्यति मात्रै । साहित्यमाथि आलोचना वा नकारात्मक टिप्पणी गर्न बन्देज थियो । त्यस्तो गर्नु त्यहाँको धर्मविरोधी काम मात्र हुन्थेन, घोर पाप र जघन्य अपराध नै ठहर्थ्यो ।

जिउँदो हुँदा मान्छेले जेसुकै भने पनि मरेपछि उसको विचार अमर हुन्छ भन्ने त्यहाँको प्राचीन एवम् दृढ मान्यता थियो । त्यस्तो मान्यताको जालोमा नजाने कयौं जुगदेखि फसिरहेको थियो मुर्दाराज ।

तर, कालान्तरमा उनीहरूको त्यो चट्टानी मान्यतामाथि एउटा अनिष्ट देखा पऱ्यो । मुर्दाराजमा त्यस्तो अनिष्ट पैदा गर्ने अरू कोही नभएर एक युवा थियो, जसको नाम थियो बर्बरीक ।

मैले त्यो बर्बरीकको कुरा गर्दै छैन, जो महाभारतकालीन पाँच पाण्डवमध्येको एक भीमको पुत्र घटोत्कच र नागकन्या अहिलवतीको पुत्र थियो । जो बालककालमै वीर र महान् योद्धा थियो । जो आफ्नो नीलो घोडा चढेर केवल तीनवटा वाण र एउटा धनुष साथमा लिई कुरुक्षेको रणभूमितर्फ लम्किएको थियो । कुरूक्षेत्रको युद्धमा जो हार्छ, उसैको पक्ष लिई लडाइँ गर्छु भनेर जसले आफ्नी आमालाई वचन दिएको थियो । जसलाई कुरूक्षेत्रको युद्धमा भाग लिनबाट वन्चित गराउने पाशविक प्रपञ्च श्रीकृष्णले रचे र छलपूर्वक जसको शिर काटियो । त्यही काटिएको शिरले कुरूक्षेत्रको महासङ्ग्रामलाई साक्षी भएर हेरेको थियो । कसको बलले महासङ्ग्राममा विजयी भइयो भन्ने पाँचभाइ पाण्डवका बीचमा भएको विवादमा जसले यस्तो कुरा सुनाएको थियो, "युद्धमा मैले कृष्णको सुदर्शन चक्रले सबैलाई काटिरहेको र महाकालीले रगत थाप्दै पिइरहेको बाहेक अरू केही पनि देखिनँ ।"

त्यो महाभारतको बर्बरीक थियो भने यो मुर्दाराजको बर्बरीक थियो । जसको बारेमा म तपाईंलाई भन्न गइरहेको छु । आज्ञा दिनुहोस् !

मुर्दाराजको बर्बरीक को थियो ? कहाँबाट आयो ? उसका बाआमा को थिए ? उसको उचाइ र तौल कति थियो ? के ऊ आकर्षक थियो ? उसको पहिरन कस्तो थियो ? आदि-इत्यादि कुरालाई लिएर म कुनै टिकाटिप्पणी गर्न चाहन्नँ किनभने बर्बरीक के थियो र कस्तो थियो भन्नु भन्दा बर्बरीकले के गऱ्यो भन्ने कुरा महत्त्वपूर्ण हो ।

निश्चय नै बर्बरीक एउटा महत्त्वपूर्ण विचार लिएर मुर्दाराजमा आएको थियो । उसले मुर्दाराजका मानिसहरूमाझमा आफ्नो विचार यसरी प्रकट गऱ्यो :

"हे मेरा प्रिय बन्धुहरू ! तपाईंहरू बिउँझनुहोस् ! तपाईंहरू चीर निद्रामा हुनुहुन्छ । मरेका मान्छेहरूको सालिक ठडाएर, मरेका मान्छेहरूका मन्दिर र मूर्ति बनाएर तपाईंहरूले आफ्नो जिउँदो जीवनको अपमान गरिरहनुभएको

छ । तपाईंहरूले आफ्नै आत्माको अपमान गरिरहनुभएको छ । आफ्नो आत्माको अपमानभन्दा ठूलो अपराध संसारमा अरू केही हुन सक्दैन । तपाईंहरू यसप्रकारको जघन्य अपराधबाट मुक्त हुनुहोस् ! यो घोर पापबाट मुक्त हुनुहोस् ! बडो दुःखको कुरा हो, मरेका मान्छेहरूको विचारले तपाईं सबै जिउँदाहरूलाई दास बनाएको छ ।"

बर्बरीकको भनाइलाई मुर्दाराजका मानिसहरूले अचम्म मान्दै सुनिरहेका थिए । उनीहरूले बर्बरीकको कुरा कति बुझे, कति बुझेनन्, त्यसको कुनै हेक्का भएन । तर, एउटा कुराचैं के पक्का हो भने उनीहरूले आजसम्म यस्तो अचम्मको कुरा कसैको मुखबाट पनि सुनेका थिएनन् । बर्बरीकको कुरा उनीहरूका लागि बिलकुल नयाँ थियो । उनीहरूले आजसम्म सपनामा पनि चिताउन नसकेको कुरा विपनामा गर्दै थियो बर्बरीक :

"भत्काउनुहोस् यी मरेका मान्छेका सालिकहरू !

भत्काउनुहोस् यी मुर्दा मन्दिरहरू !

जलाउनुहोस् मुर्दा संविधान !

जलाइदिनुहोस् मुर्दा इतिहास !

त्याग्नुहोस् मरेका मान्छेहरूको मुर्दा विचारहरूलाई !

स्वयम् विचार गर्नुहोस् ! आफ्नै जिउँदो विचारमा बाँच्नुहोस् !"

बर्बरीकको विचारले मुर्दाराजका मानिसहरूमा एउटा भयानक हलचल पैदा भयो । मानिसहरू अज्ञात भय र त्रासले यसरी हलचलाउन थाले, मानौं अब केही बेरमै प्रलयको आरम्भ हुँदै छ ।

बर्बरीकले बोल्दाबोल्दै र हेर्दाहेर्दै उसलाई सुनिरहेका मानिसहरू तितरबितर हुन थाले । वरपरका घरहरूका झ्याल–ढोका बन्द हुन थाले । खुला पसलका सटरहरू पनि घ्यारघ्यार्ती तानिएर बन्द हुन थाले । सडकमा गुडिरहेका मोटरहरूको चाल पनि तीब्र हुँदै गयो र अन्ततः कता हो कता अलप भएर गए । त्यसैगरी सबै मानिसहरू एकएक गर्दै अलप भए ।

बर्बरीकले देख्दादेख्दै यस्तो भएको थियो । हो, उसले देख्दादेख्दै मुर्दाराज कडा कर्फ्यु लगाएजस्तो सुनसान क्षेत्रमा परिणत भयो । मुर्दाराजमा मुर्दाशान्ति छायो । मुर्दाराजमा बर्बरीकले आफूलाई एक्लो पायो ।

मानिसहरू घरभित्रै गुपचुप भए । गुपचुप अवस्थामै रहेको बेला एउटा घरभित्र बसेका बाबु र छोरीबीचमा यस्तो कुराकानी चल्यो :

छोरी : बाबा, त्यो मान्छे को हो ?

बाबु : छोरी, त्यो मान्छे होइन, मान्छेको नाममा कलङ्क हो । त्यो पापी हो ।

छोरी : त्यसले के पाप गऱ्यो र बाबा ?

बाबु : त्यसले हाम्रो धर्म, परम्परा र संविधानको विरोध गऱ्यो । त्यसले सालिक भत्काउनुपर्छ भन्यो । मन्दिर भत्काउनुपर्छ भन्यो । त्यसले हाम्रो संविधान र इतिहास जलाउने कुरा गऱ्यो । त्यो मुर्दाराजद्रोही हो । त्यो अपराधी हो । पापी हो ।

छोरी : बाबा, अब के हुन्छ ?

बाबु : अब त्यो मान्छेलाई कडाभन्दा कडा सजाय मिल्छ । निश्चय नै मृत्युदण्ड !

बाबुले झूट बोलेको थिएन । मरेका मान्छेहरूको सालिक र मन्दिरले पूरै देश आवाद गरोस् । बरू जिउँदाले सास फेर्ने पनि ठाउँ नपाऊन् । तर सालिक र मन्दिरलाई भत्काउन त परै जाओस्, कोट्याउनेलाई समेत मृत्युदण्डको व्यवस्था थियो त्यहाँ ।

शहरका बाटा अनि चोकहरूमा अव्यवस्थित र उस्तै भद्दा तरिकाले ठड्याइएका सालिकहरूको कारण त्यहाँ सडक दुर्घटना बढ्दो थियो । कैयन सवारहरूले सालिकमा ठोक्किएर ज्यान गुमाइसकेका थिए । कयौं घाइते र अपाङ्ग पनि भइसकेका थिए । तर, सरकारी तबरबाट भने त्यस्तो दुर्घटना कम गर्ने कुनै प्रयास भएको थिएन किनभने सालिकमा ठोक्किएर ज्यान गुमाउनहरू भाग्यमानी हुन्छन् । ती सोझै स्वर्ग पुग्छन् । उनीहरूले स्वर्गमा उच्चकोटीको पद प्राप्त गर्दछन् । र देवीदेउताहरूबाट पनि ठूलो सम्मान पाउँछन् । अन्ततः मोक्ष पनि प्राप्त गर्छन् भन्ने त्यहाँको पुरातन मान्यता थियो ।

यसै सिलसिलामा अर्को एक घरभित्र रहेका दाइ र भाइको बीचमा यसप्रकारको संवाद हुन गयो :

भाइ : के अब त्यसले मृत्युदण्ड पाउने नै भयो त दाइ ?

दाइ : पाउँछ, पक्कै पाउँछ भाइ ! यसमा कुनै शङ्का छैन ।

भाइ : तर किन हो किन, उसको कुराले मेरो चित्तलाई तानिराखेजस्तो लाग्छ । कस्तो नौलो र रहस्यमय कुरा गऱ्यो त्यसले । मलाई त त्यो मान्छे एकदम रहस्यमय लाग्यो । के यस्तो रहस्यमयी मान्छे यसअघि यहाँ कहिल्यै आएको थियो ?

दाइ : खोइ थाहा छैन । त्यो मान्छेको बारेमा यस्तो कुरै नगर ! बिर्सिदे त्यसलाई ! अहिले कतै फौजीले थाहा पाए भने तँलाई पनि पक्रेर लैजालान् नि फेरि ! होस गर !

दाइको चेतावनीअनुरूप भाइले चुपचाप होस गरेरै बस्यो । बेहोस भएन ।

यता बर्बरीक एक्लो थियो । तर निराश थिएन । धैर्य र स्वाभिमानले उसको अनुहार धपक्क बलिरहेको थियो । उसका दुवै आँखा आशा र विश्वासले चम्किरहेका थिए ।

सन्नाटाले केही समय गुजारेपछि उसले परबाट एउटा ठूलो मोटरगाडी साइरन बजाउँदै आइरहेको देख्यो । त्यो मोटरमा जडित बत्तीहरू झिपझिप बलिरहेका थिए । अलि नजिक आएपछि त्यो मोटरमा फौजीहरू रहेछन् भन्ने कुरा उसलाई स्पष्टसँग ज्ञात भयो । मोटर बर्बरीककै अगाडि आएर रोकियो । हतियारले सुसज्जित फौजीहरू झरे । फौजीहरूले बर्बरीकलाई घेरे । फौजीको नाइकेले बर्बरीकलाई भन्यो, "के तँ नै होस्, सालिकहरू भत्काउनुपर्छ भन्ने ? तँ नै होस्, मन्दिरहरू भत्काउनुपर्छ भन्ने ? तँ नै होस्, मुर्दाराजको संविधान र इतिहास जलाउनुपर्छ भन्ने ?"

"हो बन्धु ! त्यसो भन्ने म नै हुँ !", बर्बरिकले शालीनतापूर्वक जवाफ दियो ।

"तँ के चाहन्छस् ?", फौजीको नाइकेले एकै गासमा खाउँलाझैं गरी भन्यो ।

"म मुर्दाराजका मानिसहरूलाई मुर्दाविचार, मुर्दापरम्परा र मुर्दाशासनबाट मुक्ति दिलाउन चाहन्छु । म तपाईंहरूलाई स्वतन्त्रता दिन यहाँ आएको हुँ ।"

"हाहाहाहा... !", फौजीको नाइकेले एकदम कुरूप हाँसो हास्यो । "ए, तैंले हामीलाई मुक्ति दिने ? हाहाहाहा... ! तैंले हामीलाई स्वतन्त्रता दिने ? हाहाहाहा... !"

"तपाईं आफ्नो चेतनालाई चिहानमा गाडेर मृत हाँसो हाँसिरहनुभएको छ बन्धु !"

"नकरा ! बन्द गर तेरो वाहियात बकबक !", फौजीको नाइके बाँसको आँख्ला जसरी पड्कियो । "तँ मुर्दाराजको धर्म विरोधी कुरा गर्दै छस् । यो संविधान विरोधी कुरा हो । यस्तो बोल्नु जघन्य अपराध ठहर्छ भन्ने थाहा छैन तँलाई ? यस्तो अपराध गर्नेलाई यहाँको मुर्दाकानूनले ठाउँको ठाउँ मृत्युदण्ड दिनुपर्छ भन्छ ।"

यति भन्दै फौजीको नाइकेले आफ्ना सिपाहीहरूलाई आदेश दियो, "सिपाही हो ! निजलाई कानून बमोजिम दण्डित गरियोस् !"

सिपाहीहरूले आफ्नो नाइकेले दिएको आदेशको निर्ममतापूर्वक पालना गरे । के बर्बरीकलाई उनीहरूले गोली ठोकेर मारे ? झुन्डाएर पो मारे कि ? वा अरू कुनै तरिकाले मारे ? के गरी मारे ? क्षमा गर्नुहोस् ! म यो सवालको जवाफ दिने मुडमा छैन किनभने कुरा त्यही हो कि मुर्दाराजको क्रुर कानून बमोजिम नै बर्बरीकले मृत्यृदण्ड पायो ।

त्यसपछि मुर्दाराजको परम्पराबमोजिम बर्बरीकको सालिक निर्माण गरियो । सालिक त्यहीं निर्माण गरियो, जहाँ उसले मृत्युदण्ड पाएको थियो । मरेपछि अमर बनेका उसका विचारहरूलाई मुर्दासंविधानको कुनै भाग, खण्ड, धारा वा अनुसूचीमा आबद्ध गरियो । केही वर्षपछि त्यही ठाउँमा बर्बरीकको भव्य मूर्तिसहितको मन्दिर पनि बन्यो । मुर्दा-परम्पराअनुसार मानिसहरूले बर्बरीकको पूजा-अर्चना गर्न थाले ।

यसरी परम्परागत चलन अनुसार मुर्दाराजमा बर्बरीकलाई सबैले पुज्दछन् । तर बर्बरीकले के भनेको थियो ? ऊ के चाहन्थ्यो ? भन्ने कुरा किन कसैले बुझ्दैनन् वा उनीहरूले बुझ्नै नचाहेका हुन् ? यस बारेमा म केही भन्न सक्तिनँ ।

***

यसरी मोहदत्तले हाकिम श्री कुम्भोदरसमक्ष मिथ्या-कथाको नाउँमा मुर्दाराज नामको कथा सुनायो । तर उसको कथा सुन्नुपर्ने हाकिम भने मोहदत्तले कथा भन्न शुरू गर्नासाथ निदाउने उपक्रममा गइसकेको थियो । शुरूमा हाकिमले आँखा बन्द गरे पनि कानले सुनिराखेकै छ भन्ठानेको थियो उसले । तर केही समयपछि उसले हाकिम साँच्चिकै निदाएको रहेछ भन्ने थाहा पायो ।

निदाएको छ भन्ने जानेर पनि मोहदत्तले उसलाई ठाडै जगाउने आँट गर्न सकेन तर हल्काफुल्का प्रयासचैं अवश्य गरेको थियो । हाकिमलाई बिउँझाउने चक्करमा उसले बेलाबेलामा ठूलठूलो आवाज निकालेर कथा वाचन गरेकै हो तर मस्त निदाएको हाकिमलाई त्यसको कुनै असर परेन ।

कथा वाचन सकिएपछि पनि मोहदत्तले चार-पाँचपटक "सरजी ! मेरो कथा सकियो, उठ्नुहोस् !" भनेर बिउँझाउने प्रयास गरेको हो । तर हाकिम उठ्दै उठेन । हाकिम श्री कुम्भोदर त झन् कुम्भकर्णझैं घ्वारघ्वार गर्दै घुर्न पो थाल्यो ।

ज्युँदो मान्छेलाई कथा सुनाएको हो कि मरेको स्याललाई पुराण सुनाएको हो, केही फरक नभएपछि मोहदत्तको एकाएक पारो तातेर आयो । त्यसमाथि हाकिमको अनावश्यक बडप्पन, खाई न पाईको तुजुक र हेपाहा व्यवहारले शुरूदेखि उसलाई मनमनै झोंक चलिरहेको थियो ।

क्रोधले उसका जोरआँखा गोलभेडा बराबर भए । जोरकानबाट धुवाँ निस्किए । दाँत किटकिट गरी बज्न थाले । श्वासको गति तीव्र भयो । जीउ थरथर काँप्न थाल्यो । मोहदत्तले आफूलाई थाम्नै सकेन । कुनै समय गाली-कविता बक्ने गरेको कविलाई गाली दिने कुरा त घ्यू निले बराबर नै थियो । उसले मनभरिको कुण्ठा र भँडासलाई निकाल्दै सभ्य-असभ्य, श्लील-अश्लील कुनै कुराको ख्यालै नगरी तथानाम गाली बर्साउन थाल्यो, "थुइक्क ! मा... ! ...को वान् ! म ह्याँ घाँटी सुकाएर कथा भनिराछु तँ मु... लाई वास्तै छैन ! तँ मु... यसरी निदाउने भए घण्टा खान कथा सुनाउन लगाएको मलाई ? तँ मा... निदाएरै मर् साले... ! तँ जाँ... सरकारी हाकिम भएँ भनेर मान्छेलाई मान्छे नगन्ने... ? तँ मु... ले के सोच्या छस् आफूलाई ? तँजस्तो जैरे हाकिमलाई त यूँ... !"

मोहदत्तले अविरलरूपमा बर्साएको तामसिक गालीले त्यहाँको भित्तो भिज्यो । ढोका भिज्यो । झ्याल भिज्यो । पर्दा भिज्यो । टेबल भिज्यो । कुर्सी भिज्यो । कार्पेट भिज्यो । त्यो कार्यकक्षभित्र भएका सबै थोक चप्लक्कै भिजे तर भिज्नुपर्ने हाकिम श्री कुम्भोदर जो थियो, अहँ उसलाई त ओसको एकछिटो पनि परेन । पर्दै परेन ।

गालीको पर्याप्त वर्षा गराएपछि मोहदत्तलाई आफ्नो चित्तको बादल फाटेजस्तो महसुस भयो । उसले गालीको वर्षालाई विश्राम दियो । तथापि उसको मनको अन्तरकुन्तरमा क्रोधका तरङ्ग भने सलबलाइरहेकै थिए ।

अब त्यहाँ बसिरहनुको कुनै औचित्य नदेखिएपछि ऊ मुर्मुरिँदै बाहिरियो । बाहिरिने क्रममा उसले जोडसँग ढोका बजाऱ्यो तर हाकिम बिउँझिएन । धरोधर्म बिउँझिएन !

***

त्यस दिन बिहान कार्यालयको मूलगेटमाथि एउटा गिद्ध देखापरेको थियो । त्यो गिद्ध गजधम्म परेर बसेको थियो । त्यसको छाया झ्यालबाट छिरेर हाकिमको घुम्ने मेचमाथि परेको थियो । छाया त अँधेरो हुनुपर्ने होइन र ? तर त्यो गिद्धको छाया पूरै नीलो रङको देखियो । यस्तो देखेर परमदासको मनमा आश्चर्य र भय दुवै एकाएक उत्पन्न भयो । नीलो रङ हो कि होइन भनेर निश्चय गर्नका लागि हत्केलाले दुवै आँखा मिच्यो र हेऱ्यो । छाया हरियो रङको देखियो । ऊ झन् त्रसित भयो । फेरि आँखालाई चार-पाँचपटक जोरसँग झिमझिम गऱ्यो र हेऱ्यो । यसपटक छाया रातो देखियो ।

परमदासले जिन्दगीमा पहिलोपटक यस्तो अनौठो परिस्थितिको सामना गर्न पुगेको थियो । उसको ज्यान फतक्कै गल्न थाल्यो । उसलाई यो त अत्यन्त अशुभ र अनिष्टको सङ्केत हो भन्ने लाग्यो । त्यस्तो अनिष्टबाट जोगिनका लागि उसले गिद्धलाई त्यहाँबाट धपाउनैपर्ने आवश्यकताको बोध गऱ्यो ।

त्यसपछि ऊ कार्यालयबाहिर आयो र मूलगेटमाथि अड्डा जमाएर बसेको गिद्धलाई हाहा र हुहु गर्दै धपाउन खोज्यो । तर, गिद्ध मूर्तिझैं अचल भएर बस्यो । ढुङ्गाले ताकेरै हाने पनि निशाना लागेन । गिद्ध टसको मस भएन ।

गिद्ध धपाउने क्रियामा परमदास विफल भयो । ऊ निराश हुँदै कार्यालयभित्रै फर्कियो, जसरी खेलमा खराब नतिजा बेहोरेको खेलाडी झोकिंदै घर फर्किन्छ । जसरी जुवामा सर्वस्व हारेको जुवाडे रित्तिएर घर फर्किन्छ ।

बिहान दश बजेर सात मिनेट जाँदा हाकिम सरासर कार्यालयभित्र प्रवेश गऱ्यो । हाकिमले आफ्नो घुम्ने मेचमा राज गर्ने बित्तिकै गिद्ध त्यहाँबाट उड्यो र कार्यालयमाथिको आकाशमा सात चक्कर लगाएर कता हो कता अलप भयो ।

यो घटना अशुभ र अनिष्टकारी हो भन्ने कुरामा परमदास निश्चित थियो । अब यस्तो अशुभ कुरा हाकिमलाई कसरी बताउनु ? मान्छेको कानले अशुभ कुरा कहिल्यै पनि रूचाउँदैन र पचाउँदैन पनि ! झन् त्यसमाथि अभिमानको साक्षात् प्रतिमूर्ति यस्ता हाकिमका सामुन्ने गएर अशुभ कुरा गर्नु किन्चित् बुद्धिमानी कुरो हुँदै होइन भन्ने ठहर परमदासको बुद्धिले गऱ्यो ।

तर मनले... ?

मनले कहाँ मान्थ्यो र ! उसको मन त फुट्ने क्रममा रहेको ज्वालामुखी -जसको गर्भमा म्याग्माहरू उम्लिरहेका हुन्छन्- बराबर थियो । जे-जस्तो भए पनि बताउनुपर्ने कुरा त बताउनु नै पर्छ, चाहे त्यो शुभ होस् या अशुभ । फेरि आफ्ना मालिकलाई समयमै सूचना दिएर हुन सक्ने अनिष्टबाट जोगाउनु एउटा असल सेवकको धर्म पनि हो भन्ने तर्कले उसको मनलाई उचाल्नुसम्म उचाल्यो ।

त्यसैले ऊ सीधै हाकिमको कार्यकक्षमा गयो र बिहान घटित भएको अनिष्टकारी घटनालाई हाकिमसमक्ष जाहेर गर्न खडा भयो । खडा त भयो तर कुरो कहाँबाट शुरू गर्ने ? पहिला के भन्ने ? कसरी भन्ने ? उसको मनको कुरा जेलिएको धागो जसरी गुजुल्टिएर मनमै अल्झियो । जति बल गरे पनि मनको कुरा मुखसम्म आउनै सकेन । छातीतिर कतै अड्किएर बसेजस्तो भयो ।

आफ्नो अगाडि सालिकझैं खडा भएको देखेर हाकिमले परमदासलाई एक गिलास पानी लिन पठायो । सालिकरूपी परमदास खिन्न हुँदै पानी लिन गयो । मनको कुरा मुखले बोल्न नसकेकोमा एक झमट आफैंसँग रिसायो । आफैंलाई गाली पनि दियो !

प्राप्त आदेशअनुसार परमदासले एक गिलास पानी लगेर हाकिमको अगाडि टकाऱ्यो । हाकिमले पानी तन्तनी पियो र परमदासलाई यसप्रकारको आदेश दियो, "आज पनि क्लाइन्ट आउँछन् । डिलिङ गरिरहेको बेला डिस्टर्ब नगर्नू ! मैले बोलाएको खण्डमा मात्र भित्र आउनू ! अन्यथा बाहिरै चुपचाप बस्नू !" आदेशलाई शिरोपर गर्दै परमदास भारी मन लिएर हाकिमको कार्यकक्षबाहिर ढोका रूँघ्न गयो, जो उसको सरकारी दायित्व थियो ।

केही समयपछि मोहदत्त कार्यालयमा देखा पऱ्यो । परमदाससँग उसले कथा लेख्न आएको बतायो र हाकिमको कार्यकक्षमा प्रवेश गऱ्यो ।

भित्र हाकिम र मोहदत्तका बीच कुराकानी भइरहेको थियो । बाहिर परमदास ढोका रूँघेर बसिरहेको थियो । केही बेरपछि उसले जोरजोरसँग गिद्ध कराएको आवाज सुन्न थाल्यो । शुरूमा त त्यो आवाज कहाँबाट आएको हो भन्ने कुरा ठम्याउनै उसलाई गाह्रो भयो । बडो ध्यानसँग यताउता कान थाप्दै हिंड्यो । सुन्दै जाँदा त्यो गिद्धको आवाज हाकिमको कार्यकक्षबाट नै आएको हो भन्ने निश्चय परमदासले गऱ्यो ।

भित्रबाट आएको गिद्धको आवाजले परमदासको डरको डिग्रीलाई ह्वात्तै बढाइदियो । यसै त बिहानैदेखि उसको मनमा डरले डेरा जमाएर बसेको थियो । उसको मुटु यति जोरजोरसँग धड्कन थाल्यो कि छाती फोडेरै बाहिर आउलाजस्तो भयो ।

एकमन त ढोका खोलेर भित्रै जाऊँझैं लाग्यो उसलाई । फेरि क्लाइन्टसँग डिलिङ गरिरहेको बेला डिस्टर्ब नगर्नू र बोलाएको खण्डमा मात्र भित्र आउनू भन्ने हाकिमको आदेश उसले सम्झियो र रोकियो । फेरि त्यही मनले भन्यो, "मालिक कुनै खतरनाक फन्दामा परेको बेला उनको आदेशलाई होइन, ज्यानलाई जोगाउनतर्फ लाग्नुपर्छ ।"

अनि फेरि त्यही मनले "हैन-हैन, भित्र मैले सोचेजस्तो नराम्रो केही नभएको पनि हुन सक्छ । व्यर्थैमा किन आदेशको उलङ्घन गर्नु ? व्यर्थैमा किन हाकिमको खप्की खानु ?" भन्यो ।

यस्तै-यस्तै द्विविधामा ऊ फसिरहेको थियो । केही बेरपछि हाकिमको ढोका खुल्यो र त्यहाँबाट मोहदत्त बाहिर निस्कियो ।

तर जे निस्कियो, त्यो देखेर परमदासको हार्टफेल होलाझैं भयो । उसको टाउको चरचर चर्किन थाल्यो । उसको आँत चैतको खोलोझैं सुकेर आयो । थुक निल्न खोजेको थियो, थुकै सिद्धिएछ ।

मोहदत्तको जीउ मान्छको भए पनि शिर मान्छेको थिएन । गिद्धको थियो । त्यही गिद्ध, जसलाई उसले बिहान सबैभन्दा पहिले कार्यालयको मूल गेटमाथि बसेको देखेको थियो । धपाउन खोज्दा पनि सकेको थिएन, जसको अनेक रङको छाया हाकिम बस्ने मेचमाथि परेको थियो । हाकिम कुर्सीमा बस्ने बित्तिकै उडेर कार्यालयमाथिको आकाशमा सात चक्कर लगाई अलप भएको थियो ।

परमदासलाई थाहा थियो, शिवपुत्र गणेशको ज्यान मान्छेको भए पनि टाउको हात्तीको हो । वीरभद्रले दक्षप्रजापतिको शिर काटेपछि बोकाको टाउको लगेर जोडिदिएको कथा पनि उसले सुनेको थियो तर कार्यालयभित्र छिरेको सद्दे र सिङ्गो मान्छे बाहिरिंदा कसरी गिद्धको टाउको भिरेर फर्कियो ? के हाकिमले यसको शिर काटेर जोडिदिए ?

परमदास भयानक रूपमा अत्तालिंदै र दौडँदै हाकिमको कार्यकक्षभित्र गयो । हाकिम घुम्ने कुर्सीमाथि विलकुल अचेत अवस्थामा लडिरहेको थियो । उसले हाकिमको नाडी छाम्यो । छाती छाम्यो । विचार गर्‍यो । त्यहाँ कुनै धड्कन थिएन । बल लगाएर छातीनेर बेस्सरी थिच्यो । दुवै हातले हाकिमको ज्यान समातेर झक्झकायो । तै पनि हाकिम उठेन । नो रेस्पोन्स एट अल !

हो, त्यसपछि नै जगत्-मिथ्याको मौसममा अचानक परिवर्तन आएको हो ।

जगत्-मिथ्याको मूलज्योतिषीले यतिसम्म भनेको छ कि तबसम्म आकाशबाट कालो बादल हट्नेछैन, तबसम्म बादल गड्याङगुडुङ... गड्याङगुडुङ... गड्याङगुडुङ... गड् याङ गुड उङ... गर्जिरहनेछ, तबसम्म पानी पर्छझैं हुनेछ तर पर्नेछैन, जबसम्म हाकिमको हत्यारालाई मृत्युदण्ड दिइँदैन । हो, तबसम्म जगत्-मिथ्याको मौसम यस्तै अन्धकारमय रहनेछ ।

जगत्-मिथ्याको सरकारले पनि चाँडोभन्दा चाँडो हत्यारालाई पक्रिएर दण्ड दिने कुरामा कुनै कसर बाँकी नराख्ने कसम खाइसकेको छ । र सरकारलाई

यो कुरा राम्रोसँग थाहा छ कि जनतालाई भ्रममा जुगौंजुग राख्न सकिन्छ, अन्धकारमा होइन । अन्धकारमा त जनता जुनसुकै बेला पनि राँको बालेर निस्कन सक्छन् । अनि त्यै बलेको राँकोले सत्ता-सिंहासन जलाउन के बेर !

यता तमाम घटना एवम् परिघटनाहरूलाई नजिकबाट भोगेको परमदासले हाकिमलाई मार्ने मोहदत्त नै हो भनेर ठोकुवा गरिसकेको छ । त्यति मात्र होइन, उसले पुलिस प्रशासनमा गएर मोहदत्तको नाममा किटानी जाहेरी पनि दिइसकेको छ ।

अब यो हल्लासँग अर्को किस्सा पनि जोडिएर आएको छ । त्यो पनि म तपाईंलाई बताउँछु ।

यो किस्सा एक अघोरी तान्त्रिकसँग सम्बन्धित छ । जो एघारै महिना अश्वमेधघाटमा रहन्छ । बाँकी एक महिना ऊ कहाँ जान्छ, के गर्छ, कसैलाई थाहा छैन। अश्वमेधघाटमा उसलाई भेट्न नसकिने त्यही एउटा महिना हो, चैत्र।

कसैकसैले ऊ चैत्र महिना हिमालयमा तपस्या गर्न जान्छ पनि भन्छन् । अनि कसैकसैले भेष बदलेर ऊ देश-विदेशका शहरहरू घुम्छ पनि भन्छन् । त्यति मात्र होइन, कसैकसैले त ऊ विदेशी खुफिया एजेन्सीको कर्मचारी हो समेत भन्छन् । तर त्यसको कुनै आधिकारिक प्रमाण भने छैन । अब अघोरीको कुरा अघोरी नै जानोस् ।

जोसुकैले जेसुकै भने पनि मलाई जे जानकारी प्राप्त भएको छ, त्यो म भन्दै छु ।

अश्वमेधघाटमा दिनभरि ऊ आफ्नै धुनमा मस्त रहन्छ । रात परेपछि जागा भएर अनेक साधना गर्छ । चैत्रबाहेक अरू सबै महिना उसलाई त्यहाँ देख्न सकिन्छ ।

तर, घाटमा मुर्दा पोल्नका लागि दाउरा व्यवस्थापनको ठेक्का पाएको लुप्तहर्ष नाम गरेको ठेकेदारको कुरालाई सुन्ने हो भने त्यो अघोरी पहिला अंगीरा नगरको मोक्षशीला विश्वविद्यालयको प्राध्यापक थियो । त्यहाँ उसले दर्शनशास्त्र पढाउँथ्यो । विश्वव्यवस्था र अर्थराजनीतिमा समेत उसको गहिरो ज्ञान थियो रे !

प्रत्येक बिहान चारै बजे ऊ नगर भ्रमणका लागि घरबाट निस्कन्थ्यो। अंगीरा नगरमा दुई घण्टा चक्कर लगाएपछि छ बजेको आसपासमा हुलाकचोकको तिरपंथ चिया पसलमा फिक्का चिया खान बस्थ्यो। पूरा एक पिरियड अर्थात् पैतालीस मिनेटजति समय उसले चियामा चुस्की लगाउँदै गुजार्थ्यो। त्यसपछि सात-सवासाततिर घर पुगेर नास्ता लिएपछि ऊ आठ बजे विश्वविद्यालय पढाउन पुग्थ्यो।

ऊ दैनिक त्यही चिया पसलमा बस्नुको खास कारण चिया पिउनु मात्र थिएन। चिया पिउनु त सिर्फ एउटा बहाना थियो। असली कारण त अर्कै थियो।

त्यो चिया पसलको ठीक पारिपट्टि ढुङ्गाको मूर्ति बनाउने घरेलु कारखाना थियो। त्यहाँ पाँच-सात जना मूर्तिकारहरू काम गर्थे। ढुङ्गालाई खोपेर मूर्ति बनाउँदै गरेको हेर्न उसलाई खूब मन पर्थ्यो। अझ त्यसमा पनि ढुङ्गालाई खोप्दा आउने आवाज जो छ, उसका लागि त्यो कुनै सङ्गीतको अलौकिक धुनझैं लाग्दथ्यो। तिनै मूर्तिकारहरूले एकैचोटि हात चलाउँदा आउने मिश्रित ध्वनिले उसको हृदयलाई होइन, आत्मालाई तृप्ति दिन्थ्यो।

त्यही हेर्न र सुन्नका लागि ऊ दैनिक त्यहाँ जाने गर्दथ्यो। खुला मञ्चमा कुनै साङ्गीतिक कार्यक्रम हेरेझैं हेर्थ्यो र असीम आनन्द लुटेर मस्तमस्त भई घर जान्थ्यो।

केही दिनदेखि बन्दै गरेको एउटा मूर्तिले प्रोफेसरको ध्यान बराबर खिंचिरहेको थियो। मूर्तिकारले एउटा लामो आकारको ढुङ्गामाथि काम गरिरहेको थियो। उसले चलाएको छिना-हथौडाले त्यो ढुङ्गा मानवाकारमा बदलिंदै थियो।

बन्दै गरेको त्यो मूर्ति कसको हो भन्ने कुरा प्रोफेसरलाई थाहा थिएन। दिनहुँ हेर्दै जाँदा उसलाई त्यो मूर्ति आफ्नै प्रतिरूपझैं लाग्न थालेको थियो। मूर्तिको जिउडाल, नापनक्सा र अनुहारको बान्की आदि सबै आफ्नो ज्यानको जस्तै देख्न थालेको थियो उसले। कतै त्यो मूर्तिकारले मेरै मूर्ति बनाउँदै त छैन ? प्रोफेसरले यस्तो शङ्का नगरेको होइन तर उसले मूर्तिकारलाई गएर सोझै सोध्न सकेन।

निरन्तरको खोपाइपछि एक दिन त्यो मूर्तिमा एउटा सग्लो मानव उत्रियो । त्यो प्रस्तरमानव काटिकुटी प्रोफेसरजस्तै थियो । त्यो दिन पनि प्रोफेसर चियाको चुस्की लिंदै अनि दङ्ग पर्दै मूर्तिलाई हेरिरहेको थियो । अब भने त्यो मूर्ति आफ्नै हो भन्ने कुरामा ऊ विश्वस्त भइसकेको थियो ।

मूर्तिकारले त्यो मूर्तिमा थप निखार ल्याउन सकिने जति ठाउँमा हल्काफुल्का छिना-हथौडा चलाइरहेको थियो । त्यो मूर्तिकार पनि सिद्धहस्त नै रहेछ । मूर्ति त बोल्छ कि झैं भइसकेको थियो ।

हो, यहींनेर आएर त्यो सानो घटना घट्यो, जसले प्रोफेसरको जिन्दगीको बाटोलाई परिवर्तन गरिदिएको हो भन्नुपर्छ ।

मूर्तिको अन्तिम मेलो सक्ने क्रममा मूर्तिकार जुटिरहेको थियो । छातीको भागमा उसले हलुकासँग छिना-हथौडा चलाइरहेको थियो । यत्तिकैमा उसको हात कसोकसो चिप्लियो र एउटा नमिठो 'ठ्वाङ्ग' आवाज आयो । नतिजा- मूर्तिको छातीनेर एउटा गहिरो धर्सो लचक्क लच्किएर कोरियो ।

आफू त्यति जोड लगाएर हानेको पनि हैन, कसरी यस्तो भयो भनेर मूर्तिकार आफैं अचम्मित भयो । हात चिप्लिँदा उसको बूढी औंलामा हथौडाको चोट लाग्यो । घाउ देखियो । उसले बूढी औंला मुखमा लगेर च्यापिरह्यो ।

मूर्तिकारको हात चिप्लँदा आएको नमीठो 'ठ्वाङ्ग' आवाज प्रोफेसरको कानमा दोहोरिई तेहरिईकन बज्न थाल्यो । मूर्तिको छातीनेर लच्किएको गहिरो धर्सा आफ्नै छातीमा कोतारेझैं गरी प्रोफेसरलाई दुख्यो । त्यो दुखाइ उसको हृदयको अन्तःस्थलसम्मै पुग्यो । जम्माजम्मी भएको घटना यति नै थियो । तर ऊभित्र के बित्न गयो भन्ने कुरा स्वयम् उसैलाई मात्र थाहा होला । त्यो घटनापछि प्रोफेसर घर फर्किएन । उसले अर्कै बाटो समात्यो र अज्ञात प्रदेशतिर लम्कियो ।

नियमित घर आइपुग्ने समयमा नआएपछि उसको परिवारले मोबाइलमा सम्पर्क गरे । प्रोफेसरको मोबाइल स्वीच्ड-अफ आयो । प्रातः भ्रमणबाट सीधै विश्वविद्यालय गए कि भनेर त्यता पनि सोधे । आज आउनुभएको छैन भन्ने

खबर आयो । कुनै आफन्त वा साथीभाइकहाँ गए कि भनेर चिनेजानेका सबैसँग सोधीखोजी गरे । अहँ, कहींकतैबाट सकारात्मक खबर आएन ।

भोलिपल्ट-पर्सिपल्ट पनि प्रोफेसरको अत्तोपत्तो केही नभएपछि परिवारले पुलिस प्रशासनमा खबर गरे । प्रशासनको मात्रै भर नपरेर उनीहरू आफैं पनि खोजीमा लागिरहे । करीब बीस-बाईस महिनाको अथक् र अविरल खोजाइपछि उसको परिवारले प्रोफेसरलाई त्यही अश्वमेधघाटमा फेला पारे ।

घाटलाई नै आफ्नो घर सम्झेर बसेको थियो, प्रोफेसर । जुँगा-दाह्रीले उसको आधा अनुहार ढाकेको थियो । उसको कपाल पनि लामो भइसकेको थियो । कपाल-जुँगा-दाह्रीमा सेतो-कालो रङको समानुपातिक मिश्रण थियो ।

ऊ एकसरो कालो वस्त्रमा बेरिएको थियो । उसले गलामा किसिम-किसिमका माला लगाएको थियो । खरानी घसेको अर्धनग्न शरीरमा फेला परेको प्रोफेसर उसकै परिवारले समेत चिन्न नसक्ने अवस्थामा थियो ।

ऊ आफ्नो परिवारका सदस्यहरूबाट घेरियो, जसले उसलाई घर फर्कन आग्रह गरेका थिए । तर जतिसुकै आग्रह गरे पनि उसले मान्दै मानेन । प्रोफेसरको जिन्दगी बदलिसकेको थियो । ऊ अघोरी भइसकेको थियो । उसलाई लिन भनी आएको परिवारलाई उसले यस्तो जवाफ दिएको थियो, "यो संसार के हो र म को हुँ ? मैले बुझिसकेको छु । तिमीहरू तिमीहरूकै संसारमा जाओ ! मलाई मेरै संसारमा रहन देओ !"

त्यसपछि उसको परिवार निराश हुँदै घर फर्कियो । अघोरी भने त्यही अश्वमेधघाटको पानी पिउँदै आफूले जानेको आफ्नै संसारमा रम्दो भयो ।

अँ त, मलाई जानकारीमा आएको अघोरीको विगत यही नै थियो ।

अब म मोहदत्तको कुरा गर्छु ।

अब फेरि कुरालाई त्यहाँनेरबाट शुरू गरौं, जहाँ मोहदत्त जिन्दगीदेखि विरक्तिएर अघोरीको शरणमा पुग्दछ किनभने मोहदत्तले किन र कसरी कविताबाट सन्यास लियो भन्ने कुरा दस्तावेज नं. १ मा खुलस्त भइसकेको छ । मोहदत्तले हाकिमसमक्ष व्यक्त गरेका कुराहरूबाट मोटामोटीरूपमा ऊ कुन मनोदशाबाट पीडित थियो भन्ने कुरा हामी जान्न सक्दछौं ।

एकप्रकारले मोहदत्त जिन्दगीबाट पूरै निराश भइसकेको थियो । उसको मनमा यस्तो वैराग्य भाव उत्पन्न भयो, जसले उसलाई मानवबस्तीबाट टाढा र श्मशानघाटको नजिक लिएर आयो । उसले जीवन र मृत्युको बारेमा अत्यन्त गहनरूपले चिन्तन गर्न थाल्यो ।

उसलाई जीवनको भोगाइभन्दा पनि मृत्युको रहस्यले तानिरहेको थियो किनभने ऊ जिन्दगीदेखि वाक्कदिक्क भइसकेको थियो । अत्यन्त निराश एवम् अवशादग्रस्त अवस्थामा थियो ऊ । उसको उद्देश्य अब कसरी मर्ने भन्ने मात्र थियो र ऊ आफ्नो मृत्यलाई एक अलग ढङ्गबाट फत्ते गर्न चाहन्थ्यो ।

अश्वमेधघाटमा मोहदत्तको उपस्थिति नियमित भइरह्यो । ऊ घाटमा बलिरहेको चिता हेरेर मृत्युको घोर चिन्तन गरिरहन्थ्यो ।

अरूलाई खासै वास्ता नगर्ने स्वभावको थियो अघोरी । तर वास्ता नगर्दा नगर्दै पनि मोहदत्तको नियमित उपस्थितिलाई उसले धेरै दिनसम्म बेवास्ता गरिरहन सकेन ।

अघोरीले मोहदत्तलाई आफू नजिक बोलायो । उसको अनुहारलाई पढ्यो र मनको भेद पनि जान्यो । अघोरीले थाहा पायो कि मोहदत्तको मृत्य-चिन्तन गलत दिशातर्फ बढिरहेको छ । उसको वैराग्यले गलत मोड लिएको छ । जतिसुकै मृत्यु चिन्तन गरे पनि उसले कसरी अब्बल दर्जाको मृत्यु हासिल गर्न सक्ला, जब कि उसको मनका कुइनेटाहरूमा अनेकन इच्छा, अभीप्सा र कामनाहरू अजिङ्गरझैं सुतिरहेका थिए, जो आहार पाउनेबित्तिकै कुनै पनि बेला मुख बाएर निल्न तयार हुन्थे । ऊ अकालमा नै मर्ने थियो । उसले मुक्ति पाउने थिएन । उसको आत्माको कल्याण हुने अवस्था थिएन ।

अघोरीको मनमा मोहदत्तको कल्याण गरिदिऊँ भन्ने भाव जागेर आयो । संसार मिथ्या हो भन्दै फकीर भएर हिंडेको अघोरीको मनमा यस्तो भाव आउनु दुर्लभ मानिन्थ्यो ।

"के तिमी साँच्चीकै मर्न चाहन्छौ ?", अघोरीले मोहदत्तलाई आफूनजिक बोलाएर सोध्यो ।

मोहदत्तले केही जवाफ दिन सकेन । अघोरीको अगाडि चुपचाप उभिइरह्यो मात्र । ऊ अलिकति डरायो पनि ! र, डराउँदै गर्दा उसले आफैँलाई प्रश्न गर्‍यो- मर्नै भनेर हिँडिसकेको मान्छेलाई फेरि यो केको डर हो ? उसलाई आफ्नो मनको चरित्र विचित्र लाग्यो । डरपोक मनलाई एकफेर मनमनै हप्कायो पनि !

"चाहन्छौ भने मसँग केही उपायहरू छन्... !", मोहदत्तले जवाफ नफर्काएपछि अघोरी आफैं बोल्यो । अत्यार लाग्दो र अर्थहीन जिन्दगी सम्झेर मोहदत्तको शिर भारी भएर आयो । उसले त्यो भारी शिर अघोरीको चरणमा लगेर घोप्टाइदियो र भन्यो, "बाबाजी ! मलाई मर्नका लागि गतिलो बाटो देखाइदिनुस्... !"

त्यसपछि अघोरीले मोहदत्तलाई विभिन्न किसिमका तान्त्रिक साधनाहरू गरायो । अघोरीले बतायो कि तन्त्र विद्यामा पारङ्गत भएपछि जस्तोसुकै असम्भव कामलाई पनि तन्त्र विद्याको बलले सम्भव बनाउन सकिन्छ । मोहदत्तले अघोरीबाट शान्ति, वशीकरण, स्तम्भन, विद्‌वेषण, मारण, मोहन र उच्चाटन आदि तन्त्रका अनेकानेक विद्याहरू सिक्यो ।

अघोरीले मोहदत्तलाई आफूले सिकेको तन्त्र विद्याका बारेमा कसैलाई पनि केही नबताउनु भनेको थियो । यो तान्त्रिक ज्ञानलाई अत्यन्त गोप्य राख्नू, जस्तो शिवले पार्वतीलाई तन्त्र विद्या सिकाएपछि भनेका थिए, "हे महेश्वरी ! मैले दिएको विद्यालाई तिमी आफ्नो योनिलाई जसरी लुकाएर राख्छौ त्यसरी नै राख !"

"मोहदत्त ! तिमी पनि मानिसहरूका अगाडि सधैं सामान्य र विनम्र भएर प्रस्तुत हुनू ताकि कसैले पनि तिमीलाई तन्त्र विद्या जानेको छ भनेर किन्चित अनुमान गर्न नसकोस् । अरूसँग कुरा गर्दा एकदमै सर्तक हुनू किनभने तिम्रो वाणीले मानिसहरू आफसेआफ सम्मोहित हुनेछन् । त्यस्तोमा असोचनीय कुराहरू घट्न सक्ने जोखिम हुन्छ । अनि, सबैभन्दा महत्त्वपूर्ण कुरा कोहीसँग पनि झडङ्ग रिसाउने, झन्किने, क्रोधित हुने काम त गर्दै नगर्नू । यदि भूलवश तिमी कसैसँग रिसायौ मात्र भने पनि त्यो मान्छे खत्तम हुन्छ नै र तिमीलाई पनि यसले गम्भीर हानि गर्नेछ किनभने तन्त्र

भनेको दुईधारे तलबार हो । चलाउन जाने फाइदा गर्छ, नजाने अरूलाई र आफैंलाई पनि काट्छ । एकदम सम्हालिएर हिंड्न जान्नुपर्छ ।" अघोरीले मोहदत्तलाई यस्तै कुराहरू भनी सम्झाएको थियो ।

अश्वमेधघाटमा तन्त्रमन्त्र गर्दागर्दै फाल्गुण महिना पनि सकियो । चैत्रको पहिलो दिन सखारै अघोरीले आफ्नो भेष बदल्यो । उसले सेतो सर्टमाथि कालो ओभरकोट लगायो । पाइन्ट पनि कालै लगायो । एउटा मैलो र पुरानो जुत्ता खुट्टामा कस्यो । झोलामा ठूलो झण्डाजस्तो चारकुने कपडा पट्याएर राख्यो । त्यसलाई सिउरन मिल्ने किसिमको डन्डा हातमा लियो । र त्यसपछि ऊ अज्ञात प्रदेशतिर लम्कियो । र, मोहदत्त पनि अघोरीसँग बिदाबादी भई आफ्नो बाटो लाग्यो ।

यसरी श्मशानघाटमा सित्तैंमा तुहेर जान लागेको मोहदत्तको एकबारको जुनी अघोरीको कृपाले फेरिएर आएको थियो । अब मोहदत्तको साथमा तन्त्र विद्या थियो । ऊ यो तन्त्र विद्यालाई प्रयोग गर्न चाहन्थ्यो । मन चाहे निजी अभिष्टहरू पूरा गर्न चाहन्थ्यो । अब उसलाई मिथ्या-मार्टमा गएर कुनै भ्रमका पोकाहरू किन्नुपर्ने आवश्कता नै रहेन ।

शुरूवाती दिनहरूमा उसले तन्त्र विद्याको बलबाट जमिनमै हिंडेसरी पानीमाथि हिंडेर ठूलठूला खोलानालाहरू तऱ्यो । तालतलैया र महासागरलाई पनि त्यसैगरी पार गऱ्यो । एउटा पहाडको टाकुराबाट उडेर अर्को टाकुरामा पुग्यो । विश्वका अग्ला भनेर चिनिएका सबै हिमालहरूको शिखरलाई आफ्नै पैतालाले नाप्यो । समुन्द्रमा डुबुल्की मार्दै पिंध चाहऱ्यो । जब भोक लाग्थ्यो अनि स्वादिला परिकारहरू पनि तन्त्र बलबाटै फटाक्से उत्पन्न गर्दथ्यो र खान्थ्यो । त्यतिमात्र होइन, हरेक साँझ संसारका उत्कृष्ट ब्रान्डका मदिराहरू उत्पन्न गरेर सेवन गर्दथ्यो । तन्त्रकै बलबाट स्वर्गका अप्सराहरूलाई धर्तीमा झार्थ्यो र भोग गर्दथ्यो । यसरी सबै प्रकारका भौतिक आवश्यकता, सुख, सुविधा अनि मनका अतृप्त बासनाहरूलाई तन्त्र बलबाटै पूरा गर्दथ्यो ।

मान्छे बनेर भोग्नुपर्ने सबै कुराहरू भोगेर वाक्क भएपछि कहिलेकाहीं चरा बनेर आकाशमा उड्ने गर्दथ्यो । कहिलेकाहीं त ऊँट बनेर रेगिस्तानको लामो

यात्रा गर्दथ्यो । माछा बनेर समुन्द्रमा पौडिन्थ्यो । कङ्गारू बनेर उफ्रन्थ्यो । चितुवा बनेर दौडन्थ्यो । अनि सिंह बनेर जङ्गलमा राज गर्ने गर्दथ्यो ।

यसो गरीगरी उसले कति दिन, कति महिना र कति वर्ष बितायो भन्ने कुराको कुनै गणना छैन ।

मनका अन्तरकुन्तरमा भएसम्मका सबै रहरहरू पूरा भएपछि पनि ऊ चैनसँग बस्न सकेन । मान्छेको जात केही न केही उपद्रो नगरी त कहाँ बस्न सक्छ र !

मोहदत्तलाई अब के गरौं र कसो गरौं भएर आयो । गर्न बाँकी र भोग्न बाँकी केही भए पो ! एउटै र उस्तै कुरा कति दोहोऱ्याइराख्ने ? तैपनि गर्न र भोग्नका लागि केही नयाँ कुरा भेटिन्छ कि भनेर ऊ धेरै दिनसम्म घोत्लियो पनि !

तत्कालै त होइन, केही हप्ताको घोत्ल्याइँपछि उसको मगजमा एउटा गजबको आइडिया फुऱ्यो । त्यो आइडिया थियो, आत्मकथा लेख्ने ।

आखिरमा उसका लागि गर्न बाँकी भनेको त्यही थियो । हैन र ? हो नि !

तर समस्या के थियो भने, इमान्दारीपूर्वक आत्मकथा लेख्दा अघोरीले दिएको तन्त्र विद्याको प्रसङ्ग पनि लेख्नुपर्ने हुन्थ्यो, जसलाई सार्वजनिक गर्न अघोरीले सख्त निषेध गरेको थियो । यदि अघोरीको प्रसङ्ग हटाएर लेखियो भने त्यो आत्मकथा होइन, आत्मा हराएको कथामात्र हुनेछ । र, त्यस्तो कथाको मूल्य दुई कौडीको पनि हुनेछैन भन्ने उसले सोच्यो । त्यसैले उसले आत्मकथाको सट्टामा अरू विकल्प खोज्न थाल्यो ।

यसै क्रममा उसले कताकताबाट एउटा यस्तो खबर पायो, जसले उसको समस्याको गाँठो फुकाइदिने आश बढायो । त्यो खबर थियो, मिथ्या-प्रकाशन लिमिटेड (मि.प्र.लि.) बाट मिथ्या-कथा लेख्नका लागि लेखकको आवश्यकता भएको सम्बन्धी जानकारी ।

यो जानकारीले उसलाई निकै उत्साहित बनायो । उसले कुनै पनि हालतमा मिथ्या-कथा लेख्ने योजनालाई सफल बनाइछाड्ने अठोट पनि

गऱ्यो । वास्तवमा त्यो मिथ्या-कथाको नाउँमा आफ्नै आत्मकथालाई अरूले थाहा नपाउने तरिकाले घुसाउने योजना थियो उसको ।

यसरी मि.प्र.लि.को हाकिमलाई भेट्न ऊ पूर्ण तयारीका साथमा गएको थियो । आफ्नो तान्त्रिक सिद्धिको बारेमा कसैले भेउ नपाऊन् भन्नेमा ऊ पूरै सगज थियो । यसैले हाकिमसमक्ष उपस्थित हुँदा ऊ साधारणभन्दा पनि बढी अकिञ्चन प्राणीको रूपमा प्रस्तुत भएको थियो । उसको हुलिया देखेर कसैले पनि अन्यथा शङ्का गर्नै सक्दैनथे । हाकिमलाई प्रभाव पार्न मुर्दाराज नामको बनीबनाउ कथा पनि उसले सुनाएकै हो ।

तर, हुने हुनामी टर्दैन भनेझैं आखिरीमा मोहदत्त हाकिमका अगाडि रिसाएरै छोड्यो । ऊबाट चूक भयो । जुन चूक महङ्गो साबित हुनेछ भनेर अघोरीले उसलाई उहिल्यै चेताएको थियो । परिणाम, अघोरीले चेताए अनुसार नै दुवैलाई हानी गऱ्यो । यता हाकिमको मृत्यु भयो र उता उसको टाउको गिद्धको भयो ।

हो, त्यसपछि नै जगत्-मिथ्याको मौसममा अचानक परिवर्तन आएको हो । पूरा आकाश कालो बादलले ढम्मै ढाकिदियो । बादल गड्याङगुडुङ... गड्याङगुडुङ... गड्याङगुडुङ... गड् याङ गुड उङ... गर्जिरह्यो । पानी पर्छझैं मात्र भयो । परेन ।

हेर्नुस्, मान्छेको मन तराजुजस्तै हो, जसको एउटा पल्लामा विश्वास र अर्कोमा अविश्वास रहेको हुन्छ । तर्क, प्रमाण, मान्यता, आशङ्का, आग्रह आदि तत्वहरू जुन पल्लातिर भारी हुन्छ, मनले पनि त्यही कुराको निश्चय गर्दछ ।

अब यी हल्लाका कुराहरूलाई छोडेर डाक्टरी रिपोर्टतर्फ लागौं ।

डाक्टरले बुझाएको पोस्टमार्टम रिपोर्टअनुसार हाकिम श्री कुम्भोदरको मृत्यु हृदयघातबाट भएको थियो । विगत लामो समयदेखि उसलाई मुटुरोग, मधुमेह र उच्चरक्त चापजस्ता रोगहरूले गाँजेको थियो । पारिवारिक स्रोतका अनुसार ऊ मदिराको लती थियो । अत्याधिक मदिरा सेवन गर्ने गर्दथ्यो । मृत्यु हुँदाको दिनमा पनि उसले मदिरा सेवन गरेको देखिन्छ । तर, यो कुरालाई जगत्-मिथ्यामा कसैले पनि स्वीकार गर्नेवाला थिएनन् ।

जस्तो नेपाल भन्ने देशमा मदन भण्डारी नाम गरेका विख्यात नेताको मृत्यु विशुद्ध एउटा सडक दुर्घटनाका कारण भएको थियो । सो दुर्घटनासँग 'सुनियोजित षड्यन्त्र'जस्तो आपराधिक मनसायको कुनै जीव-जन्तु बेचेको साइनो छैन । तैपनि मानिसहरू यसलाई त्यस्तो हत्या ठान्दछन्, जसमा राष्ट्रिय-अन्तर्राष्ट्रिय षड्यन्त्रको भूमिका छ ।

त्यही देशका राजा वीरेन्द्र र उनको वंशलाई उसैको कु/सु-पुत्र दीपेन्द्रले नै मारेको हो भन्ने तथ्य जतिसुकै बलियो भए पनि वा भविष्यमा फलानोले त्यो पर्व मच्चाएको हो भनेर प्रमाणित भए पनि यो दुनियाँले त्यसलाई सहजै स्वीकार गर्ने छैनन् । पत्याउने छैनन् ।

संसारका कैयन् विख्यात व्यक्तिहरूको दुर्घटना वा स्वभाविक मृत्युलाई समेत रहस्यमय वा शङ्कास्पद भन्ने चलन छ । सके अझ हत्या नै हो भनी दावी गरिन्छ । हत्या नै भए पनि त्यसको कारक मौजुदा अभियोजित मान्छेहरू होइनन्, बरू अरू नै कोही हुन् भन्ने गरिन्छ । यहाँ पनि मदिराको लती हाकिमको मृत्यु उच्च रक्तचापले भएको हो भन्ने वैज्ञानिक सत्य स्वीकार गर्न कोही पनि तयार छैनन् ।

जहाँसम्म मौसम परिवर्तनको कुरा छ, त्यो पनि सिर्फ एउटा प्राकृतिक घटनामात्र हो । जगत्-मिथ्याको मूलज्योतिषीले दावी गरेजस्तो कुरा हुँदै होइन । कालो बादलले आकाश ढाक्नु, बादल गर्जिरहनु र पानी नपर्नुसँग हाकिमको मृत्युको कुनै लेनादेना छैन ।

अरूको त के कुरा गर्नु हजुर ! मेरो कुरामा उसलाई समेत विश्वास छैन, जसको नाममा यो किताब छापिएको छ । र, तपाईंले पढिरहनुभएको छ । त्यसैले यसलाई थप रहस्यमय बनाउन जरूरी छ । त्यस किसिमको रहस्यलाई कहिल्यै पनि सत्यको छेउ पर्न नदिन मिथ्या कथन र किस्साहरूलाई जबरजस्त घुलमिल गराउन जरूरी छ । हाकिमको मृत्युको बारेमा फैलिएका अनेकन हल्लाहरूलाई राष्ट्रिय मान्यता दिन जगत्-मिथ्या तत्पर छ । यिनै हल्लाहरू एक दिन कथा बनून् ! दन्त्यकथा बनून् ! किंवदन्ती बनून् ! मिथक बनून् ! सबै यही चाहन्छन्, जे बनून्, मिथ्या बनून् !

अनि, यो कुरा पनि थाहा पाइहाल्नुहोस् कि पुलिस प्रशासनका अनुसार हत्याको आरोपित मोहदत्त अहिले फरार छ । उसको व्यापक खोजी भइरहेको छ । ऊ मोस्ट वान्टेडमा छ । गुप्तचर विभागले ऊ भागेर नेपाल भन्ने देश आएको हुन सक्ने प्रबल आशङ्का गरेको छ । त्यसमा पनि उसले भेष बदलेर त्यही देशको रहस्यमयी नगरी पोखरा पुगेको हुन सक्ने आँकलनसमेत गरेको छ ।

उसको खोजी गरी पक्राउ गर्ने मिसनको विशेष जिम्मा मलाई दिइएको छ । जगत्-मिथ्याका लागि नेपाल हेर्ने सरकारी एजेन्ट भएको हैसियतले मलाई यो जिम्मा दिइएको हो । उसलाई पक्रनका लागि मलाई एउटा कलम दिइएको छ ।

"कलम... ?"

तपाईंलाई आश्चर्य लाग्यो होला । हुन त यो उत्तरआधुनिक जमानामा यसरी आश्चर्य मानिहाल्नुपर्ने कुरो पनि होइन । यो हेर्दा मात्रै कलम हो । तपाईंले पढ्दै गरेको जस्तो किताब यसले लेख्दैन । ढुक्क हुनुहोस्, कलमको सुइरोमा मसी छैन । केमिकल छ । त्यो केमिकल एक प्रकारको विष हो । मान्छे मार्ने विष होइन । मान्छेलाई बेहोस बनाउने विष हो ।

मलाई के निर्देश गरिएको छ भने मोहदत्तलाई जहाँ भेटे पनि उसलाई भेट्नासाथ यो विषालु कलमले घोचिदिनू । ऊ दुई-तीन सेकेण्डमै बेहोस हुनेछ । त्यसपछि हेडक्वार्टरमा खबर गर्नू ।

पहिलो दिन

१. मोस्ट वान्टेड मोहदत्तको एक थान फोटो ।

२. गिद्धको टाउको भएको उसैको स्केच, जो परमदासको भनाइलाई आधार मानेर बनाइएको थियो ।

३. बेहोस बनाउने विषालु कलम ।

४. अभियुक्त पक्राउ गर्ने बारेको पत्र ।

५. पोखरा नगरको नक्सा ।

६. अनुसन्धानको गहिराइसम्म पुग्न सहयोगी हुन सक्ने भनिएको लिखित दस्तावेज (जसको एक अंश माथि प्रस्तुत भइसकेको छ भने बाँकी अंशहरूलाई ऐन-मौकामा क्रमशः प्रस्तुत गरिनेछ) ।

मेरो हातमा थमाइएका चीजहरू यति नै थिए । बाँकी आफ्नो बन्दोबस्तीको झोलीतुम्बा बोकेर म हिंडको थिएँ, नेपालको पोखरा भन्ने ठाउँ । यस्तो ठाउँ, जहाँ म कहिल्यै गएको थिइनँ । नगएको ठाउँ भएर के भो ? मलाई थाहा थियो, ठाउँ जतिसुकै अन्जान किन नहोस्, हिंड्दै गएपछि बाटो पनि भेटिंदै जान्छ ।

मैले पक्रनु पर्ने व्यक्ति मोहदत्त, जसले जगत्-मिथ्याभरि एक फरार अभियुक्तको नाममा विपुल चर्चा कमाइरहेको थियो । जसलाई त्यो रहस्यमयी घटनाको कारणी हो भनिएको छ । यस्तो चर्चित काण्डमा मलाई जुन भूमिका प्राप्त भएको थियो, सो कारण पनि म ज्यादै उत्साहित थिएँ ।

यस्तो कुख्याती कमाएको मान्छेलाई पक्रेर ल्याउँदा मेरो ख्याति बढ्ने निश्चितै थियो । यो भूमिका मेरो लागि गोल्डेन चान्स थियो । त्यसलाई

जसरी पनि पक्रेर ल्याउनुपर्छ भन्नेमा म प्रतिबद्ध थिएँ किनभने अब यो मेरो सरकारी करियरसँग मात्र होइन, प्रतिष्ठासँग पनि जोडिएको कुरा थियो ।

मलाई आफ्नो क्षमताप्रति पूर्ण विश्वास थियो । प्रश्न यति मात्र थियो कि उसलाई मैले कुन अवस्थामा फेला पारूँला ? के अझै पनि उसको शिर गिद्धकै छ ? या त्यो फगत परमदासको कल्पनामात्र हो ?

"मानिलिऊँ, गिद्धकै टाउको भएको मान्छे कहींकतै फेला पऱ्यो भने त हल्लैहल्लामा खबर आइपुग्ला नि !", मेरो मनले यसै भन्यो । अनि शुरूमै त्यो गिद्ध-स्केच कसैलाई देखाउन मन लागेन ।

फेरि गिद्धको टाउको भएको स्केच देखाएर "यसलाई कतै देख्नुभाछ ? चिन्नुभाछ ?" भन्दा मान्छेहरूले आफूलाई उल्लु बनाउन खोजेको ठानिदिन सक्छन् ।

"ठट्टा नगर्नुस् न ! यस्तो गिद्धको टाउको भएको मान्छे पनि हुन्छ कहीं ? के तपाईंले मलाई मूर्ख बनाउन खोज्नुभएको ? के आज अप्रिल फूल हो ?" आदि इत्यादि भन्दै झर्किन सक्छन् ।

त्यसैले त्यो गिद्धेस्केच फ्याट्ट देखाई नहालौं, बरू अलि दिन कुरौं कि भन्ने लाग्यो । यदि कहींकतैबाट "ए फलानो ठाउँमा त गिद्धको टाउको भएको मान्छे देखियो रे नि !" भनेर गाइँगुइँ कुरा आउनासाथ त्यतैतिर कुच गरे भइहाल्यो । अन्यथा उसको सद्दे फोटो नै देखाउँदा ठीक होला । काम जासुसी भएको हुँदा गर्नुपर्ने आवश्यक तयारी अनि हुनपर्ने जति सर्तकता बारेमा पनि मनन गरें ।

पहिलो दिन । पोखराको बसपार्कवरपरबाटै खोज्न शुरू गरें । पोखरा आउँदा बसले ल्याएर ओराल्ने ठाउँ यही बसपार्क हो । म पनि जगत्-मिथ्यादेखि काठमाडौं अनि काठमाडौंदेखि यहीं ल्याइएर ओरालिएको थिएँ । समयले मानिसलाई कहाँ-कहाँ लगेर ओराल्दो रहेछ ।

शुरूमा मैले मोहदत्तको फोटो देखाएर बसपार्कमा भेटेसम्मका ड्राइभर र खलासीहरूलाई सोधें । उनीहरूमध्ये कसैले पनि यो मान्छेलाई यतातिर कहिल्यै नदेखेको कुरा बताए । बरू पृथ्वीचोकवरपरका होटलतिर खोज्न

ठीक हुने सल्लाह दिए । उनीहरूले दिएको सल्लाहलाई स्वीकार गरी पृथ्वीचोकवरपरका होटलहरू चाहर्दै हिंडें । जति चहार्दै हिंडे पनि कहींकतैबाट केही सुइँको पाइएन । दिन त्यसै खेर गयो । अनि हात लाग्यो रात !

रात गुजार्न पृथ्वीचोककै अश्लेषा होटल एन्ड लजमा बास बसें । त्यो होटलको मालिक निकै बोलक्कड रहेछ । उसलाई बोलेको बोल्यै गर्नुपर्ने । अनि बोल्दाबोल्दै टाइम न कुटाइम हाहाहाहा गर्दै जोरसँग अट्टाहस पनि गर्थ्यो । हाँस्नका लागि उसलाई ठट्यौली वा चुट्किलाजस्तो कुनै प्रसङ्ग नै चाहिन्थेन ।

के कुरामा हाँस्न हुने हो, के कुरा हाँस्न हुने होइन, त्यसको पनि पटक्कै ख्याल नराख्ने । बोल्नकै लागि केको बिहीबार ? हाँस्नकै लागि केको आइतबार ? हाहाहाहा... गर्दै उदात्त हाँस्थ्यो ।

हाँस्नु स्वास्थ्यका लागि महाऔषधि हो भन्ने कुरा उसले आफ्नो योगगुरूबाट जानेको रहेछ । यसैलाई उसले जीवनको मूलमन्त्र बनाएको रहेछ ।

जे होस्, ऊसित गफ गर्नु मेरो लागि त एउटा बहानामात्र न थियो । कुरा गर्दै जाँदा केही सुराक मिल्छ कि भन्ने आस हो । मैले अरू कुराको बिस्तार लगाइनँ । सिर्फ फोटो देखाएर हराएको मान्छे खोज्दै हिंडेको कुरा बताएँ । त्यो श्यामकेतु नाम गरेको होटल मालिकले मलाई बोल्ने पालो नै नदिई एकोहोरो भाषण सुनाउन थाल्यो :

हराएको मान्छे खोज्न तपाईं पोखरा आउनुभयो । तपाईंजस्ता मान्छे यहाँ आइरहन्छन् । देशकै एक नम्बरको गन्तव्य हो यो । त्यसैले यहाँ नआएर कहाँ जाने ? हाहाहाहा... !

छयत्तरै जिल्लाका मान्छे यहाँ आएर हराउन सम्भव छ । कति घरपरिवारबाट विरक्तिएर हराएका हुन्छन् । कति मानसिक सन्तुलन गुमाएर हराएका हुन सक्छन् भने कतिले यहाँ आएर आत्महत्या पनि गरेका हुन सक्छन् । कतै तपाईंको हराउने मान्छेको कुनै लभ-सभको चक्कर पो थियो कि... ?

तर हिंड्दाहिंड्दैको सद्दे मान्छे नै हराउने गरी यो त्यति ठूलो शहर पनि होइन । जस्तो काठमान्डु, बम्बै, बैंकक, हङकङ, बेइजिङ, लन्डन,

न्यूयोर्क, पेरिस भन्नुस् वा विश्वका अरू कुनै ठूला शहरहरूको नाम लिनुस्, जहाँ मान्छे मान्छेहरूको भिडमा त्यसै बिलाउन सक्छ । ती सबै शहरहरूको तुलनामा यो सानो तर नितान्त भिन्न शहर हो । बुझ्नेहरूले यसलाई आफ्नै ढङ्गले बुझ्लान् । सम्झनेहरूले पनि यसलाई आफ्नै पाराले सम्झलान् । तर मेरो बुझाइ फरक छ । मेरो सम्झने तरिका आफ्नै छ ।

गाँठी कुरा गर्नुपर्दा, यो भासिने शहर हो ! हाहाहाहा... !

अचम्म नमान्नुस् । यहाँ भासिने ठाउँहरू प्रशस्त छन् । हरेक वर्ष विशेषगरी बर्खायाममा कुनै न कुनै ठाउँ भासिएकै हुन्छ । जस्तो केही समयअघि अर्मला भन्ने ठाउँ भासिएर चौपट भाथ्यो । समाचार सुन्ने, पढ्ने बानी छ भने तपाईंले थाहा पाउनुपर्ने हो । के थाहा, तपाईंले खोजको मान्छे हिंड्दाहिंड्दै कतै भासियो कि ?

त्यतिमात्र होइन । अर्को हिसाबले यो डुब्ने शहर पनि हो । हाहाहाहा... !

डुब्नका लागि यहाँ अनेक तालहरू छन् । चाहे फेवाताल भन्नुस् या रूपाताल वा अरू कुनै... ! आठवटा त तालमात्र छन् यहाँ ! के थाहा, तपाईंले खोजेको मान्छे कुनै तालमा गएर पौडँदा-पौडँदै डुब्यो कि ?

अर्को विशेषता के हो भने, यो हामफाल्ने शहर पनि हो । हाहाहाहा... !

हामफाल्नका लागि यहाँ पातले-मोटे अनेक किसिमका छाँगाहरू पनि छन् । त्यो पनि नपाए पुलबाट हामफाल्ने पनि प्रशस्तै छन् । के तपाईंले अघि चाइनापुलमा मान्छेको ससानो भिडलाई याद गर्नुभो ? त्यो पुलबाट पनि कतिले हाम फाले होलान् । माथि महेन्द्रपुलमा पनि त्यस्तै ससानो भिड देख्नुभयो भने मेरो कुरालाई याद गर्नुहोला । के थाहा, तपाईंले खोजेको मान्छे त्यतै कतै गएर हाम फाल्यो कि ?

तपाईंले यो कुरालाई पनि जानकारीमा लिनुस् कि यो गायब हुने शहर पनि हो । हाहाहाहा... !

गायब हुनका लागि यहाँ प्रशस्त गुफाहरू पनि छन् । महेन्द्रगुफा, चमेरेगुफा, गुप्तेश्वर गुफा.... ! कति गुफाको त नाम पनि थाहा छैन मलाई । के थाहा, तपाईंले खोजको मान्छे कुनै गुफामा पसेर गायब भयो कि ?

यो कुरा त तपाईंले झन् मरी गए बिर्सनु हुँदैन । यो फस्ने शहर पनि हो । हाहाहाहा... !

फस्नका लागि यहाँ सेती नदीको तिरमा अनेक भङ्गालाहरू छन् । त्यही भङ्गालोमा फसेकी बालिकालाई कमल नेपाली नाम गरेको बालकले उद्दार गरेको कुरा तपाईंले बिर्सनुभयो कि ? उद्दार हुन नसकेर फसेका घटना त कति छन् कति ! जुन कुरा अखबारमा छापिए पनि हामीले वास्ता नगरेको हुन सक्छौं । के थाहा, तपाईंले खोजेको मान्छे कतै भङ्गालोमा पो फस्यो कि ?

र, मान्छे जुनसुकै तरिकाले पनि लापत्ता भइदिन सक्छ । जसरी यो सानो शहरमा हुँदै आइरहेका छन् ।

तपाईंलाई भनिदिइहालूँ । म पोखरा आएको पनि छत्तीस वर्ष भयो । पहिलोचोटि पोखरा आउँदा म तेह्र वर्षको थिएँ । अब तपैं आफैं हिसाब गर्नुस्, अहिले मेरो उमेर कति भयो ? म मेरो उमेरको हिसाब कहिल्यै गर्दिनँ किनभने मलाई त पैसाको मात्रै हिसाब गर्न आउँछ । हाहाहाहा... !

मेरो खास घर धादिङ हो । जहान परिवार धेरै भएपछि बाले घर धान्नै सकेनन् । घरको जेठोबाठो थिएँ म । बाको बोझ भएर बस्न सकिएन । त्यो कलिलो उमेरमै बाको बोझ हुनुको सट्टा घर धानिदिने टेको बन्नुपर्ने भयो । त्यसैले आठ कक्षामा पढ्दापढ्दै किताबकापी छोडेर कमाउन हिंड्नुपर्‍यो । आजको मितिमा तपाईं कल्पना गर्नुस् त, आठ कक्षा पढ्दै गरेको एउटा किशोर कमाउनुपर्ने बाध्यताले स्कुलको पढाइ छोडेर हिंडेको... !

खासमा म काठमाँडु जाने कुरो थियो । गाउँका एक जना चिनजानकै दाइको भर परेर घरबाट हिंडेको थिएँ । ती दाइ काठमान्डुमा काम गर्थे । तिनले काठमान्डुमा गएर गलैंचा फ्याक्ट्रीमा काम लगाइदिने वाचा पनि गरेका थिए । तर मलेखु आएर भात खाएपछि तिनले फट्याइँ गरे । मलाई पोखरा जाने बसमा हुलेर आफूचैं काठमान्डु टाप कसे । हाहाहाहा... !

सायद उनले सोचें हालान्, म उनका लागि अनावश्यक बोझ हुन सक्छु । कुरो ठीकै थियो, म पनि किन अर्काको बोझ भएर बाँचूँ ? यसै त म बाको बोझ भएको हुनाले घर छाडी हिंडेको थिएँ ।

म आउँदा पोखरा शहर बनिसकेको थिएन । गाउँ नै थियो । मैले देख्दादेख्दै यो ठाउँले काँचुली फेर्‍यो । यहाँ आएपछि मैले धेरै दुःख गरें । त्यही दुःखले जोडेको होटल हो यो ।

एक हिसाबले भन्नुपर्दा म पनि यहाँ आएर थाहा नपाईकन भासिएँ । हाहाहाहा... !

यसरी भासिने मान्छेहरू पनि कम छैनन् यहाँ ।

मेरो अनुभवले के भन्छ भने, मान्छे जहाँसुकैबाट आओस्, यदि ऊ केही समय पोखरा बस्छ भने उसले यो ठाउँ छोड्नै सक्दैन । यो पोखराको माटोमा त्यस्तो सम्मोहन छ । मान्छे यहाँ गाडीएरै बस्छ । अन्यत्र जानै सक्दैन । यदि गइहालेछ भने पनि नयाँ ठाउँमा त्यो मान्छे जम्नै सक्दैन । बरू उसले आफ्नो जन्मघर चटक्कै बिर्सेला तर पोखरालाई भने उसले कहिल्यै बिर्सन सक्दैन । यस्तो ठाउँ हो यो ।

अब तपाईं यो ठाउँमा हराएको मान्छे खोज्दै आउनुभाछ । म के बिन्ती गर्छु भने हराएको मान्छेलाई खोज्दाखोज्दै तपैं आफूचैं नहराउनुहोला । हाहाहाहा... !

त्यो मान्छेलाई पानीमुनि गए पनि खोजेर ल्याउँछु भन्दै तालमा डाइब हानेर नडुब्नुहोला । हाहाहाहा... !

गुफाभित्र गएर लुके पनि थुतेर ल्याउँछु भन्दै आफैं गायब नहुनुहोला । हाहाहाहा... !

छाँगाबाट हामफाल्ने काम त झन् गर्दै नगर्नुहोला । हाहाहाहा... !

हाहाहाहा... ! हाहाहाहा... !

यसरी हाँस्दाहाँस्दै होटल मालिक श्यामकेतुले रात कटाउने छाँट ल्यायो । घर्कंदै गरेको रातलाई ख्याल गरी मैले उसको कुरा बीचैमा काटें र सुत्न जान्छु भनी हिंडें । ऊ पनि सुत्न गयो ।

अब बाँकी कुरा भोलि हुनेछ ।

त्यतिन्जेलसम्मका लागि प्रस्तुत छ, लिखित दस्तावेजको अर्को एक अंश :

दस्तावेज नं. २

"कृपा गरेर मलाई यो कालवृक्षको बन्धनबाट मुक्त गरिदेऊ !"
- श्रापित यक्षणी

श्रापित यक्षणीको पुकार

समय २०४६ साल चैत्र महिनाको थियो । खाकीका बर्दी लगाएका पुलिसको एउटा टोली हरेक बिहान पञ्चायत प्रशिक्षण केन्द्रबाट गऱ्यामगऱ्याम बुट बजार्दै निस्कन्थ्यो र पिएन क्याम्पस गेटअगाडिको देवी पाञ्चायन मन्दिरको परिक्रमा गरेर जान्थ्यो । चालमा चाल अनि तालमा ताल मिलाएर बजारिएको बुटको लयबद्ध आवाजले वरपरको वातावरणलाई तरङ्गित पार्दथ्यो ।

स्थिति तनावग्रस्त थियो । झण्डा बोक्ने मान्छेहरू र खाकी बर्दीधारी पुलिसहरूका बीच बेलाबेलामा भिडन्त भइरहन्थ्यो । झण्डा बोक्ने मान्छेहरू ढुङ्गा हानेर आइलाग्थे । बर्दीवाला पुलिसहरू लाठी, टियरग्याँस र बन्दुक चलाएर जाइलाग्थे । भिडन्त शुरू हुन थालेपछि भागाभाग मच्चिन्थ्यो । दुकानका सटर अनि घरका झ्याल-ढोकाहरू बन्द हुन थाल्थे । बाटोतिर बरालिंदै गरेका हामीजस्ता बालबच्चालाई समातेर हतारहतार घरभित्र हुलिन्थ्यो । भिडन्तको भयास्पद कोलाहल हाम्रो कानमा निकै बेरसम्म घन्किरहन्थ्यो । बारम्बार यस्तो भिडन्त किन भइरहन्छ ? हामीजस्ता बालबच्चाले बुझ्न सक्ने कुरो थिएन ।

त्यस बेला हाम्रो टोलका मानिसहरू खूबै डराएजस्ता देखिन्थे । लोग्नेमान्छेहरू आपसमा कुरा गर्दा अरूले सुन्लान् कि भनेर मुखै जोडुँलाझैं गरी खासखुस-खासखुस गर्दथे । मानौं, तिनका छेउमा कान भएका भित्ताहरू प्रशस्त छन् । उनीहरू बातैपिच्छे गम्भीरतापूर्वक टाउको हल्लाउँथे । गम्भीरताले उनीहरूको निधारका रेखाहरू यसरी गुजुल्टिन्थ्यो, त्यो नागपञ्चमीमा दैलोमाथि टाँसिने चित्रजस्तै देखिन्थ्यो । स्वास्नीमान्छेहरूको कुरा गराइ झन् अजिबको हुन्थ्यो । उनीहरू पछ्यौराले मुख छोप्थे र जोर आँखा

वरपर घुमाउँदै खासखुस गर्थे । उनीहरूले के खासखुस गर्थे ? हामीजस्ता बालबच्चाले बुझ्न सक्ने कुरा थिएन ।

एक दिन पिएन क्याम्पस गेटबाट झण्डा बोकेका मान्छेहरूको यति ठूलो जुलुस निस्कियो कि त्यत्रो जुलुस हामी फुच्चेहरुले देखेकै थिएनौं । त्यो जुलुस अघिल्ला दिनहरूको तुलनामा ज्यादै ठूलो थियो । झण्डावाल मान्छेहरू अबीरले पोतिएर रातै भएका थिए । त्यो दिन होली थिएन तर उनीहरूले होली मनाएका थिए । खुशीले मैमत्त भएका थिए, उनीहरू । उफ्रिंदै र मच्चिंदै ...जिन्दावाद ! जिन्दावाद !! ...मुर्दावाद ! मुर्दावाद !! भन्दै जोरजोरसँग चिच्याइरहेका थिए । उनीहरूकै सिको गरेर धेरै पछिसम्म हामीले पनि लट्ठीमा प्लास्टिक सिउरेर जिन्दावाद र मुर्दावाद भन्ने खेल खेलेका थियौं, जो हाम्रो लागि बिलकुल नयाँ थियो ।

जुलुस पिएन क्याम्पस गेटबाट निस्किएर नदीपुरतिर गइरहेको थियो । त्यसरी नै गइरहेको थियो, जसरी कालीखोला बगेर जान्छ । मान्छेहरूको कालीखोला । तर खै किन हो कुन्नि, अरू दिनमा जस्तो त्यो दिन बर्दीवाला पुलिस र कालीखोलाझैं बग्दै गएका झण्डावाल मान्छेहरूको बीचमा कुनै झडप भएन । ढुङ्गा, लाठी, टियर ग्याँस र बन्दुकको कुनै खेला भएन । अहँ, हुँदै भएन । किन भएन ? हामीजस्ता बालबच्चाले बुझ्न सक्ने कुरो थिएन ।

जुलुसको अन्तिममा एउटा मान्छे सबैभन्दा ठूलो झण्डा बोकेर हिंडिरहेको थियो । त्यो मान्छेलाई मैले पहिला कहिल्यै पनि देखेको थिइनँ । त्यो झण्डा-मानव मेरो हजुरबाभन्दा बूढो पनि थिएन र मेरो बाभन्दा ठिटो पनि थिएन । तिलचामले जुँगादाह्रीले उसको आधा अनुहार ढाकेको थियो । उसको निधार फराकिलो र तेल घसेर टलक्क टल्किएको झैं थियो । उसले सेतो सर्टमाथि कालो ओभरकोट लगाएको थियो । उसको पाइट पनि कालै थियो । उसले लगाएको जुत्ता भने मैलो र पुरानो थियो । यस्तो लाग्थ्यो कि त्यो जुत्ता लगाएर उसले हजार माइलको बाटो पार गरिसकेको छ ।

जुलुसको सबैभन्दा पछुवा भएर हिंडिरहेको त्यो झण्डा-मानव जुलुसतिर लाग्न छोडेर एकाएक मतिर आयो । मेरो अगाडि आएर टक्क उभियो ।

झण्डा-मानवले मलाई खूब नियालेर हेऱ्यो । मैले पनि उसलाई हेरेको हेऱ्यै गरें । हेर्दाहेर्दै उसले बोकेको झण्डा सल्किएको कपुर बिलाउँदा झैं हावामा बिलाएर गयो । अब उसको हातमा झण्डा सिउरिने डन्डामात्र बाँकी थियो । त्यो डण्डा पनि उसैगरी बिलायो र एउटा सानो ठुटोमा परिणत भयो । वास्तवमा त्यो ठुटो नभएर एउटा सुन्दर कलम थियो । मलाई त्यो झण्डा-मानव जादुगरझैं लाग्यो । उसले त्यो सुन्दर कलम मलाई दिंदै भन्यो, "लिऊ ! अब तिमीले लेख्नुपर्छ !"

मैले कलम त लिएँ । तर के लेख्ने ? कसरी लेख्ने ? मलाई केही थाहा थिएन । मलाई लेख्न आउँदैनथ्यो । म सानै थिएँ । के लेख्ने भन्ने बारेमा झण्डा-मानवले केही पनि बताएन । ऊ फटाफट बाटो लाग्यो । ऊ जुलुसलाई पछ्याउँदै नदीपुरतिर गएन । त्यसको विपरीत ऊ केआइसिं पुलतिर गयो । ऊ किन त्यतातिर गयो ? मजस्तो बालबच्चाले बुझ्न सक्ने कुरो थिएन ।

मैले त्यो कलम लगेर आमालाई दिएँ । आमालाई पनि लेख्न आउँदैनथ्यो । आमाको समयमा छोरी मान्छेले पढ्न-लेख्न हुँदैन भन्थे रे ! आमाले त्यो कलम लगेर मुदुसमा सुरक्षित राखिदिनुभयो । स्कुल जाने मान्छेले मात्र फरररर किताब पढ्न सक्छ र खरररर कलमले लेख्न पनि सक्छ भन्ने कुरा एक दिन बाले मलाई बताउनुभयो । त्यसपछि बाले मलाई स्कुलमा लगेर भर्ना पनि गरिदिनुभयो । स्कुलमा फरररर पढ्न र खरररर लेख्न सिकाउनका लागि लक्ष्मी मेडम आउनुभयो ।

लक्ष्मी मेडम फोटोमा भएकी लक्ष्मी माताजस्तै राम्री हुनुहन्थ्यो । उस्तै बाटुलो, गोरो अनि उजेलो अनुहार । एक जना स्कुले साथीले मलाई यो कुरा पनि सुनाएको थियो कि बजारमा जति पनि लक्ष्मी माताका तस्वीरहरू छन्, ती सबै लक्ष्मी मेडमको फोटो खिचेर बनाइएका हुन् । उसले अरू साथीहरूलाई पनि यसै भन्थ्यो । तर, यो कुरो साँचो हो कि होइन भनेर लक्ष्मी मेडमलाई मैले कहिल्यै सोधिनँ । अरू साथीहरूले पनि सोधेको थाहा पाइनँ ।

खैर, लक्ष्मी मेडमले हामीलाई लक्ष्मीको मन्त्र नदिएर सरस्वतीको मन्त्र दिनुभयो । मैले सरस्वतीको मन्त्र-साधना गरें । मन्त्र सिद्ध भएपछि मैले पनि फरररर पढ्न र खरररर लेख्न जानें ।

वर्षको एकपटक आउने त नियम नै हो । त्यही नियमलाई अनुसरण गर्दै फेरि अर्को चैत्र आइपुग्यो । जो २०६२ सालको थियो । काल-जमाना निकै फेरिएको थियो । धेरै कुराहरू फेरिइसकेका थिए । तर एउटा कुरा अझै पनि फेरिएको थिएन ।

जस्तो, झण्डा बोक्ने मान्छेहरू फेरि पिएन क्याम्पसबाट निस्किए । उहिले खाकी बर्दी र अहिले नीलो बर्दी लगाएका पुलिसहरूसँग फेरि पनि उनीहरूको झडप भयो । झण्डा बोक्ने मान्छेहरू को थिए र उनीहरू किन जुलुस बनेर निस्किए ? म बुझ्न सक्ने भइसकेको थिएँ । त्यस्तो डरलाग्दो झडप बारम्बार किन भइरहन्छ ? मलाई थाहा भइसकेको थियो ।

त्यो झडपमय साँझ अर्थात् क्रान्तिमय सन्ध्याको समयमा म पनि घरबाट निस्किएँ । चोक-चोकमा टायर सल्काइएको थियो भन्नुभन्दा चोक-चोकमा क्रान्तिको अग्निकुण्ड दन्दनी दन्किएको थियो भन्नु ठीक होला । प्रत्येक चोकमा क्रान्तिको महायज्ञ चलिरहेको थियो । क्रान्तियज्ञका यजमानहरूले सन्ध्या आरती जगाउने बेला भएको रहेछ । यजमानहरूले हातमा मशाल सल्काएर लोकतान्त्रिक गणतन्त्रको आरती उतार्न लागे । यजमानहरूको हूलमा मिसिएपछि मलाई पनि एउटा मशाल थमाइयो । अनि नारा घन्काउँदै जुलसले जताजता डोहोऱ्याएर लैजान्छ, त्यतैत्यतै गइयो ।

हातमा बोकेको मशाल ह्वारह्वार्ती बलिरहेको थियो । जति बलेको थियो त्योभन्दा बढी धुवाँ ओकलिरहेको थियो । जुलुसमा हिंड्दै गर्दा मैले झण्डा-मानवलाई सम्झिएँ । जसलाई नभेटेको पनि सोह्र वर्ष पुगिसकेको थियो । के थाहा, कतै ऊ पनि मशाल बोकेर यही जुलुसमा हिंडिरहेको पो छ कि ? नहोला भन्न सकिन्न । यताउति कतै देखिन्छ कि भन्दै घाँटी तन्काएँ । घाँटीभन्दा दोब्बर आँखै तन्काएँ । जुलुसको मोहोडादेखि पुछारसम्मै तन्किएर नियालें । ऊ भेटिएन ।

डुल्दै घुम्दै मिथ्याचोक भनेझैं मशाल जुलुस पनि पिएन क्याम्पस गेटअगाडि गएर थामिन लाग्यो । त्यहाँ कोणसभा गर्ने कार्यक्रम रहेछ । कोणसभामा जुलुसका नाइकेहरूले भाषण ठोक्नेवाला थिए । भाषण सुन्ने जाँगर चलेन । घर फर्कन चाहें ।

यो हातको मशाललाई चैं के गर्नु ?

क्रान्तिको मशाल हो । जहाँ पायो त्यहीं फाल्न मन लागेन । बरू कसैको हातमा थमाइदिनु पर्‍यो भनेर एक जुलुसेको छेउमा पुगें । त्यो जुलुसेलाई देख्नासाथ म चित खाएँ । अघिदेखि मैले तन्कीतन्की खोजेको झण्डा-मानव त त्यहीं थियो ।

उसको लवाइ उस्तै थियो । अनुहार उस्तै थियो । दाह्रीजुँगा उस्तै थिए । ऊ हरप्रकारले मैले २०४६ सालमा देखेजस्तै दुरूस्त थियो । हातले इसारा गरेर उसले मेरो हातको मशाल माग्यो । मैले दिएँ । मशाल अझै पनि बलिरहेको थियो । उसले आफ्नो कोटको खल्तीबाट एउटा लामो सिगार निकाल्यो । मुखमा च्याप्यो । मशालको आगोमा सिगार झोसेर सल्कायो । लामो कस तान्यो अनि आकाशतिर मुख सोझ्याएर धुवाँ ओकल्यो ।

उसले धुँवातिर हेर्न सङ्केत गर्‍यो । हेरें ।

धुवाँमा एक बथान सेता परेवाहरू देखिए । ती उडेर अनन्त आकाशतिर गए । बिलाए । उसले फेरि पनि जादु गर्‍यो ।

"केही लेख्यौ ?", उसले सोध्यो ।

"अहँ छैन ।", होमवर्क नगरेको विद्यार्थीले झैं उत्तर दिएँ ।

"लेख ! तर लेख्नुअघि हरेक कुरामा शङ्का गर !"

यति भनेर सक्दा नसक्दै बिना औपचारिकता, बिना विलम्ब ऊ सुइँसुइँ आफ्नो बाटो लाग्यो । उतै केआइसिं पुलतिर । मैले "हवस्, हुन्छ, अवश्य, पक्कै गर्नेछु !" आदि-इत्यादि केही पनि भन्ने मौका पाइनँ । ऊ ओझेल नपरून्जेसम्म हेरिरहें । उसले हातमा बोकेको मशाल निभिसकेको थिएन ।

केही वर्षहरू सम्झना र बिर्सना हुँदै सलललल बग्दै गए । तर लेख्नुपर्ने तिर्सना भने बढ्न सकेको थिएन । यस्तै र उस्तै क्रम एवम् उपक्रमहरूका बीचमा कति चैत्रहरू बितेर गए । पटक्कै ख्याल गरिएन । जति ख्याल नगरे पनि त्यो झण्डा-मानवले दिएको सुन्दर कलमलाई भने बिर्सन सकेको थिइनँ ।

कलम त आमाले राखिदिनुभएको थियो मुदुसमा । त्यो मुदुस गोठमाथिको धनसारमा मिल्किएको थियो । म धनसारमा गएँ र मुदुस खोलें । एकछिन त

कलम हरायो कि कतै ! भनेर मन चिसो भएर आएको पनि थियो । तर धन्न, त्यो सुन्दर कलम जहाँको तहीं रहेछ । जस्ताको तस्तै रहेछ । खुशी लाग्यो ।

कलम समातें । धेरै बेरसम्म सुम्सुम्याइरहें । केही त लेख्नैपर्छ भन्ने लाग्यो । लेख्नका लागि शब्द चाहिन्छ । शब्द साधन हो । शब्दमात्र भएर हुँदैन, तत्त्व चाहिन्छ । भन्नेवित्तिकै त्यो तत्त्व कहाँ पाइन्छ ?

खै, कता हो कताबाट महाकविको यो महान उद्गार दिमागमा सुलुत्त छिर्न पुग्यो, "उद्यानमा बस गइ सव तत्त्व खुल्छन् !"

त्यसपछि म तत्त्वको खोजीमा उद्यानतिरै लागें ।

***

शहरको सीमान्त क्षेत्रमा अवस्थित सुपरिचित बगैंचा बलुद्यानमा पुगें । सयौं रोपनी जग्गामा फैलिएको बलुद्यान अनेक थरीका विशाल वृक्षहरू, रङ्गीविरङ्गी फूलहरू, मौषमी फलका बोटहरू, ठाउँठाउँमा हरियो गलैंचा ओच्छाएजस्ता दुबोका चउर, अनेक प्रजातिका घाँस र बुट्यानहरूले सुशोभित थियो । मनमा मरूभूमि बोकेर गएको मान्छे पनि त्यहाँ पुगेपछि हराभरा हुन्थ्यो । त्यसरी हराभरा बन्न आउने मान्छे कम्ता हुन्थेनन् त्यहाँ । हराभरा त म यसै पनि थिएँ । मलाई तत्त्व चिन्तन गर्नु थियो । त्यसका लागि एउटा अजङ्गको रूख रोजें र त्यसको छहारीमुनि गएर बसें ।

तत्त्व चिन्तनका प्रारम्भिक बुँदाहरू टिप्न भनी कलम झिकें । कापी झिकें अनि कापिको सेतो पानामाथि कोर्न शुरू गरें । विडम्बना, कलमले लेख्दै लेखेन । जति घोटे पनि लेखेन । किन लेखेन ? त्यस्तो सुन्दर कलमले नलेख्नु भनेको ज्यादै पीडाको कुरा हो । यस्तो पीडा, जसको गहिराइलाई एउटा असल लेखकले मात्र नाप्न सक्छ । केके न लेखुँला भन्ने कस्तो उम्लँदो उत्साह थियो, थालमा खन्याएको चिया सेलाउँदाझैं सेलाएर जाने भो ।

त्यही रूखमुनि उत्तानो परेर पल्टिएँ । एक मुठी खुइय सास फेरें, निराशाको ।

यत्तिकैमा मेरो मुखैमाथि एउटा पात खस्यो । त्यो पातलाई समातेर फाल्न मात्र के लागेको थिएँ, पातमा लेखिएका अक्षरहरूमा मेरा आँखा

अड्किए । आँखासँगसँगै हात पनि अड्कियो । त्यसपछि अक्षराङ्कित पातहरू एकाएक गर्दै खस्न थाले । ती सबै पातहरूलाई सम्हालेर क्रमशः पढ्न थालें, मेरै नाम सम्बोधन गरी लेखिएको थियो :

अब लेख्न बाँकी केही पनि छैन !

प्रिय अनादि !

कुरा धेरै समय पहिलेको हो । जतिखेर माहेन्द्री नदीछेउको गुफामा कृष्णद्वौपायन नाम गरेका ऋषि तपस्या गर्दथे । कृष्णद्वौपायन, जो लोक-लोकान्तरमा व्यासको नामबाट परिचित थिए । धेरै दिनदेखि उनको मनमस्तिष्कमा एउटा कथाले डेरा जमाएर बसेको थियो । जुन कथा चारै वेदका गुप्ततम रहस्य र अनेक शास्त्रका सारद्वारा सिञ्चित थियो ।

त्यो कथा भावी विश्वका लागि अमूल्य रत्न हुने कुरामा उनी विश्वस्त थिए । त्यसैले त्यो कथा उनी आफ्ना शिष्यहरूलाई हस्तान्तरण गर्न चाहन्थे । जनमानसमा फैलाउन चाहन्थे । जुगजुगान्तरसम्म जीवन्त रहोस् भन्ने पवित्र कामना गर्दथे । त्यसका लागि सो कथालाई लिपिबद्ध गर्न जरूरी थियो । निश्यच नै त्यसका लागि जरूरी थियो, एउटा योग्य र कुशल लेखकको । जसले उनको ह्रदयमा कैद भएका शब्दहरूलाई बाहिर निकालेर यथायोग्य ढङ्गले पत्रमा उतार्न सकोस् ।

तर, जरूरी भए बमोजिमको योग्य र कुशल लेखक व्यासले भेटाएका थिएनन् । यही कुरालाई लिएर उनी बडो चिन्ताग्रस्त थिए । व्यासको लोकहितकारी चिन्ताले ब्रह्मलोकमा विराजमान सृष्टिका हर्ताकर्ता बूढा ब्रह्माजीलाई पनि छोयो । ब्रह्मलोकबाट ओर्लेर बुढा स्वयम् व्यासको गुफामा आए । व्यासलाई पत्थर खोज्दा पारस मिलेझैं भयो । आफ्नो चिन्तालाई ठेगान लाउने उपाय अवश्य मिल्छ भन्ने आस राखी उनले बुढालाई आफ्नो मर्का पोखे । बुढाले यो मामिलामा गणेशको सहयोग लिन उचित हुने सल्लाह दिए ।

त्यसपछि बुढाले सुझाएबमोजिम नै व्यासले गणेशलाई पुकारे । त्यही गुफामा लम्बोदर गणेश र व्यासको भेट भयो । कथा लेखनको सम्बन्धमा

यिनीहरूले आपसमा केही शर्त र समझदारी बनाए । ती शर्त र समझदारी केके थिए भन्ने बारेको सबै नालीबेली यहाँ उल्लेख गर्न चाहन्नँ । प्रसङ्गवशः ती कुराहरू आएछन् भने ठीकै भो । अन्यथा तिमीलाई यस बारेमा थप जान्न इच्छा छ भने महाभारत पढ्न सक्छौ । म त यहाँ त्यस्तो रहस्य खोल्न गइरहेको छु, जसलाई महाभारतमा कसैले पनि पढेको छैन । पढोस् पनि कसरी ? त्यो कुरा त्यहाँ लेखिएकै छैन ।

अँ त, त्यसरी व्यासले कथा भन्ने र गणेशले लेख्ने तारतम्य मिल्यो । बडो तन्मयका साथ व्यासले कथा भन्दै गए, मनले चिताए अनुसारकै लेखक पाएकोमा उनी ज्यादै उत्साहित थिए । व्यासको कथालाई गणेशले पनि उत्तिकै जाँगरका साथ लिखितम गर्दै गए, महभन्दा मीठो व्यासको काव्यिक वाणीबाट उनी पनि उत्तिकै मुग्ध थिए ।

यसरी कथा भन्ने र लेख्ने क्रम रोमाञ्चक गतिमा अघि बढ्दै थियो । कथा त्यहाँनेर आइपुगेको थियो, जहाँ हस्तिनापुरको राजकीय सत्तामा उत्तराधिकारीको सङ्कट परेको थियो । जहाँ राजा शान्तनु, उनका दुई पुत्र चित्राङ्गद र विचित्रविर्यसमेतको मृत्यु भइसकेको थियो ।

शान्तनु र सत्यवतीको विवाहअघि नै भीष्मले आजीवन ब्रह्मचारी रहने प्रतिज्ञा गरेका थिए । उनीबाट हुन सक्ने केही थिएन । राजवंशको विस्तार ठप्पै हुने स्थिति आयो । सत्यवतीले राजवंश जोगाउने उपायस्वरूप आफ्ना पराशरतर्फका छोरा व्यासलाई दरबार बोलाइन् । उनै व्यास, जो यो कथा भनिरहेका थिए ।

राजमाताले व्यासलाई विचित्रविर्यका विधवा स्त्रीहरू अम्बिका र अम्बालिकासँग सहवास गरेर सन्तान जन्माउन आदेश दिइन् । हेर्दै कुरूप अनुहार परेका, जिङ्ग्रिङ्ग कपाल र फुस्रो दाह्री अनि दुर्गन्धित शरीर भएका वीभत्सरूपी व्याससँग फूलझैं मुलायम र झरनाको पानीझैं स्वच्छ ती सुकोमल स्त्रीहरू समागम गर्न पक्कै राजी हुने थिएनन् । राजमाताले ती दुई स्त्रीलाई अनेक तरहले सम्झाइबुझाइ गरिन् र व्याससँग समागम गर्न राजी गराइ छाडिन् ।

अम्बिका र अम्बालिकासँग व्यासको समागम असाध्यै कष्टपूर्ण रह्यो । समागममा दुवै स्त्री भयग्रस्त भए । समागममा डरले आँखा बन्द गरेका कारण अम्बिकाले दृष्टिविहीन धृतराष्ट्रलाई जन्म दिइन् । यता डरले अम्बालिकाको हंशसँगै अनुहारको रङ पनि उडेर गयो । त्यसैले पाण्डुर वर्णको पाण्डुलाई जन्माइन् ।

सोचेजस्तो नभएपछि राजमाता सत्यवतीले अर्को सन्तान जन्माउने अभिप्रायले अम्बिकालाई पुनः व्याससँग सहवास गर्न दबाव दिइन् । यसपटक भने अम्बिका कुनै पनि हालतमा व्याससँग समागम नगर्ने मनसायमा अडिग थिइन् । उनले जुक्ति लगाइन् र आफ्नो साटो एक दासी, जो स्वर्गकी अप्सरासमान सुन्दरी थिइन्, उनैलाई व्याससँग समागम गर्न पठाइदिइन् ।

दासीले आफ्नो तनमन निशङ्कोच भावले व्यासलाई समर्पित गरिन् । दासीको समर्पणले व्यास मुग्ध भए । व्यास र दासीबीच चरमसुखका लागि रोमाञ्चक सङ्घर्ष भयो । यस्तो सङ्घर्ष, जसमा कुनै पराजय थिएन । थियो त केवल विजय नै विजय । यस्तो विजय, जसले अहम्लाई होइन, आत्मालाई तृप्त गर्दथ्यो ।

हो, यसपटकको अत्यन्तम् रतिसुखले व्यासको तिर्खालु आत्मा पूर्णरूपमा तृप्त भएको थियो । जसले रानीहरूसँग भएको अघिल्ला कष्टप्रद संर्सगलाई समेत भुलाइदिएको थियो ।

व्यासले त्यो रति-रागात्मक प्रसङ्गको वर्णन असाध्यै रोचक पारामा गरिरहेका थिए भने यता गणेशको मनमा कामवाणले सिल्का हान्न शुरू गरिसकेको थियो । उनको चित्तमा कामवासनाको हुण्डरीले ताण्डव नृत्य गर्न पाउ बजार्न थाल्यो । वासनाको वेगले उडाइदिएको उनको हंस कैलाश पर्वतभन्दा पनि पर पुगिसेको थियो सायद । यसैयसै भाङ खाएको मान्छेझैं उनी लट्ठिएका थिए । हंस ठाउँमा नभएपछि जे नहुनु छ, त्यही भइदिन्छ ।

मदहोसी गणेशले लेखिरहेको कलम अचानक उनको हातबाट स्खलित हुन पुग्यो । गुफावरपरको जमिन भिरालो थियो । त्यो स्खलित कलम खसेर तल नदीछेउ पुग्यो । त्यसपछि गणेश बल्ल होसमा आए । स्खलित भएपछि जो-कोही होसमा आउनु स्वभाविक पनि हो तर उनीबाट भूल भइसकेको थियो ।

एकपटक शुरू गरेपछि लेखनको सिलसिला टुटाउन नपाइने शर्तमा बाँधिएका थिए, दुवै जना । फुत्किएको कलम खोज्न जाऊँ भने निश्चितै शर्त भङ्ग हुन्थ्यो । नजाऊँ भने यसै पनि लेख्ने कलम हातमा छैन । अब के गर्ने... ? कसो गर्ने... ? गणेशलाई पर्नु आपत् पऱ्यो ।

उपाय नास्ति भएपछि उनले आफ्नै दाँच भाँचे । त्यसलाई कलम बनाए अनि सरासर लेख्न थाले । यसरी शर्तभङ्गताको अनिष्ट टऱ्यो ।

यता, गणेशको हातबाट स्खलित कलम माहेन्द्री नदीछेउको बालुवा-बगरमा पुगेको थियो । कलम असाध्यै सम्मोहक थियो । सर्वप्रथम त्यही गुफावरपरको जङ्गलमा बस्ने बाँदरले देख्यो, त्यो कलमलाई । कलमको सम्मोहनबाट सम्मोहित भएको बाँदरले त्यो कलमलाई टिप्यो अनि रूखको हाँगामा गएर बस्यो । बाँदरले कलमलाई ओल्टाइपोल्टाई हेर्न थाल्यो । यस्तो लाथ्यो कि, त्यो कलम खान मिल्ने चिज हो वा अरू कुनै हतियार हो भन्ने कुरामा बाँदर द्विविधाग्रस्त छ ।

उता, अर्को रूखको हाँगामा बसेको कागले बाँदरको चर्तिकलालाई अघिदेखि नियालिरहेको थियो । बाँदरले कलम हातमा खेलाइरहँदा कागको मनमा पनि केके हो, केके कुरा खेल्न थाले । त्यो कलमलाई देखेर काग पनि एकाएक सम्मोहित भयो ।

कागलाई त्यो कलम आफ्नो पोल्टामा पार्न मन लाग्यो । बाँदरको हातबाट कलम खोस्ने उपयुक्त मौकाको पर्खाइमा निशाना साँधेर बस्न थाल्यो, काग । क्षणभरमै कलम खोस्ने प्रयासस्वरूप कागले बाँदरको हातमा रहेको कलमलाई ताकेर आक्रमण गऱ्यो तर कसोकसो बाँदरले छक्कायो । काग हुत्तिएर अर्को हाँगमा गएर बस्यो । हात लाग्यो शून्य !

पहिलो आक्रमण असफल भएपछि कागको कन्सिरी तातेर आयो । त्यसपछि पुनः उपयुक्त मौका ठम्याएर कागले जोडदार आक्रमण गऱ्यो । यसपटक उसले आक्रमणको रणनीति परिवर्तन गरेको थियो । कागले बाँदरको हातमा रहेको कलमलाई होइन, उसको आँखामा निशाना साँधेर आक्रमण गऱ्यो । यसपटक बाँदरले छक्याउन सकेन । कलम जोगाउने ध्याउन्नमा उसले आफ्नो आँखा बचाउन बिर्सियो ।

एकपछि अर्को गर्दै कागले बाँदरको दुवै आँखा फुटाइदियो । बाँदरको आँखाबाट भलभल्ती रगत बग्न थाल्यो । आँखा फोडिएको असहनीय पीडाले बाँदर रन्थनिएर भुइँमा खस्यो । बाँदरले दुवै हात आँखामा लगेर थम्थम्याउन लाग्यो । उसको हातबाट कलम छुटेर भुइँमा मिल्किन पुग्यो । यसरी कागले त्यो कलम हत्याउन सफल भयो ।

विजयोन्मत्त कागले कलमलाई आफ्नो ठुँडमा च्याप्यो र अनन्त आकाशतिर उड्यो । उसको उडान पश्चिमतिर सोझिएको थियो । कागले अनगिन्ती पहाडहरू, जङ्गलहरू, मैदानहरू, मरूभूमिहरू, नदीहरू, तालहरू र हिमालहरू नाघ्दै गयो । धेरै पर पुगेपछि उसले घाम अस्ताउन लागेको महसुस गऱ्यो । क्रमशः चिसिंदै गएका हावाका झोंकाले उसको पखेटालाई घोच्न थालेका थिए । उसलाई लाग्यो, अब कतै उपयुक्त स्थान खोजेर बास बस्नुपर्छ । तर बास बस्नका लागि के त्यहाँ कुनै वन-बिरूवा थिए त ?

त्यो ठाउँ पूरै मरूभूमि थियो । हरियो जङ्गल र चिल्ला पात भएका रूखहरू होइन, त्यहाँ त जतातत‍ै खस्रैखस्रा बालुवाको साम्राज्य थियो । बाध्यतावश कागले आफूलाई एउटा बालुवाको ढिस्कोमाथि लगेर बिसायो । त्यहाँबाट उसले सुरक्षित आश्रयको सम्भावनालाई नियाल्न थाल्यो । उसले ठुँडमा च्यापेको कलमलाई छेउमा राख्यो र थप जोडबल गर्दै चारैतिर नजर डुलायो । उसले वरपर बास बस्नलाई कुनै उपयुक्त रूख त के, हरियो झार पनि देखेन ।

कागले जसै ठुँडबाट कलम बिसाएको थियो, उसलाई आफ्नो भोक, तिर्खा र थकानको पनि एकाएक बोध भएर आयो । कलम फुत्काउन सकेको रोमाञ्चकतामा डुबेर हावामा कावा खाँदै हान्निएको ऊ धेरै टाढा आइसकेको थियो । त्यो मरूभूमि उसले कहिल्यै नदेखेको ठाउँ थियो । बिलकुलै अपरिचित ठाउँ ।

ऊ अझै सुरक्षित बासको आश गर्दै बालुवाको ढिस्कोमाथि बसेर टाढाटाढा नियाल्दै थियो । दुर्भाग्यवशः त्यत्तिकैमा ऊमाथि हमला भयो । भोक, तिर्खा र थकानले ऊ कमजोर भएको थियो । हमलाकारीले उसको छेउमा रहेको त्यही कलम उछिट्याउने प्रयास गऱ्यो । त्यो हमलाकारी अवश्य पनि कुनै सगोत्री काग थिएन । फिनिक्स चरो थियो ।

काग र फिनिक्स चरोको बीच केही बेर राम्रै भिडन्त भयो । कलम हत्याउने जोर-जबर्जस्तीमा ठोकाठोक हुँदा त्यो कलम मक्कियो । त्यसको एक भाग त्यहीं चोइटियो र बाँकी कलम फिनिक्स चरोले लिएर उड्न सफल भयो ।

यसै त भोक, तिर्खा र थकानले कमजोर काग, त्यसमाथि दुश्मनको आक्रमणले उसलाई नराम्रोसँग घाइते बनाइदिएको थियो । पूरै अशक्त बनेको काग अन्तिम बल लगाउँदै कलमको चोइटिएको अंशलाई लिएर उड्न खोज्यो । सकेन । दुई-तीनपटक थप बल गऱ्यो । सक्दै सकेन । अनि त्यहीं छटपटाएर आफ्नो इहलिला समाप्त गऱ्यो ।

कालान्तरमा कलमको चोइटिएको त्यो अंशलाई मरूभूमिको चिसो बतासले उडाउँदै-उडाउँदै लग्यो । बिस्तार-बिस्तार त्यो चोइटिएको अंश आफसे आफ सिङ्गो कलम बन्दै गयो । त्यो कलम पहिलोपटक मोशाले फेला पारे अनि लेख्न थाले । उनीसँग लेख्नुपर्ने धेरै कुराहरू थिए । जुन कुराहरू उनले आफ्नो गुरूबाट पाएका थिए । त्यसपछि दाउद, सोलोमन र यार्मियालगायत अरू चालीस जना व्यक्तिहरूले पनि त्यही कलमले लेखे र बाइबल तयार भयो । तिमीलाई भनिहालूँ कि यो कलमको बारेमा बाइबलमा केही उल्लेख छैन ।

उता फिनिक्स चरो ठुँडमा कलम च्यापेर भूमध्य सागरको माथिमाथि उड्दै अगाडि बढ्यो । त्यो मक्किएको कलमबाट अर्को चोइटो युनानमा खस्यो । त्यो चोइटो सुकरातले फेला पारे । सुकरातले आफ्नो विवेकले ठम्याएको कुरा लेख्न चाहन्थे । जुन कुरा उनले आफ्ना चेलाहरूलाई मौखिकरूपमा बाँड्दै आएका थिए ।

तर दुर्भाग्य, एथेन्सका युवाहरूलाई बरालेको आरोपमा त्यहाँको सरकारले उनलाई मृत्युदण्डको सजाय सुनाइदियो । आफू मरे पनि आफ्नो चाहनालाई यत्तिकै मर्न नदिन उनले त्यो कलम आफ्नो प्रिय चेला प्लेटोलाई दिए ।

सुकरात हेमलक नामको विष पिएर यो संसारबाट बिदा भए । गुरूबाट उपहार पाएको कलम बोकेर प्लेटो बाह्र वर्षसम्म देशदेशावर भौंतारिँदै हिंडे । त्यसपछि फर्किएर पुनः एन्थेस आए अनि त्यही कलमले उनले रिपब्लिक नामको ग्रन्थ लेखे, जहाँ उनले आदर्श राज्यको सुन्दर कल्पना गरेका छन् ।

पछि प्लेटोले त्यो कलम आफ्ना चेला अरस्तुलाई दिए । त्यही कलम चलाएर अरस्तुले पोलिटिक्स लेखे । त्यसपछि अरस्तुले त्यो कलम सिकन्दरलाई दिए । याद गर, सिकन्दरले विश्वविजयको इतिहास लेख्न खोजेको कलम त्यही थियो तर भारतवर्षका चाणक्यले उनको त्यो कलमलाई भाँचिदिए । विश्वविजयको इतिहास लेख्ने सिकन्दरको रूमानी सपनामा विराम लाग्यो । बरू चाणक्य स्वयम्ले लेखे अर्थशास्त्र र राजनीति... ।

चोइटिंदै गएको कलमको बाँकी अंश बोकेर फिनिक्स चरो रोमन साम्राज्यको आकाशमा पुग्दा अर्को चोइटो खस्यो । त्यो चोइटो मार्कस टुलियस सिसेरोले फेला पारे । सिसेरोले त्यतिखेर कलम चलाउन थाले, जतिखेर रोममा जुलियस सिजरले शासन चलाइरहेका थिए । सिसेरो पनि सिजरको शासनप्रति सन्तुष्ट थिएनन्, जसरी दुनियाँका लेखकहरू खासगरी आफ्नो देशको शासनप्रति सन्तुष्ट हुँदैनन् र सधैंभरि सत्ताको विपक्षी कित्तामा उभिइरहन्छन् ।

कलम जो छ, त्यो हलो, कोदालो र बाउसो त होइन तर त्यही कलम चलाएर सिसेरोले जुलियस सिजरको शासन व्यवस्था र उनको प्रशासनिक नीतिको खन्नुसम्म खोइरो खने । आलोचनाको आगो ओकले ।

धन्न, जुलियस सिजर शालीन र सहिष्णु स्वभावका थिए । सिसेरोले उनको शासनको जतिसुकै धज्जी उडाए पनि सहेरै बसे । उनले आफ्नो कट्टर आलोचक सिसेरोप्रति कुनै दुर्नियत साँधेनन् । कुनै वैरभाव पनि राखेनन् ।

तर समय बडो बलवान छ हजुर ! जो सधैं एकनासको कहाँ हुन्छ र ! सिजरको अवसानपछि रोमन साम्रज्यको सिंहासनमा मार्क एन्टोनी विराजमान भए । नानीदेखिको बानी के छुट्थ्यो भनेझैं सिसेरोको कलमले आगो ओकल्न छोडेन । सिसेरोले उसैगरी एन्टोनीको शासन र उनको नीतिको धुवाँदार आलोचना गर्न थाले, जस्तो जुलियस सिजरको पालामा गर्दै आइरहेका थिए ।

सायद सिसेरोले हेक्का राखेर पनि राख्न सकेनन् होला । बेला परिवर्तन भइसकेको थियो । रोमको टाइबर नदीमा पानीमात्र होइन, अरू धेरै थोक बगेर गइसकेको थियो । त्यस बेला उनको आलोचनालाई सहजै पचाउने जुलियस सिजर रोमको सत्तालाई छोडेर दैवको काखमा पुगिसकेका थिए ।

एन्टोनीको विरोधमा सिसेरोले फिलिप्पिज नामको लेख लेखे । अवश्य, त्यो लेखको निशाना एन्टोनी र उनको शासन थियो । उनले त्यो लेखको चर्को मूल्य चुकाउनुपऱ्यो । सिसेरोले कलम चलाएर एन्टोनी शासनको दोहोलो काडे । बदलामा एन्टोनीले सिसेरोका दुवै हात काटिदिए । उनै एन्टोनीको आदेशमा सिसेरोलाई बडो निर्ममतापूर्वक मारियो ।

थाहा छैन, विश्व इतिहासको कुनै पानामा यो कुरा लेखियो वा लेखिएन, "सिसेरो मारिए पनि उनले चलाएको कलम कहिल्यै मरेन ।"

यता कलम चोइटिएर खस्ने क्रम जारी थियो, जसरी सतीदेवीका अङ्गहरू ठाउँ-ठाउँमा पतन हुँदै जान्थे ।

कलमको अर्को चोइटो इटालीको फ्लोरेन्स नगरमा खस्यो । त्यो चोइटो मेकियावेलीले फेला पारे । उनले द प्रिन्स लेखे । द प्रिन्स लेख्नुअघि पूरै युरोपभरि विचारको अन्धकार थियो । मेकियावेलीले यथार्थवादी विचारको नयाँ ज्योति बाले । ज्योति-ज्योति महाज्योति हुँदै गयो । महाज्योतिको उज्यालोसँगै पूरै यूरोपको वैचारिक अन्धकार चिरियो । त्यसपछि युरोपले आँखा खोल्यो र नयाँ बाटो तय गऱ्यो ।

कलमको अर्को चोइटो फ्रान्सको जेनेभामा खस्यो । त्यो चोइटो फ्रान्सका रङ्गीन नगरहरूमा आवारागिरी गर्दै हिंडेका जिन ज्याक रूसोको हातमा पऱ्यो । त्यही कलमले उनको आवारावाला परिचय परिवर्तन गरिदियो । त्यसपछि उनी फ्रान्सको मात्र होइन, पूरै विश्वको जानेमाने विचारक बन्न पुगे । त्यही कलमले उनले विज्ञान र कलाको प्रगतिले नैतिकतालाई भ्रष्ट पारेको छ, सभ्यतामा ह्रास आएको छ, नैतिकताको सर्वनाश भएको छ र चरित्रको पतन भएको भन्ने सन्सनीपूर्ण ठोकुवा गरे ।

उनले चलाएको कलमबाट त्यहाँका शासक र पादरीहरू भने एकदम रिसाए यद्यपि उनले कुनै बन्दुक चलाएका थिएनन् । बम पड्काएका थिएनन् । मिसायल खसाएका थिएनन् । चलाएका थिए, त त्यही एउटा कलम । तैपनि उनको चरित्रलाई खतरनाक ठहऱ्याइयो । मानौं कि रूसोले कुनै सशस्त्र हिंसाको आतङ्क नै चलाएका छन् । विद्रोही विचारकै कारण

उनले लेखेका कयौं किताबहरू जलाइए । उनका किताबहरू जलाएर खरानी बनाइए पनि उनका विचार कहिल्यै खरानी भएनन् । बरू सन् १७८९ मा आइपुग्दा उनको विचार क्रान्तिको आगो बनेर सल्कियो र त्यसले फ्रान्सको राजनीतिक इतिहासलाई नयाँ मोड दियो ।

फिनिक्स चरो जर्मनीको आकाशमा पुग्दा फेरि अर्को चोइटो खस्यो । जर्मनीमा त्यो कलमलाई हेगेलले फेला पारे र साइन्स अफ लजिक लेखे । हेगेलपछि त्यो कलम मार्क्स र एङ्गेल्सको हातमा पुग्यो र उनीहरूले कम्युनिस्ट मेनिफेस्टो लेखे । उनीहरूले भने, "संसारका मजदुरहरू एक हौं ।"

एवम् रीतले त्यो कलमको चोइटो संसारभरि अनेक ठाउँमा खस्दै गयो । अनेक ठाउँका मान्छेहरूले त्यो कलम पाए र तिनहरूले अनेकानेक कुराहरू लेख्न थाले । कलम चोइटिएर सकिएपछि फिनिक्स चरोको ठुँड रित्तो भयो ।

उसको रित्तो ठुँडमा यस्तो स्वाद भरिएर आयो, जसलाई यसअघि उसले कहिल्यै अनुभव गरेको थिएन । आजसम्म टिपेका कुनै आहाराबाट उसले यस्तो स्वाद पाएको थिएन, जुन स्वाद उसलाई रिक्तताबाट प्राप्त भइरहेको थियो । शून्यता अनि सन्नाटाबाट प्राप्त भइरहेको थियो ।

सन्नाटाको स्वादसँगै उसको ठुँड एकाएक कुनै गीतको गुनगुनाहटमा लयबद्ध हुन पुग्यो । के त्यो गीत स्वतन्त्रताको थियो ? या थियो युद्धको ? त्यो गीत सङ्घर्षको थियो या विसर्जनको ? के थियो ? एकछिनका लागि मानिलिऊँ त्यो विरहको नै गीत थियो ।

फिनिक्स चरोको गुनगुनाहटसँगै उसका प्वाँखहरू एकाएक खस्न थाले । ती प्वाँखहरू सिमलको भुवाजस्तै गरी टाढा-टाढा बतासिएर गए । उसको ज्यान एउटा सुन्दर फूलमा परिणत भयो, जुन फूल प्रशान्त महासागरको एउटा निर्जन टापुमा खस्यो । त्यहाँ अहिले वाग्देवीको मन्दिर छ ।

हे अनादि !

तिमीले पाएको कलम त्यही चोइटिएको कलमको अवशिष्ट रूप हो र यो कलमले धेरै ठाउँमा धेरै कुरा लेखिसकेको छ । अब लेख्न बाँकी अरू केही

पनि छैन । अब यो कलमसँग लेख्ने तागत पनि छैन । यो पूरै मक्किएर गइसक्यो । यसको अवशिष्ट चोइटो सिर्फ एक फोसिलमात्र हो ।

मेरो कुरा मान्छौ भने यसलाई कुनै पुरातात्त्विक सङ्ग्रहालयमा लगेर राखिदेऊ ! नभए कुनै चिहानमा लगेर गाडीदेऊ या कुनै घाटमा लगेर यसको अन्त्येष्टि गरिदेऊ !

यदि तिमीले केही लेख्नै आँटेका हौ भने तिमी यो कालवृक्षका हाँगाहरू काटेर लैजाऊ । अनि शहरको कुनै सिपालु कालिगडलाई भनेर कलम बनाउन लगाऊ, जसबाट एक हजार आठ कलम बन्नेछन् । ती एक हजार आठ कलमले तिमी नयाँ नौला कथाहरू लेख्दै जाऊ । जब लेख्दालेख्दै ती सबै कलमहरू खिइएर सकिनेछन्, त्यसपछि ती कथाहरू मानिसहरूलाई पढ्न देऊ ।

जब तिमीले लेखेका कथा मानिसहरूले पढ्नेछन् । त्यसपछि म यो कालवृक्षको हजारौं वर्षदेखिको कैदबाट मुक्त हुनेछु ।

हे अनादि ! कृपा गरेर मलाई यो कालवृक्षको बन्धनबाट मुक्त गरिदेऊ !

तिमीलाई अवश्य पनि थाहा छैन कि म कसरी यो कालवृक्षमा कैद भएँ भन्ने कुरा । यो कुरा जान्न चाहन्छौ भने तिमी तोरणघाटको बूढो माझीलाई गएर भेट । उसैले सुनाउनेछ, मेरो कथा ।

याचिका

श्रापित यक्षणी ।

दोस्रो दिन

एकाबिहानै उठेर ख्वाल्ख्वाल्ती नुहाएँ । ज्यानलाई तरोताजा बनाएँ । झोला ठीक पारें । न्यायो आतिथ्यता अनि गुणस्तरीय सेवाको निम्ति होटल मालिक श्यामकेतुलाई धन्यवाद दिएँ ।

"यो शहरमा तपाईं नयाँ हुनुहुन्छ । अरूलाई खोज्न हिंडेको मान्छे, आफैं हराउनुहोला । हाहाहाहा... !" श्यामकेतुले खित्का छोडेर हाँस्दै भन्यो, "तपाईंका लागि एउटा गाइड खोजिदिएको छु । ऊ केही बेरमै यहाँ आउनेछ । लाज नमानी उसको भरपूर सहयोग लिनुहोला । हाहाहाहा... !"

मलाई गाइडको आवश्यकता थिएन । जतिसुकै अन्जान शहर भए पनि हिंड्दै गएपछि बाटोले बाटो चिनाउँदै जान्छ । त्यसो त मसँग पोखरा नगरको नक्सा पनि थियो । समस्याको कुनै कुरै थिएन तैपनि श्यामकेतुको विनम्र वचनलाई मैले टार्न सकिनँ । उसको मन राखिदिन भए पनि मैले गाइडलाई केही बेरका लागि सँगै लैजाने विचार गरें ।

कुरा कम र हाँसोठट्टा बढी गर्दागर्दै उसले भनेको गाइड पनि आइपुग्यो ।

गाइडले राम्रै जगल्टा पालेको थियो । उसले आफ्नो जगल्टा सर्लक्क पछाडि लगेर चुल्ठो बाँधेको थियो । गर्धननेर गुजुल्टिएको उसको जगल्टा सिकारू दयेंराले बाँधेको परालको लुँडोजस्तै देखिन्थ्यो ।

"मेरो नाम युरेश हो । तर यो (जगल्टा देखाउँदै) कपालको कारणले यहाँ मलाई जगल्टे गाइड भनेर चिन्छन् । मेरो घर भैरवटोल हो । इच्छा गर्नुहुन्छ भने म तपाईंलाई मेरो घर लिएर जान चाहन्छु ।" उसले आफ्नो असली परिचय दिएपछि मैले पनि उसलाई आफ्नो बारेमा भनें । तर उसको घर जाने प्रस्तावबारे मैले हुन्छ-हुन्न केही भनिनँ ।

श्यामकेतुसँग बिदावादी भई जगल्टे गाइड उर्फ युरेश र म होटलबाट निस्कियौं । हराएको भनिएको मान्छेको बारेमा युरेशले मलाई सोध्यो । बोलीवचन अनि हुलियाबाट ऊ सामान्यरूपमा भरोसा गर्न योग्य मान्छे हो भन्ने पहिचान गरिसकेको थिएँ । तर पनि मैले उसलाई आफ्नो मिसनको यथार्थ जानकारी दिन हतार गरिनँ किनभने त्यस्तो हतार गर्नु एउटा असल अनुसन्धानकर्ताको गम्भीर कमजोरी हुन सक्थ्यो ।

मैले उसलाई मोहदत्तको फोटो देखाएँ र यति मात्र भनें, "यो मान्छे मेरो आफन्त हो । यो हराएको केही हप्ता भयो । पोखरातिर आएको हुन सक्ने शङ्का गरेर यता खोज्न आएको हुँ । यहाँको कुन-कुन ठाउँमा गएर खोज्दा यसलाई फेला पार्न सकिएला ? सम्भावित ठाउँको बारेमा मलाई यसो केही सल्लाह देऊ भाइ !"

उसले आफ्नो हातमा फोटो लियो र आँखा गाढेर हेऱ्यो । त्यसपछि मैले थपें, "तिमी आफैंले पनि यो मान्छेलाई कतै देखेको भए भन !"

"नाइँ ! छैन ।", टाउकोलाई दायाँ-बायाँ हल्लाउँदै भन्यो, "अब तपाईंलाई कहाँ खोज्न जाऊँ भन्नु ? पुलिसमा खबर गर्नु भो ?"

"गरेको छु भाइ ! तर पुलिसको मात्र भर परेर त भए न नि !"

"त्यो कुरा त ठीक हो दाइ ! यस्तो मामिलामा आफू नै तात्नुपर्छ । हैन भने त उही हो... !"

"बरू यसो गरौं दाइ !"

"के गरौं, भन ?"

"यसरी हिंडेर खोज्न लागियो भने तपाईंको मान्छे बाह्र वर्षमा पनि भेटिन्नँ । तपाईंलाई विश्वास लाग्छ-लाग्दैन, मलाई थाहा छैन । तर म चैं विश्वास मान्छु । मेरै घरनजिक हेराउने बाजे छन् । ती एकदम जान्ने छन् । उनले फोटो हेरेर पनि भन्दिन्छन् । बरू जाऊँ उतै !"

युरेशको प्रस्ताव मलाई खास रूचिकर लागेको थिएन तैपनि ठाडै हुन्न किन भन्दिनु भनेर मात्रै मैले उसको कुरामा सम्मति जनाएँ । तर एउटा शर्तमा । त्यो शर्त के राखें भने, त्यो ज्योतिषीलाई यो मान्छे को हो र कुन

मितिदेखि हरायो केही पनि नभन्ने । फोटो देखाएर यति मात्र बताउने कि यो मान्छे हराएको धेरै समय भयो । यसलाई कहाँ भेट्न सकिएला ? यदि राम्रै जान्ने ज्योतिषी हो भने त बताउला नि !

युरेशले मेरो शर्त मन्जुर गऱ्यो । उसलाई हेराउनेप्रति पूरा विश्वास रहेछ । मलाई थप आश्वस्त पार्न खोज्दै भन्यो, "हेराउने बाजेले भनेको कुरा अहिलेसम्म एउटा पनि फेल खाएको छैन । उसले मिलाएका कुरा कति छन् कति । जे सोधे पनि ट्वाक्क-ट्वाक्क पारिदिन्छ । त्यस्तो ज्योतिषी मैले अरू देखेकै छैन ।"

पृथ्वीचोकबाट हिंड्दा-हिंड्दै हामी सृजनाचोकसम्म आइपुगेका थियौं ।

"बरू दाइ, तपाईं एकछिन यहीं बस्दै गर्नू, म बाइक लिएर आउँछु ।" भनेर ऊ कतै गयो । म त्यहीं चोकमा यताउति नजर डुलाउँदै बसें । कत्तिको जान्ने ज्योतिषी रहेछ, हेरिहालूँ न भनी सोचें ।

केही समयपछि युरेश बाइक लिएर आयो । म बाइकको पछाडि बसें । उसले हुइँक्यायो । सरररर सितलो हावा खाँदै अगाडि बढियो ।

उही ज्योतिषीको बखान गर्दै ऊ बाइक कुदाइरहको थियो । कुनै खास रोचक कुरा नभएकोले मैले उसको कुरामा कानमात्रै थापिदिएँ ।

केही समयपछि सडकको वरपर नयाँ घरहरू सकिएर प्राचीन घरहरू देखा पर्न थाले । यस्तो लाग्दै थियो, म एक्काइसौं शताब्दीबाट एकाएक अठारौं शताब्दीको मल्लकालीन राज्यमा प्रवेश गर्दै छु ।

"दाइ यो नालाको मुख हो ।", एउटा चोकमा आएपछि उसले चिन्यायो । बाइकको कुदाइ भने यथावत थियो ।

अलि अघि पुगेपछि उसले आफ्नो घर देखाउँदै भन्यो, "दाइ यो मेरो घर हो । उताबाट फर्केपछि आज मेरै घरमै खाना खाउँला ।"

उसको घर पनि उही अठारौं शताब्दीकै जस्तो थियो । त्यहाँ सबैको घर त्यस्तै थियो । उसको घर नजिकै रहेको भैरव मन्दिर पनि उसले देखायो । भैरव मन्दिर भएको कारणले यसलाई भैरवटोल भनिएको हो भन्ने कुरा उसले मलाई बुझाउन परेन ।

त्यहाँबाट पनि अगाडि पुगेपछि उसले बाइक रोक्यो । हामी दुवै जना ओर्लियौं, प्राचीन नगरको चोकमा । त्यही चोकमा अवस्थित प्राचीन घरभित्र हामी छिऱ्यौं ।

अँध्यारो डहर र छिंडीलाई छिचोलेर एक तलामाथि उक्लियौं । एउटा फराकिलो र उज्यालो कोठाभित्र प्रवेश गरियो । उज्यालो यसकारण थियो कि त्यहाँ प्रशस्त दियो बालिएका थिए । कोठाभरि धुपको धुवाँ मडारिएको थियो । मगमग बास्ना आइरहेको थियो । कोठाभरि बस्नका लागि कपासका बाक्ला चकटी बिछ्याइएका थिए । कोठाका भित्ताहरूमा देवीदेवताका मूर्ति, मुकुट र चित्रहरू थिए । कोठाको वातावरण पूरै धार्मिक थियो ।

कोठाको एक छेउमा मृगासनमा एउटा बूढो मान्छे विराजमान थियो । युरेशले भनेको ज्योतिष यही बुढो रहेछ । हामीलाई देख्नासाथ उसले समुस्कान स्वागत गऱ्यो । उसका केही दाँत झरेर गइसकेका थिए । तै पनि उसको निर्दोष मुस्कानले मेरो मनको हिचकिचाहटलाई सान्त्वना दियो । हातले इसारा गर्दै उसले हामीलाई बस्नलाई आग्रह गऱ्यो । हामी बस्यौं ।

त्यो बूढो ज्योतिषलाई युरेशले मेरो शर्तबमोजिमकै कुरा बतायो र फोटो हातमा राखिदियो । ज्योतिषले पहिला फोटोलाई आफ्नो आँखानजिकै लगेर हेऱ्यो । उसका आँखा कमजोर रहेछन् । छेवैमा राखिएको आइग्लास उठायो अनि फोटोलाई भुइँमा राखेर आइग्लासको सहाराले घाँटी तन्काई-तन्काई फोटोलाई खूबसँग नियाल्यो । त्यसपछि बुढाले फोटोलाई भुइँमा राख्यो । त्यसमाथि सातवटा चामलको दाना गनेर एकएक गर्दै राख्यो अनि ध्यानस्त भयो ।

युरेश र मैले एकअर्कालाई मुखामुख गऱ्यौं । उसको अनुहारमा विश्वासको चमक थियो । मेरो मनमा थियो, अँध्यारोजस्तै अनिश्चय । ध्यानस्त बुढाले केही बेर यसै खर्चियो र आँखा खोल्यो । त्यसपछि उसले समस्याको गुत्थी सुल्झाउनुको साटो झन् बल्झाएर भन्न थाल्यो, "इतिहासको एक संदिग्ध प्रसङ्गः

अग्निपर्व

बाबु हो !

यो कुरा २००६ सालको हो । त्यस बेला पोखरामा धन शमशेर नाम गरेका राणाजी बडा हाकिम थिए । हाकिमगिरीबाहेक उनका अतिरिक्त रूचिहरू पनि थिए, जस्तो; सङ्गीत, नाटक र तन्त्र । उनी तन्त्रमन्त्रमा असाध्यै आस्था राख्थे । उनी स्वयम् तान्त्रिक थिए । उनको अधिकांश समय तान्त्रिक साधनामा बित्दथ्यो । उनका छोरा थिए, हरि शमशेर । हरि शमशेरलाई मानिसहरू हरिराजा भन्थे । हरिराजाचैं सङ्गीत र नाटकमा बढी रूचि राख्थे । उनी त्यसका पारखी र साधक पनि थिए । उनको दरबारमा सङ्गीत र नाटकको राम्रो माहोल जम्थ्यो ।

केही स्थानीय चेलाहरू पनि थिए, जो हरिराजासँग सङ्गीतको शिक्षा लिन्थे । सङ्गीत सिक्न आउने ती सबै चेलाहरूलाई हरिराजाले निकै उदारभावले सङ्गीत सिकाउँथे । त्यसबापत् उनले कुनै शुल्क लिन्थेनन् । बरू मनमाफिकको टन्न खाजा खुवाएर पठाउँथे ।

सुन्दरे नाम गरेको एक लक्का जवान थियो । अहिले हामी बसेको यो घरको पिछाडमा गुह्ये डहर छ । उसको बस्ने छाप्रो त्यहीं थियो । उसको परिवारमा ऊबाहेक अरू कोही थिएन । नब्बे सालको भुइँचालोले उसको जम्मै परिवारलाई परलोक पुऱ्याएको थियो । ऊ एक्लो जीवन बिताइरहेको थियो । गाउने-बजाउने भनेपछि हुरूक्कै हुन्थ्यो त्यो केटो । अरूले रूचाऊन् कि नरूचाऊन्, हरेक जात्रा र भजन-किर्तनमा उसलाई नै अघि सर्न पर्थ्यो । ऊ अलि बढी नै चमचम गर्थ्यो ।

हरिराजाकहाँ हुने साङ्गीतिक माहोलले उसलाई नतान्ने कुरै भएन । त्यही लालसाले ऊ हरिराजाको चाकरी गर्न दरबार गइरहन्थ्यो । तर सङ्गीतमा रूची हुँदैमा सङ्गीतमा राम्रो पकड पनि हुन्छ भन्ने हुँदैन । खाँटी कुरा गर्ने हो भने सुन्दरेको स्वर र सुर दुवै सुन्दर थिएनन् । सङ्गीतमा उसको सुरताल कत्ति पनि जम्दैनथ्यो । यो कुरा जानेर नै हरिराजाले

उसलाई सङ्गीत सिकाउने मामिलामा बेवास्ता गर्थे । हरिराजाले उसलाई वाद्यवादन सामग्रीहरू सफा गर्न अनि नाटक देखाउनलाई थिएटर बनाउने लगायत अरू काममा लगाउँथे ।

सुन्दरेले गाउन थालेपछि हरिराजालाई साह्रै झिंजो लाग्थ्यो र "ओइ गधा रून बन्द गर्" भन्थे । अरू चेलालाई जस्तो यसलाई उनले सङ्गीतमा त्यत्ति प्रोत्साहित गरेनन् । ऊ हार्पिन बजाउन निकै उत्साहित हुन्थ्यो । हरिराजाले मनाही गर्थे तैपनि ऐनमौकामा हरिराजाको आँखा छलेर ऊ हार्पिन बजाउने गर्थ्यो ।

चैत्रको महिना थियो । खडेरी र हावाहुरीको महिना । ठन्डी र सुख्खायामलाई बिदा गरेर गर्मीलाई शुरू गर्ने महिना । पुराना पातहरू झरेर नयाँ पालुवा पलाउने महिना । बर्सान्तको महिना ।

चैत्र शुक्ल पूर्णीमाको दिन परेकाले विन्ध्यवासिनी मन्दिरमा ठूलो पूजा लगाइएको थियो । त्यो पूजा अहिले पनि वर्षको दुईपटक आश्विन र चैत्र शुक्ल पूर्णिमामा लगाइन्छ । पूजा धुमधामले भइरहेको थियो । त्यही अवसरमा धन शमशेरले मन्दिर परिसरमा तान्त्रिक हवन गरेका थिए । हरिराजा पनि उतै थिए । दरबारका अरू मान्छेहरू पनि उतै थिए । पोखराका श्रद्धालु भक्तजनहरू पनि उतै थिए । सुन्दरेचैं दरबार रूँघेर बसिरहेको थियो ।

धन शमशेरले होम्दै गरेको हवन कुण्डमा अचानक रूखको हाँगा भाँचिएर बज्रन पुग्यो । नतिजा, हवन कुण्डामा जल्दै गरेको आगोको लप्को उछिट्टिएर उड्न थाल्यो । त्यो आगोको लप्को बिलकुल भकुण्डोजस्तै डल्लो थियो । त्यो आगोको भकुण्डोले छेउछाउका खरले छाएका घरलाई टिप्यो । त्यो आगोको भकुण्डो साँच्चैको भकुण्डोझैं उफ्रिएर घरका छानाछानामा बज्रन्थ्यो । त्यसको उफ्राइ र बज्राइ यसकारण पनि अचम्म लाग्दो थियो कि त्यसले प्रत्येक घरलाई नभई एक घर छोड्दै दोस्रो घरमा गई बज्रन्थ्यो । दायाँबायाँ दनदनी सल्किएको घरको बीचमा रहेको घर यसै पनि जल्थ्यो ।

आगोले ताण्डव मच्चाउन थालेपछि मानिसहरू त्राहीमाम् त्राहीमाम् गर्दै भाग्न थाले । पोखराको आकाशमा धुवाँको मुस्लो मडारिन थाल्यो । पूरा

बस्तीमा आगलागीले हाहाकार मच्चायो । विन्ध्यवासिनी मन्दिरदेखि सल्किँदै गएको आगोले वरपर बस्तीका घरहरू जलाएर खरानी बनाउँदै थियो ।

उता दरबार रूँघेर बसेको सुन्दरे भने हरिराजा नभएको मौका छोपेर हार्पिनमा सुर भर्न थालिसकेको थियो । हार्पिनबाट निस्किएको आवाजको रञ्जकताले उसलाई छपक्क छोपेको थियो । यद्यपि उसको स्वर र हार्पिनको धुनमा कत्ति तालमेल थिएन । ऊ आफ्नो बेसुरा रागमा बेफिक्री थियो । उसलाई बाहिरी दुनियाँमा के भइरहेको छ भन्ने हेक्का हुने कुरै भएन । बाहिर पोखरा जल्दै थियो । भित्र सुन्दरे हार्पिन बजाउँदै थियो ।

आगोको विनाशलीलाकै बीचमा हरिराजा आफ्नो दलबलसहित हतारहतार दरबार हान्निए । आगोले दरबारलाई पनि टिप्यो कि भन्ने शङ्काले उनको मुटुमा जोरजोरसँग तबला ठोकिरहेको थियो । दरबारको पटाङ्गिनीमा आइपुग्दा त्यस्तो केही नभएको देखेर ठूलो राहतको सास फेरे । सँगसँगै उनले दरबारभित्रबाट बेसुरा बजेको हार्पिनको आवाज पनि सुने । यो त्यही सुन्दरेले अलापेको बेसुरा राग हो भन्ने कुरा उनलाई ज्ञात भइसकेको थियो ।

यत्रतत्र आगलागीको हाहाकारका बीचमा सुन्दरेको बेसुरा आलाप सुनेर हरिराजलाई उठ्नुसम्म रिस उठ्यो । नाइटैदेखि भाउन्न भएर आयो । "बेला न कुबेला" भनी जङ्गिँदै दरबारभित्र छिरे ।

हरिराजा सीधै सुन्दरे भएको ठाउँमा पुगे । सङ्गीतको सरोवरमा क्रिडारत सुन्दरेको कानमुनि बाघपञ्जा कसेर चड्काए । चट्याङ परेझैं भो । घनले हानेको राँगो ढलेझैं सुन्दरे त्यहीं ढल्यो । उसको बेसुरा राग बन्द भयो । ऊ एक झट्कामै सङ्गीतको अलौकिक संसारबाट यो लौकिक संसारमा झरिसकेको थियो । हरिराजाले एकै गासमा निलुँलाझैं गरी झपार्दै "तँलाई गधा ! कुक्कुर ! भाग् यहाँबाट... !" भन्दै लात्तीले समेत भकुर्न थालेपछि ऊ त्यहाँबाट भाग्यो र बाहिर आयो ।

बाहिर आएपछि उसले धुवाँले बादलिएको आकाश देख्यो । वरपरका घरहरू आगोले खाइरहेको पनि देख्यो । उसलाई आफ्नो छाप्रोको सम्झना नआउने कुरै भएन । त्यहाँबाट हक्कानिँदै आफ्नो छाप्रोतिर सोझियो । आगोको

वितण्डाबाट उसको छाप्रो अछुतो थिएन । ह्वारह्वार्ती जलिरहेको आफ्नो छाप्रो देखेर उसलाई रिङ्गटा लागेजस्तो भयो र त्यहीं थचक्क बस्यो ।

उता उसको साङ्गीतिक मन हरिराजको कुटाइले घाइते बनाइसकेको थियो भने यता आगोले छाप्रो डढाएपछि उसले आफ्नो जिन्दगी नै खरानी भएको ठान्यो । थाहा छैन, हरिराजाको आग्नेय चड्कनले र छाप्रो डढाउने आगोमध्ये कुनले बढी दुखायो उसको मन ! उसले गालाका दुवै पाटामा कमिला कुदेजस्तो महसुस गऱ्यो । हत्केलाको अग्रभागले दुवै आँखाको आँसु पुछ्यो । त्यसपछि ऊ त्यहाँबाट फर्किएर दरबार गएन । कहिल्यै पनि गएन ।

त्यतिमात्र होइन, त्यो दिनदेखि सुन्दरेलाई पोखरामा कसैले पनि देखेन । त्यही दिनदेखि ऊ हराएको हो । बेपत्ता भएको हो । केही मानिसहरूले ऊ जोगी भएर काशी गयो भने । कोहीले त्यही आफ्नो जलेको छाप्रोमै हाम फालेर डढेर मऱ्यो पनि भने । भन्नेहरूले अनेक कुराहरू भने तर ऊ यहाँ कहिल्यै देखा परेन । यहाँका मान्छेहरूले धेरै पछिसम्म पनि उसलाई सम्झन्थें । अहिले त कसले सम्झने ? सम्झनेहरू धेरै त परलोक पुगिसके ।

उसको कथा-कहानी यही हो बाबु ! तपाईंले उसको यो फोटो कहाँ फेला पार्नुभयो ? ऊ दख्खिन दिशातिरै गएको देखिन्छ । अहिलेसम्म त ऊ मरिसक्यो । ऊ जीवित फेला पर्नेछैन । मेरो जोखनाले त्यसै भन्छ बाबु !

ज्योतिष बुढाको कुरा सुनेर म अक्क न बक्क परें । मैले तत्काल केही उत्तर दिन सकिनँ । मलाई ज्योतिष बुढासँग प्रतिवाद गर्न पनि मन लागेन । उनको कुरालाई पत्याउन नसके पनि पत्याएझैं गरी "ए, कुरा त्यसो रहेछ । थाहा दिनुभो । धेरै धन्यवाद है ज्यातिषी बा !" भनेर टारें ।

ज्योतिषी बाले हात उठाएर आशिष दिए ।

अनि अरू अलमल नगरीकन म त्यहाँबाट निस्किएँ । युरेश पनि मसँगै निस्कियो । मैले सोचेजस्तो भएन भन्ने कुरा उसले पनि बुझिसकेको थियो । उसले मलाई आफ्नो घर जाने प्रस्ताव गरेको थियो तर गइनँ ।

मलाई लाग्यो, अब युरेशलाई साथ लिएर हिंड्न आवश्यक छैन । उसलाई मैले त्यहींबाट विनम्रतापूर्वक बिदाबादी गरिदिएँ ।

दस्तावेज नं. ३

"म आफ्नो मृत्युभन्दा पहिले उनको मुक्ति कुरेर बसेको छु ।"
- तोरणघाटको बूढो माझी

तोरणघाटको बूढो माझीको बयान

मैले यात्रीहरूलाई यो नदी पार गराउन थालेको पचास वर्षजति भयो कि... ? यो नदीमा डुङ्गा खियाउने माझीहरूमध्ये उमेरमा सबैभन्दा बूढो मै छु । उः त्यहाँ पर सिमलको रूखछेउमा टिनको छाप्रो देख्नुभयो नि ! म त्यहीं बस्छु । घर भने पनि, जे भने पनि त्यही हो मेरो गुँड । त्यो गुँडको म एक्लो चरो हुँ । एक्लो भएर पनि म सबैको हुँ र सबै मेरा हुन् । मलाई अचेल यस्तै लाग्छ ।

उमेरमा मैले घरजम नगरेको होइन । तर घरलाई जमाइराख्न सकिनँ । टुटेर गयो । घर जोगाउनलाई मेरो ढङ्ग पुगेन अथवा मेरो भाग्यमा एक्लो हुन लेखिएको थियो होला । विवाह गरेको केही महिनापछि नै श्रीमतीले मलाई छोडेर गइन् ।

म बिहान सखारै घरबाट निस्कन्थें । साँझ आँखाले भेउ पाएसम्म यही नदीमा डुङ्गा खियाउँथें । मैले जानेको कर्म यही थियो र हो पनि ! मलाई डुङ्गा खियाउन मेरा बाले सिकाएका हुन् । अहिले उनी स्वर्गमा डुङ्गा खियाउँदै होलान्, यदि स्वर्गमा पनि कुनै नदी, ताल-तलैया छन् भने । मेरी आमा पनि उतै स्वर्गमा गुन्द्री बुन्दै होलिन् । बालाई सघाउँदै होलिन् । धरतीमा उनीहरूले जानेको सीप र गरेको कर्म यही थियो ।

म यता आएपछि मेरी श्रीमती घरमा एक्लै हुन्थिन् । म त बिहान घरबाट हिंडेपछि एकैचोटि साँझमा घर पुग्थें । मैले पनि त कहिल्यै सोधिनँ नि ! उनको मनमा के गुज्रिरहेको छ । दिनभरिको कामले म साह्रै थाकेको हुन्थें । खाना खाएर एक गिलास सोमरस चढाएपछि म डङ्ग्रङ्ग पल्टिन्थें ।

त्यसपछि भोलि बिहान एकैचोटि... ! यस्तो थियो, मेरो नित्यकर्मको चक्र । मैले उनलाई पर्याप्त माया दिन सकिनँ कि ! पति हुनुको कर्तव्य पूरा गर्न सकिनँ कि ! उनीप्रति गुनासो गर्नुअघि मैले आफैंलाई प्रश्न गर्न सक्नुपर्छ ।

एक दिन उनी माइत जान्छु भनेर तयार भइन् । मैले नजाऊ भनिनँ । त्यसो भन्न जरूरी थिएन । केही दिन माइत बसेर नियास्रो मेटेर फर्केलिन् भन्ने लागेको थियो । मैले आफ्नै डुङ्गामा बसाएर उनलाई नदी तारिदिएँ, जुन नदीमा मैले असङ्ख्य अपरिचित मान्छेहरूलाई तार्दै आएको थिएँ र छु । त्यो दिन आफ्नै मान्छेलाई तार्दा डुङ्गाको सन्तुलनप्रति म बढी नै सचेत भएको थिएँ । बहनाको प्रत्येक खियाइ होसपूर्वक गरेको थिएँ मैले ।

उनलाई नदीपारि पुऱ्याएँ । शुभयात्राको कामना गर्दै बिदाइको हात हल्लाएँ । उनले पनि बिस्तारै हात उठाइन् र असजिलो पाराले मुस्कुराइन् । मेरो सम्झनामा उनको त्यही असजिलो मुस्कान बरोबर आइरहन्छ ।

त्यसपछि आजसम्म पनि उनी फर्केर आएकी छैनन् । अझै पनि परबाट कोही महिला आएको देखें कि मेरै श्रीमती आएकी हुन् कि भन्ने चैं भइरहन्छ । मनको कतै कुनामा यस्तो आशा बाँचिरहेको छ । म मर्नुअघि एकचोटि भेट्न आउँछिन् कि पो भन्ने लागिरहन्छ ।

तर, अर्को मनले सोच्छु । उनी आफ्नै खुशीले बनाएको संसारमा होलिन् । जुन संसारमा उनी सुखी छिन्, त्यहाँ उनी भरिपूर्ण छिन् । जहाँ भए पनि उनलाई सुखले सधैं पछ्याओस् । खुशीले साथ कहिल्यै नछोडोस् भन्ने पवित्र कामना मैले गर्नुपर्छ र गरेको पनि छु । फेरि यै मनले सोच्छु, उनी कुनै परिबन्दमा परेर पो नआएकी हुन् कि ? उनको माइतीले फर्कन दिएनन् कि ? वा दैवले हरे... ? धत् ! कस्तो पापी विचार ! नसोचूँ भन्दा पनि कतकताबाट मनमा आइदिन्छ । यस्तैयस्तै अनेक तर्कनाहरू मेरो मनमा आउँदै-जाँदै गर्छन्... !

हरे ! मैले तपाईंलाई श्रापित यक्षणीको कथा भन्छु भनेको त आफ्नै कहानी पो सुनाएछु । मलाई माफ गर्नुहोला ! अब म तपाईंलाई दायाँबायाँ केही नगरी श्रापित यक्षणीकै कथा भन्छु । लौ सुन्नुस् !

उहिले म हरेक दिन बिहान बलुद्यान जाने गर्थें । देउतालाई चढाउने फूल टिप्न । त्यहाँबाट दुई थुङ्गा फूल टिपेर ल्याउँथें । अनि त्यो फूल नदीलाई चढाएपछि म आफ्नो काम शुरू गर्थें । मेरो देउता भनेको यही नदी हो । म अचेल त्यहाँ जाँदिनँ किनभने मैले आफ्नै छाप्रोपछाडि फूल रोपेको छु । त्यहींको फूलले मलाई पुग्छ ।

त्यो दिन पनि म देउतालाई चढाउने फूल टिप्न भनी बिहानै त्यहाँ पुगेको थिएँ । म त्यही रूखनेर पुगेको थिएँ, जुन रूखमा तपाईं पल्टिनुभयो । त्यति नै बेला माथिबाट एउटा पात झर्दै मेरै सामुन्ने भुइँमा खस्यो । त्यो पातमा केही कुरा लेखिएका थिए । त्यसमा मेरा आँखा गाडीए । तर जति गाडीए पनि के गर्नु, ती अक्षरहरू म खुट्याउन सक्दैनथें किनभने म लेखपढ गर्न जान्ने मान्छे परिनँ । अक्षरहरू मेरा लागि भेडाबाख्राका बथान बराबर हुन् ।

त्यो पातलाई मैले घरमा ल्याएँ । जतन गरी सिरानीमुनि राखें । कोही पढ्न जान्ने मान्छे भेटिएला र उसैसँग त्यहाँ लेखिएका कुरा सुनी मागुँला भन्ठानें ।

एक साँझ डुङ्गा खियाउने काम सकेर म आफ्नो छाप्रो फर्किएको थिएँ । आँगनमा पुगेपछि मैले मेरो छाप्रोको भित्तामा अडेस लगाएर बसिरहेका एक जोडी दम्पतीलाई देखें । मैले उनीहरूलाई त्यसअघि कहिल्यै देखेको थिइनँ । उनीहरू कहाँदेखि आएका थिए ? कहाँ जान आएका थिए ? किन मेरो छाप्रोमा आएर बसे ? मलाई के थाहा ?

"बाबुनानीलाई चिन्न सकिनँ । कसलाई खोज्या हौ कुन्नी ?", मैले नै पहिला सोधें । अलि अन्कनाएको पारामा केटोले भन्यो, "बाजे, तपाईंले हामीलाई चिन्नुहुन्न । हामी लामो यात्रामा हिंडेका बटुवा हौं । यहाँ आइपुग्दा साँझ पऱ्यो । के आजका लागि हामी तपाईंको पाहुना हुन सक्छौं ?"

साँझमा आएका पाहुनालाई मैले कसरी नाइँ भन्न सक्थें र ! फेरि नचिनेका मान्छेलाई बास दिन डराउनुपर्ने मसँग त्यस्तो के नै पो थियो र ! न लुटेर लैजानका लागि सम्पत्ति थियो भन्नु ! न हरेर लैजालान् भन्नलाई जहान परिवार ! हदै भए मैलाई मार्लान् ! अब काल कुरेर बसेको यो बूढो ज्यानलाई मर्नदेखि के डर भो र ! बरू पाहुनाको पूर्ण सत्कार गर्न सक्ने मेरो हैसियत पो थिएन ।

"बाबुनानी हो, यो गरीब माझीको छाप्रोमा साँझको देउता बनेर त आयौ तर देउतालाई प्रसन्न बनाउने पर्याप्त सर्दाम मसँग छैन । सुविधा छैन । जे छ, त्यसैमा सन्तोष मान्छौ भने स्वागत छ ।"

"तपाईंलाई के ढाँट्नु र ! हामीले प्रेम-विवाह गरेका हौं । जात नमिलेको भनेर परिवारले हाम्रो विवाहलाई मान्यता दिएन । हामीलाई एकअर्काबाट अलग गर्न खोजियो । गाउँसमाजले पनि हामीलाई बसीखानु गरेनन् । ज्यानकै खतरा हुन थालेपछि हामी भाग्दाभाग्दै यहाँ आएका हौं । हामीलाई सुविधा होइन, सुरक्षा चाहिएको हो, बाजे !", केटीले खास कुरा खोली ।

मेरो त बसेको घर पनि उजाडिएको थियो । सङ्कटले घेरेर उनीहरूको घर बस्न पाएको रहेनछ । यस्तो बेला उनीहरूको घर बसाउन सहयोग गर्नु ज्यादै पुण्यको काम हो भन्ठानें । उनीहरूको सङ्कट छिटै टरेर जाओस् भन्ने कामना गरें मैले ।

गरिबको छाप्रोमा के हुन्थ्यो । भएको चामल-पिठो मसँग जे थियो, त्यही पाक्यो । त्यही बाँडेर खाइयो । म सुत्ने गरेको खाट उनीहरूलाई दिएँ । शुरूमा मानेका थिएनन् । भुइँमा गुन्द्री ओच्छाएर सुत्छौं भने । जे भए पनि तिमीहरू मेरा पाहुना हौ । देउता हौ । मलाई पापको भारी नबोकाओ भनेपछि असजिलो मान्दै खाटैमा सुत्न माने । मैले अर्को कुनामा गुन्द्री र कम्मल ओच्छाएर बिस्तरा लगाएँ ।

केटोले बोकी ल्याएको झोलामा लुगाफाटालगायतका सामानहरू अटाईनअटाई थिए । ती जबर्जस्त कोचिएका जस्ता देखिन्थे । लाग्थ्यो, उनीहरू हतारहतारमा भागेर यहाँ आइपुगेका हुन् ।

केटोले झोला मिलाउँदै गर्दा मैले केही कागजहरू देखें । ती कागजहरू गुलाबी रङका थिए र त्यसमा लेखिएका अक्षरहरू हरियो रङका । उसले ती कागजहरू एकै ठाउँमा समेलेर राख्दै थियो । केटो पढ्नलेख्न जान्ने रहेछ भन्ने थाहा पाएँ । त्यो थाहा पाउँदा मलाई एकदमै खुशी लाग्यो किनभने मलाई त्यो रूखको पातमा लेखिएका कुरा पढिदिने मान्छे चाहिएको थियो । मान्छे घरमै हाजिर थियो । मलाई उनीहरू मेरै लागि भनेर स्वयम् भगवान्ले नै पठाएका दूतजस्ता लाग्यो । भगवान्लाई मैले मनमनै कोटीकोटी नमन गरें ।

मैले सीधै त्यो पातमा लेखेको कुरा पढिदेऊ भनिनँ । केही भूमिका बाँध्न चाहें । केटोले समेल्दै गरेका कागजहरूलाई इशारा गर्दै सोधें :

"बाबु निकै लेखपढ गर्छौ कि क्या हो ?"

"त्यति धेरै त हैन बाजे ! अलिअलि लेख्छु ।"

"केको अलिअलि हुन्थ्यो र ! यति धेरै लेखेका रहेछौ । यी सबै कागजहरू तिमी आफैंले लेखेका त हौला नि ! हैन र ?"

"हो बाजे, यी सबै मैले लेखेको हुँ ।"

"पढेर सुनाउन मिल्ने कुरो भए मलाई सुनाऊ क्यारे !"

"किन लेख्थें र, सुनाउन नमिल्ने कुरा । यिनलाई सुनाउन भनी मैले रचेको हुँ, यी सबै प्रेम कविताहरू !", आफ्नै श्रीमतीतिर हेरेर मुस्कुराउँदै भन्यो । त्यो मुस्कान उसको श्रीमतीमा पनि सरेर गयो ।

"यिनै कविताले मलाई प्रेम के हो भन्ने बुझायो । मेरो र उहाँको प्रेम बसाउने कडी यिनै कविता हुन्, बाजे ! आखिर जीवन भनेको प्रेम रहेछ । प्रेममा नै असली जीवन रहेछ ।", श्रीमतीले पनि कुनै विदुषीले प्रवचन दिएझैं मुस्कुराउँदै भनी ।

त्यसपछि केटोले एउटा कविता पढेर सुनायो । उसले कविता पढेर सुनाउँदै गर्दा मेरो मनको नदीमा मलाई छोडेर गएकी मेरी श्रीमती डुङ्गा चलाउँदै आइन् । एकछिनका लागि कल्पनामै सही, मेरी श्रीमतीसँग मेरो भेट भयो । म भावुक भएँ । धन्य छ तिनको कविता !

त्यसपछि मैले भूमिका बाँधें र पातको कुरो झिकें ।

"तिमीहरू भाग्यमानी रहेछौ । तिमीहरूलाई लेखपढ गर्न आउँछ । कविता कोर्न आउँछ । मलाई त केही पनि आउँदैन । मसँग केही पात छन् । तिनमा केही कुरा लेखिएका छन् । त्यो मलाई पढेर सुनाइदिन्छौ कि ?", सिरानीबाट पातको मुठो निकालेर उनीहरूको हातमा दिएँ ।

केटा र केटी दुवैले त्यो पातलाई हेरे ।

केटाले भन्यो, "बाजे यो टुकीको उज्यालोमा यहाँ लेखिएका अक्षरहरू टल्किएर पढ्नै सकिएन । बरू भोलि बिहान घामको उजेलोमा पढेर सुनाइदिउँला नि हुन्न ?"

"लौ त त्यसो भए भोलि नै सुनौला ।", भनें । केटो आफैंले त्यो पातलाई सिरानीमुनि राखिदियो । त्यसपछि उनीहरू सुते । पातमा लेखिएका कुरा भोलि सुन्न पाइने भो भन्दै खुशीले म पनि सुतें ।

भोलि बिहान म उठ्दा उनीहरू ओछ्यानमा थिएनन् । ढिलो निन्द्रा परेकोले मलाई उठ्न पनि केही ढिला भएको हुनुपर्छ । दिसा गर्न जङ्गल गएछन् कि भनेर केही बेर कुरें । आएनन् । वरपर कतै छन् कि भनेर खोजें । कतै देखिनँ । मलाई एक वचन जान्छु पनि नभनी उनीहरू हिंडिसकेका थिए । किन त्यसरी हिंडे ? मेरो चित्त निचोरिएर आयो । दुख्यो । मेरो जिन्दगीमा सधैं धोकामात्रै लेखेको रहेछ कि भन्ने लाग्यो । मलाई कागजमा लेखेको कुरामात्र होइन, मान्छेको मनमा लेखेको कुरा पनि पढ्न आउँदो रहेनछ । म हरतरहले निरक्षर रहेछु ।

बाहिर आँगनको एक छेउमा मैले खरानीको थुप्रो देखें । त्यो कागज डढाइएको खरानी हो भन्ने प्रष्टै थियो । र, त्यो पक्कै पनि हिजो त्यै केटोले समेलेर राखेको गुलाबी रङको कागज हो, जसमा हरियो रङको मसीले लेखिएका अक्षरहरू थिए । यस्तै लाग्यो ।

किन जलायो केटोले त्यति प्रेमले लेखेका कविताका कागज... ?

त्यसपछि मैले ती पातहरूलाई सम्झिएँ । भित्र गएर सिरानी पल्टाएर हेरें । त्यहाँ एउटा पनि पात थिएन । यताउती जतातत‌ै धम्मरधुस लगाएर खोजें तर जति खोज्दा पनि भेटिएन । कतै कागजसँगै ती पातहरू पनि जलाइदिए कि ? दैव जानून् !

त्यसरी ती केटाकेटी गएको एकहप्तापछि मैले एउटा सपना देखें । सपनामा त्यही रूखलाई देखें, जुन रूखका पातहरू म त्यहाँ पुग्दा खसेका थिए र तिनलाई मैले सिरानीमा राखेको थिएँ । त्यो रूखको फेदबाट एकाएक एउटी परम सुन्दरी प्रकट भई । ऊ जस्ती सुन्दरताकी अनुमप प्रतिमूर्तिलाई मैले आजसम्म देखेको थिइनँ । विपनामा त परै जाओस्, सपनामा पनि देखेको थिइनँ । ऊ मेरो नजिक आई र भनी :

"हे माझी !

म एक श्रापित यक्षणी हुँ । म हजारौं वर्षदेखि यो कालवृक्षमा कैद भएकी छु । म कसरी यहाँ कैद हुन पुगें भन्ने कथा म तिमीलाई सुनाउँछु । तिमी एकचित्त भएर सुन !

स्वर्गमा म एक सम्मानित यक्षणी थिएँ । सौन्दर्य र यौवनलाई चिरस्थायी बनाइराख्ने विद्या यक्षणीहरूसँग हुन्छ । स्वर्गमा यक्षणीको मुख्य काम भनेको देउता र अप्सराहरूको सौन्दर्यको रक्षा गर्नु र उनीहरूको यौवनलाई चीरकालसम्म अखण्ड राख्नु हो । हामीहरूसँग हुने सुन्दरता, आरोग्य र अमरता अनि सुख, वैभव र सम्पदाको जो ज्ञान छ, त्यो जन्मजात प्राप्त गरेका हुन्छौं । जसरी माछाहरू पौडन जान्दछन् । जसरी चितुवाहरू दौडन जान्दछन् । जसरी चराहरू उड्न जान्दछन्, त्यही ज्ञानको उपयोग गरेर स्वर्गमा देउता र अप्सराहरू सधैं जवान, स्वस्थ, आनन्द र ऐश्वर्यले भरिपूर्ण हुन्छन् ।

कयौं कालदेखि मैले स्वर्गमा देउता र अप्सराहरूको सेवा गर्दै आइरहेकी थिएँ, जसको गणना मर्त्यलोकको समयसँग तुलनायोग्य छैन । स्वर्गमा सब थोक थियो । अभाव भन्ने कुराको कुनै अस्तित्व नै थिएन र पनि मलाई त्यहाँ बस्दाबस्दा दिक्क लागिसकेको थियो । स्वर्गको शान, सम्पदा र वैभवप्रति मेरो रूचि हराउँदै गएको थियो ।

मलाई अर्को कुनै लोकतिर घुम्न जाने इच्छा भयो । म कुनै पनि देउताहरूको लोकमा जान सक्थें । तर जान चाहन्नथें किनभने ती लोकहरूको बारेमा मलाई थाहा थियो । मलाई त मनुष्यहरूको मर्त्यलोकमा आउने मन थियो । यहाँको बारेमा जान्नु थियो । मनुष्यको चोलाका बारेमा मलाई थोरबहुत थाहा भए पनि नजिकबाट नियाल्न पाएकी थिइनँ ।

त्यसका लागि मैले स्वर्गका राजा इन्द्रसँग आज्ञा मागें । उनको आज्ञा पाएर म मनुष्यहरूको मर्त्यलोकमा आएँ । यहाँ आएपछि मैले अनेक किसिमका मान्छेहरू देखें । ती मान्छेहरूले बाँचेका अनेक किसिमका जिन्दगीहरू देखें । ती अनेक किसिमका जिन्दगीहरूभित्र पनि अनेक किसिमका रङहरू देखें । स्वर्गमा त मैले केवल सुख, सौन्दर्य र विलासको रङमात्र देखेकी थिएँ ।

यसरी मर्त्यलोकको आठै दिशामा चक्कर काट्दै थिएँ, नयाँ लोकमा घुम्न पाउँदाको उत्साहले मलाई उचालिरहेको थियो । जुगौंदेखि स्वर्गको पिंजडामा निस्सासिएको चरी थिएँ । धीत मर्ने गरी मर्त्यलोकको आकाशमा पखेंटा फट्कार्दै उन्मत्त उडिरहें । रमाइरहें ।

उड्दै, घुम्दै र रमाउँदै जाँदा मेरो नजर एक युवकमाथि पर्‍यो । मर्त्यलोकमा पनि यति सुन्दर मनुष्य हुँदा रहेछन् । उसलाई देखेर म मोहित भएँ । थाहा छैन, ऊप्रतिको मेरो मोह उसको शरीर देखेर हो वा आत्मालाई चिनेर हो । बस् म ऊप्रति आकर्षित भएँ ।

भनिहालें, ऊ स्वर्गका कुनै पनि देवताभन्दा कम सुन्दर थिएन । साँच्चै नै ऊ कामदेवसमान थियो । हुनसक्छ, ऊसँगको मेरो सम्बन्ध जन्मौंजन्मको थियो । मैले आफूलाई एक क्षण पनि रोक्न सकिनँ । सीधै उसका सामु प्रकट भएँ र प्रेम प्रस्ताव राखें ।

आकस्मिकताले ऊ एकछिन अकमकायो तर आफ्नो दिमागलाई उसले धेरै बेर सोच्ने फुर्सद दिएन । र, मेरो प्रस्तावलाई हार्दिकतापूर्वक अनुमोदन गर्‍यो । दुई थियौं । एक भयौं । अनन्त कालसम्म हामी प्रेममा लीन भयौं । मैले मेरो प्रेमीलाई ती सबै कुराहरू प्रदान गरें, जो स्वर्गका देउता र अप्सराहरूलाई दिंदै आएकी थिएँ ।

एक दिन मैले उसलाई स्वर्ग लगेर घुमाउने विचार गरें । मर्त्यलोकमा हामीले सुन्दर भनिएका सबै ठाउँहरू घुमिसकेका थियौं । घुम्न बाँकी खास कुनै ठाउँ थिएनन् । मैले उसलाई मेरो कर्मलोक देवीदेवताको राज्य स्वर्ग देखाउनु थियो । उसलाई स्वर्ग जाऊँ भनी अनुरोध गरें । ऊ तयार भयो । त्यसपछि म उसलाई लिएर स्वर्गतर्फको बाटो लागें ।

मैले मर्त्यलोकको युवकलाई लिएर स्वर्ग आउँदै गरेको कुरा देवराज इन्द्रले थाहा पाएछन् । उनलाई यो कुरा निको लागेनछ । मर्त्यलोकका मानिसहरू नमरी स्वर्ग आउन सक्दैनन् । उनीहरूको पाप र पुण्यको हिसाब मिलान हुनुपर्छ । उनीहरूको जति पुण्य छ, त्यतिको भोग गर्न उनीहरू स्वर्ग आउने हुन् भनेर इन्द्रले हामीलाई बीच बाटोमै रोके ।

उनले बाटो रोके पनि म रोकिनेवाला थिइनँ । मैले प्रतिज्ञा गरिसकेकी थिएँ, प्रेम-प्रतिज्ञा । त्यो प्रेम-प्रतिज्ञालाई मैले बचाउनु थियो । मैले उनको अवरोधलाई लत्याएर अगाडि बढ्न लागें । मेरो जिद्दी देखेर इन्द्र भयङ्कर क्रोधित भए । उनले मेरा प्रेमीलाई अस्त्र प्रहार गरेर पाताल लोकमा गाडीदिए र मलाई बलुद्यानको यही कालवृक्षमा अनन्तकालसम्म कैद हुने श्राप दिए ।

इन्द्रबाट श्रापित भएर म यो वृक्षमा कैद भएँ । यो कैदबाट मुक्ति पाउन मैले देवताका गुरू वृहस्पतिलाई पुकारें । मेरो पुकार सुनेर उनी आए । मैले उनलाई यो श्रापबाट मुक्तिको उपाय सोधें । त्यसपछि उनले एउटा उपाय बताए । उनका अनुसार कुनै मनुष्यले यो कालवृक्षको हाँगा काटेर एक हजार आठ कलम बनाउँला र त्यो कलम लेख्न सक्नेहरूले खिइएर नसक्नुन्जेल अनेक कथाहरू लेख्लान् । ती कथालाई मानिसहरूले पढ्लान् । त्यसपछि बल्ल म यो कालवृक्षको बन्धनबाट मुक्त हुन सक्नेछु ।

हे माझी !

मेरो यो सन्देश त्यस्ता मानिसलाई देऊ जसले यो कालवृक्षको हाँगा काटेर लैजाओस् र एक हजार आठ कलम तयार गरोस् अनि ती कलमले कथाहरू लेखियून् । मानिसहरूले ती कथा पढून् र मलाई यो कालवृक्षको कैदबाट मुक्ति मिलोस् । हे माझी ! मेरो यति काम गरिदेऊ ! म तिमीलाई कामदेवसमान हुने अखण्ड यौवनको वरदान दिनेछु । मेरो यति काम गरिदेऊ !"

यति कुरा भनेर ती यक्षणी अन्तर्ध्यान भइन् । मैले देखेको जम्माजम्मी सपना यत्ति नै हो । मलाई त्यो यक्षणीको बारेमा थाहा भएको कुरा पनि यत्ति नै हो । त्यो कालवृक्षको बारेमा अरू मलाई केही थाहा छैन ।

मैले पढेलेखेका मानिसहरूलाई भेटेर कालवृक्षको बारेमा सोधेको हुँ । उनीहरूलाई यक्षणीको सपनाको कुरा पनि सुनाएकै हुँ । यदि उनीहरूले लेख्न सक्छन् भने यो कालवृक्षको हाँगा काटेर लैजाऊ पनि भनेकै हुँ । तर उनीहरूले त झन् अर्थको अनर्थ पो लगाउन थाले । त्यो रूखमा यक्षणीको बास छ भने त्यसलाई पूजा गर्नुपर्छ । काट्ने कुरा त गर्दै नगर्नू । काट्यो भने अनिष्ट हुन सक्छ । पाप लाग्छ । नर्कमा परिन्छ । उनीहरूले यस्तै भने ।

जब कि स्वयम् यक्षणीले मलाई सपनामा आएर रूख काटेर मलाई मुक्त गरिदेऊ भनेकी थिइन् तर किन हो किन पढेलेखेका मानिसहरूले झन् उल्टोपाल्टो कुरा गरे । उनीहरूले कुरा बुझेर पनि बुझ पचाएजस्तो लाग्छ मलाई । के पढेलेखेका मान्छेहरू सबै यस्तै हुन्छन् र ?

यदि मलाई लेख्न आउँथ्यो भने त्यो रूख मै काटिदिन्थें । जेजे होला, होला । पाप लागे पनि मैलाई लाग्ला । अनिष्टै भए पनि मैलाई होला । नर्कै जान परे पनि मै गइदिन्थें । मै बनाउँथें, एकहजार आठ कलम र लेख्ने थिएँ, हजारौं हजार कथाहरू । विडम्बना, त्यो मबाट सम्भव छैन ।

मेरो हातले कलम समाउने भाग्य लिएर आएको रहेनछ । कलमले त जे कोरे पनि सधैंभरि रहन्छ । बहनाले पानीमा कोरेको यसै बिलाएर जान्छ । डुङ्गा खियाउँदा खियाउँदै मेरा हात खिइएर मक्किइसके । राति सुत्ने बेलामा पाखुरा कर्करी खाएर मर्नु हुन्छ । राम्ररी निन्द्रा पर्न छोडेको पनि धेरै भो । अहिले आएर दुःख लाग्छ । बहना चलाएर यही घाटमा बिलाउने भो मेरो जिन्दगी !

कहिलेकाहीं आकाशतिर हेर्दै स्वर्गमा बसेका मेरा बालाई प्रश्न गर्छु, "ए बा ! कलम समाउने उमेरमा यो बहना किन थमाइदियौ ? जति कोरे पनि बिलाएर जाने यो जिनिस किन भिराइदियौ...?" जति प्रश्न गरे पनि उत्तर केही आउँदैन । बस् मेरो आत्मा रून्छ । अनायसै आँखाबाट बग्न थाल्छ- पीडाको नदी, जुन नदीमाथि मेरो जिन्दगीका अभागहरूले डुङ्गा खियाउँछन् ।

हे अनादि !

हे शब्दपुत्र !

अब तपाई नै अघि सर्नुहोस् ! श्रापित यक्षणीले पनि तपाईलाई नै रोजेकी छिन् । म बन्चरो दिन्छु । जानुहोस्, कालवृक्षको हाँगो काटेर एक हजार आठ कलम बनाउनुहोस् । त्यो कलम खिइएर नसकिन्जेल लेख्नुहोस्, अनेक कथाहरू ! मानिसहरूले ती कथाहरू पढ्लान् । अनि मुक्त होलिन् ती यक्षणी !

तपाईं पनि पढेलेखेको मान्छे ! यदि तपाईंलाई पनि कालवृक्षको हाँगा काट्न हुने हो वा हैन भन्ने कुरामा संशय छ भने, भैगो म तपाईंलाई कर गर्दिनँ । कोही त आउला नि एक न एक दिन, जसले काटेर लैजानेछ कालवृक्षका ती हाँगाहरू । र, बनाउनेछ एक हजार आठ कलम र लेख्नेछ कथाहरू । मानिसहरूले ती कथाहरू पढ्लान् । अनि एक न एक दिन ती यक्षणी पनि कसो मुक्त नहोलिन् र !

हे अनादि ! म आफ्नो मृत्युभन्दा पहिले उनको मुक्ति कुरेर बसेको छु ।

तेस्रो दिन

एउटा शङ्काले मेरो मनको लङ्का जलाउन थाल्यो । के ऊ जिउँदो त छ, जसलाई म खोजिरहेको छु ? त्यस्तो शङ्काको आगो झोस्ने व्यक्तिद्वय होटल मालिक श्यामकेतु र भैरवटोलका ज्योतिषी बुढा थिए ।

मनको लङ्का भष्म हुनुअघि नै त्यो मान्छे जिउँदो छ कि मरिसक्यो भन्ने कुरा स्पष्ट हुनैपर्छ । यस्तै लाग्यो, कुनै घटना वा दुर्घटनाले उसलाई खाइ पो सक्यो कि ? यदि यस्तै भएको रहेछ भने पहिला पुग्ने ठाउँ भनेको अस्पताल नै हो । सरकारी अस्पताल कहाँ छ भनेर नगर-नक्सा हेरें । जाने बाटो पत्ता लगाएँ ।

शङ्काग्नि शमनको निम्ति म सरकारी अस्पतालमा दाखिल भएँ । अस्पतालको शव परीक्षण विभागमा पुगेर त्यहाँ काम गर्ने एक कर्मचारीलाई भेटें । उसले "भरे अस्पतालको ड्युटी सकिएपछि साँझ दारू पिउँदै कुरा गरौंला नि सर्खार !" भन्यो । जसलाई पनि सर्खार भनेर सम्बोधन गर्ने उसको बानी रहेछ । मैले नाइँ भनिनँ । साँझसम्म उसलाई कुर्नपर्‍यो । कुरें ।

ड्युटी सकेर तोकिएको स्थान र समयमै ऊ मेरो सामु हाजिर भयो । दारू पिएपछि मान्छेले असली कुरा बक्छ भन्छन् । म उसको मुखबाट असली कुरा सुन्न चाहन्थें । त्यसैले उसलाई अस्पताल नजिकैको होटलमा लगें अनि उसैको फर्माइसबमोजिम राँगाको सुकुटी र लोकल ठर्रा मगाएँ ।

एक पिलेट सुकुटीसँग दुई गिलास लोकल ठर्रा सकेपछि "यो मान्छेलाई चिन्नुहुन्छ" भन्दै फोटो देखाएँ । ठर्राले रसिलो बनाएका जोर आँखा तन्काई-तन्काई उसले फोटो हेर्‍यो र त्यसपछि धाराप्रवाह बोल्न थाल्यो :

पहिला मेरो नाम याद गरिसियोस् सर्खार ! लाचिदा हो मेरो नाम ! लाचिदा अर्थात् लास चिर्ने दाइ ! यो अस्पतालमा लास चिर्ने काम गर्न थालेपछि मलाई यही नामले बोलाइयो । डाक्टरको काम भनेको त चिरिएको लास हेरेर रिपोर्ट लेख्ने मात्र हो । पहिला लास चिरेर ठिक्क पार्ने त हामीजस्ताले नै हो सर्खार !

त्यस्ता लास त कति चिरियो, चिरियो । शुरूशुरूमा त डरले हातगोडा कामेरै हैरान । मुटु पड्केर निस्केला जस्तो हुन्थ्यो । त्यसपछि टुच्च एक गिलास ठर्रा लाएर चिर्न थालियो । अनि हातगोडा काम्न छाडे र मुटु पनि ठेगानमा आयो । यो पिउने बानी पनि त्यसलै बसायो । खै, कति वर्ष भयो कुन्नी मैले यहाँ काम गर्न थालेको ! अहिले मैले दारू पिएको छु । यस्तो बेलामा मलाई तिथिमितिको बारेमा केही पनि नसोधियोस् ! हिसाब-किताब गडबड हुन सक्छ । सर्खारलाई थाहै छ नि, हिसाब र पिसाब किल्ल्यिर हुनुपर्छ भन्ने कुरा ! हिंहिंहिं... !

अब सर्खारले मलाई यो फोटो देखाएर जो कुरा सोधिसियो, यसको बारेमा म सर्खारलाई आन्द्रा-भुँडी, मुटु-कलेजो, फोक्सो, किड्नी सब कुरा चिरेर बताउन सक्छु । जे चिरे नि मेरो काम चिर्ने नै त हो नि ! कि कसो सर्खार ? खित्खित्खित्... !

कुरा के हो भने, जब म कुनै मान्छेको लास चिर्छु । सबैभन्दा पहिला उसको मुटुमा गौर गरेर हेर्छु । उसको जिन्दगीको राम कहानी त्यहाँ लेखिएको हुन्छ, जुन कुरा डाक्टरले रिपोर्टमा लेख्दैन । डाक्टरले सिर्फ उसको शरीरका चोट र मृत्युको कारण मात्र लेख्छ । फिजिकल इन्जुरी एन्ड द कज अफ डेथ ! अलिअलि इङ्गलिस त मलाई पनि आउँछ सर्खार ! डाक्टरहरूको सङ्गतले... ! हिंहिंहिं... !

म त लासको मुटुमा लेखिएको जिन्दगीको रामकहानी पढ्न सक्छु । यसरी मैले धेरै लासहरूको रामकहानी पढेको छु । मान्छेको असली आत्मकथा त त्यहीं हुन्छ सर्खार, उसले लेखेको किताबमा होइन ! वास्तवमा आत्मकथाजस्तो किताब त त्यस्ताले मात्र लेख्न सक्छन्, जो ढाँट्ने कलामा अब्बल छन् ।

शुरूशुरूमा यो काम गर्दा मलाई लासहरूले सपनामा आएर आफ्नो कहानी बताउने गर्थे तर पछि मलाई उनीहरूको मुटुमा लेखिएको कहानी पढ्ने बानी बस्यो । त्यस्तो बानी बसेपछि सपनामा आएर कहानी भन्ने क्रम पनि बन्दजस्तै भयो । अचेल म त्यत्ति सपना देख्दिनँ ।

जसको फोटो तपाईंले देखाउनुभयो । यो मान्छेलाई पनि मैले नै चिरेको हो । मलाई यसको रामकहानी पूरै थाहा छ । ल, कान दह्रो पारेर सुनिसियोस् सर्खार ! यो मान्छेको राम कहानी !

धुवाँ साहिंला !

कुरा कहिलेको हो त भन्दाखेरि, अहिले हिसाब नगरौं । मुस्ताङमा एउटा नामुद व्यापारी थियो । उसले धेरै थोकको व्यापार गर्दथ्यो । त्यसमध्ये उसको एउटा सेक्रेट धन्दा थियो, फर्निचरको । सर्खारलाई लाग्न सक्ला, जाबो फर्निचरको धन्दा पनि केको सेक्रेट ?

उसले बेच्ने फर्निचरहरू सामान्य भएर पनि असामान्य थिए । असामान्य यसकारण थियो कि ती फर्निचरहरू कुनै बेला अवतारी दलाई लामाले प्रयोग गरेका थिए । त्यसलाई उसले जो पायो, त्यही मान्छेलाई बेच्दैनथ्यो । सिर्फ उनीहरूलाई मात्र बेच्दथ्यो, जो बौद्ध धर्म र दलाई लामाप्रति आस्था राख्दथे र जो गोरा छाला भएका विदेशीहरू हुन्थे, जो ती फर्निचरहरूलाई रूपैयाँमा होइन, डलरमा खरिद्ने हैसियत राख्दथे ।

यो कारोबार उसले गोप्य तरिकाले गर्दथ्यो । उसले समान बिकाउन र ग्राहकलाई विश्वासमा लिन ठाउँठाउँमा गाइडको भेषमा आफ्ना एजेन्टहरू खटाएको थियो । ती एजेन्टहरूले फर्निचरको आध्यात्मिक एवम् पुरातात्विक महत्त्वको बारेमा बताई ग्राहकलाई विश्वासमा पार्थे र साहूसँग भेटाउँथे ।

अब उसको त्यो सेक्रेट कुरा यहींनेर खोलिदिइहालूँ । उसले भनेझैं वा दावी गरेझैं ती फर्निचरहरू दलाई लामाले प्रयोग गरेका हुँदैनथे । खास कुरो, उसले के चतुऱ्याइँ गर्थ्यो भने पहिला काठका विभिन्न किसिमका फर्निचरहरू बनाउँथ्यो । त्यसपछि ती फर्निचरलाई पुरानो र दलाई लामाले

नै प्रयोग गरेका हुन् भन्ने भान पार्नका लागि दिनका दिन आगो बालेर धुवाँको ग्रास दिन्थ्यो । ता कि ती काष्ठसामग्रीहरू अति पुराना देखिऊन् र दलाई लामाले नै प्रयोग गरेका थिए भन्नेमा कुनै शङ्का नउब्जियोस् ।

यस्तो हर्कत गरेर त्यो साहुले त्यस्ता फर्निचरलाई चर्को दाममा बिक्री गर्ने गर्दथ्यो । आस्थावान् मानिसहरूले गर्ने निस्फिक्री खर्चबारे उसलाई राम्ररी थाहा थियो । हिन्दू धर्ममा आस्था राख्नेलाई उसले एकमुखे रूद्राक्ष र दाहिने शङ्ख भिडाउने गर्थ्यो । नजाने कयौं कालदेखि उसले मानव-आस्थाको फाइदा उठाउँदै आइरहेको थियो । त्यसो गरीगरी उसले रूपैयाँ होइन, डलर छापिरहेको थियो ।

त्यो साहुको घरमा एउटा भूमिगत कोठा थियो, जहाँ ऊ आफूबाहेक कसैलाई पनि छिर्न दिंदैनथ्यो । त्यहाँ टन्नै खात लगाएर राखिएका बोराहरू हुन्थे । ती सबै पैसाका बोराहरू थिए । मानिसहरूले भन्थे कि ती बोराका पैसाहरू सबै साहुले जम्मा गरेको कालो धन हो । यसै पनि पैसाको मुख कालो भन्छन् । अब त्यो धन कालो भएर के भो ! गोरो भएर के भो ! हिहिहिं... !

सर्खार ! एक गिलास थपौं न है... !

अँ त, फर्निचरहरूलाई धुवाँ दिने कामका लागि पनि त्यो साहुले छुट्टै कोठा बनाएको थियो । अनि धुवाँ दिने कामका लागि उसले साहिंला नाम बताउने व्यक्तिलाई खटाएको थियो । साहिंला असाध्यै सोझो र इमान्दार थियो । उसको काम भनेको केवल फर्निचरहरूलाई धुवाँ दिने मात्रै थियो ।

साहु, साहुका परिवार, साहुका कारिन्दाहरू र साहुका आफन्त पर्ने मानिसहरूबाहेक अनुमतिबिना अरू बाहिरी अपरिचित व्यक्तिहरूसँग बोलचाल गर्न र सम्पर्कमा रहन साहुले उसलाई निषेध गरिदिएको थियो । ती फर्निचरहरू कुन किसिमले कसलाई र कति दाममा बिक्री गरिन्छ भन्ने बारेमा उसले कुनै हेक्का राख्दैनथ्यो ।

खैर, यसरी धुवाँको काम गर्ने भएकाले साहुले उसलाई धुवाँ साहिंला भनेर बोलाउँथ्यो, मलाई लाचिदा भनेर बोलाएजस्तै । अरूले पनि उसलाई यही नामले बोलाउँथे । उसको असली नाम के थियो ? यो कुरा कसैलाई

पनि थाहा थिएन । ऊ सबैलाई आफ्नो नाम सहिंला बताउँथ्यो । साहिंला नामको अर्थ त यति मात्र हुन्छ कि ऊभन्दा अघि उसका बाआमाले दुई सन्तान जन्माइसकेका थिए र ऊपछि पनि उनका सन्तान छन् । सायद उसले पनि बिर्सिसको थियो होला, उसको असली नाम, जुन नाम उसका बाआमाले राखिदिएका थिए । साहिंला नै उसको असली नाम थियो भने पनि सो कुरो बताइदिने उसका बाआमा यो नक्कली संसारमा थिएनन् ।

हो, यो नक्कली संसारमा उसको आफ्नो भन्ने कोही पनि थिएन । अभिभावकझैं टोपलिएको साहु पनि बाउजस्तो नभई राहुजस्तो लाग्थ्यो उसलाई । तर, त्यही राहुकी छोरीचैं उसलाई आफ्नै दिलको माउजस्तो लाग्थ्यो ।

कहानी भन्छु भनेको कविता पो भो कि सर्खार ! हिंहिंहिं... !

जवानीमा मैले पनि हल्काफुल्का कविता लेख्ने गर्थें । त्यसैको ह्याङओभर हो यो । जो होस्, यो कविताको कुरालाई यहीं छोडौं र कहानीतिरै लम्कौं ।

अँ त म भन्दै थिएँ, साहुकी छोरी खूब राम्री लाग्थ्यो साहिंलालाई । ऊ बेलाबखत घरको कौसीमा बिहानको घामझैं झुल्कने गर्थी । दिनदिनै चौरीको दूधले नुहाएर उसको ज्यान दुधिलो भएझैं लाग्थ्यो । साहुकी छोरीको दिव्यदर्शन मात्रले पनि मुस्ताङको चिसो बतासले ठिहि्र्याएको उसको मुटुमा न्यानो अनुभव हुन्थ्यो । मौका पायो कि ऊ कौसीतिरै आँखा सोझ्याएर बस्थ्यो ।

अरू कसैले नदेखून् भनेर स्याउको बुटोमुनि छेल पारेर साहिंला र साहुकी छोरी अँगालो मारेर बसिरहेका हुन्थे । साहिंलाले साहुकी छोरीको सफा गालामा धित मरून्जेल म्वाइँ खान्थ्यो । त्यतिले नपुगेर अझ तिर्खालु भई उसको रसिलो ओठ चुस्न लाग्थ्यो । त्यसो गर्दा साहिंलालाई चौरीको दूधमा भीरमाहुरीको मह घोलेर पिएजस्तो हुन्थ्यो । भेडाको ऊनभन्दा पनि नरम र कुनै टाकुराझैं उठेका उसको छातीमा जब आफ्नो च्याङ्खुरे छाती लगेर टाँस्थ्यो, तब उसलाई आकाशमा उडेझैं हुन्थ्यो । आफ्नो जोर हातले बल गरेर उसको ज्यानलाई कस्दै गर्दा ऊ हिउँझैं पग्लिन्थो र पानीपानी भएर बग्थ्यो । साहिंला कयौंपटक यसरी पानीपानी भएर बगेको थियो तर सपनामा ।

हो, साहिंलाले अक्सर यस्तै सपना देख्ने गर्दथ्यो । विपनामा त बिचरोले गर्न सक्ने भनेको त्यही आँखालाई सेक्ने काम मात्र त थियो नि ! न उसको नजिक जाने मौका मिल्थ्यो, न ऊसँग गफ गर्ने हिम्मत नै थियो साहिंलाको । अब साहुसँग गएर मलाई तिम्री छोरी मन पर्छ, म बिहे गर्छु, देऊ छोरी भन्नु त यो जुनीमा सम्भवै थिएन ।

र, त्यो दिन पनि साहिंलाले धुवाँ दिन भनी मकलमा दाउरा राखेर आगो सल्काएको थियो । मकलबाट धुवाँ बेस्सरी पुत्ताउन थालेपछि ढोका बन्द गरेर साहिंला बाहिर निस्कियो । बाहिर आएर पिंढीमा बस्यो अनि कौसीतिर नजर फ्याँक्यो । कौसीमा साहुकी छोरी हाजिर थिई । ऊ ठूलो कपमा कफी पिउँदै थिई । उसलाई देख्नासाथ साहिंला भने जाँड पिएको जँड्याहाझैं लट्ठिएर साहुकी छोरीलाई टुलुटुलु ताक्दै बस्यो ।

तब कोठाभित्र के भइरहेको थियो त नि ?

दुर्भाग्यवश, त्यो दिन सल्काइएका दाउराहरू चर्कैसँग बल्न थाले । आगोको लप्कोले छेउछाउ पनि टिप्न थाल्यो । बढ्दै गएर आगोले धुवाँ खुवाउन राखिएका फर्निचरहरूलाई समेत खान थाल्यो । सधैंजसो धुवाँको मुस्लो मात्र निस्कने झ्याल र ढोकाको कापकापबाट त्यस दिन आगोले लामालामा जिब्रो निकाल्न थाल्यो । कौसीमा बसेकी साहुकी छोरीले आँखा ठूलठूला बनाउँदै "आगो ! आगो !" भनेर चिच्याई । साहिंला झस्कियो र भित्र कोठामा बित्यास परेको चाल पायो । त्यसपछि उसले पनि हक्कानिंदै हारगुहार गऱ्यो । उसको हारगुहारले केही थान सहयोगी डाकिएर आए । उनीहरूको प्रयासमा केही बेर लगाएर भए पनि आगो निभे तर आगोले खाएका फर्निचरहरू भने कालो अँगारमा परिणत भइसकेका थिए ।

भएभरका बिकाउ सामानहरू आगोले खरानी पारेपछि साहुले आफूलाई ठूलै नोक्सान भएको हिसाब गऱ्यो । यसो त साहु भनेकै हिसाब गर्ने प्राणी न हो । साहुले त्यसको एकलौटि दोष धुवाँ साहिंलालाई दियो र उसको हिसाब-किताब गरेर कामबाट निकालिदियो । हिसाब-किताब भन्नु पनि के नै थियो र ! सक्ने भए साहुले उल्टै साहिंलालाई नै त्यो नोक्सानीको

हर्जना तिर्न लगाउँथ्यो । सकेन । किनभने जतिसुकै हर्जना लगाए पनि साहिँलासँग सुको तिर्न सक्ने हैसियत थिएन । साहिँलामाथि हर्जना थोपर्नु भनेको उसको निमुखापनमाथि गरिने एउटा भद्दा मजाक मात्र हुन्थ्यो । लोकलाजको कारणले पनि साहुले त्यसो गर्न सक्दैनथ्यो । बरू केही न केही दिएर उसलाई बिदा गर्नु नै व्यावहारिक दृष्टिले उचित हुने कुरा साहुले ठान्यो र त्यस दिनसम्म काम गरेको वापत्मा कुनै इनाम होइन, केवल पारिश्रामिकस्वरूप उसले साहिँलालाई एउटा बूढो रोगी खच्चड भिराएर पठायो । त्यही दिनदेखि धुवाँ साहिँलाको जीवनमा दुर्दिनहरू शुरू भए ।

उसको जाने ठाउँ कतै थिएन । उसलाई कसैले पोखरातिर जाऊ, काम पाइन्छ भनिदियो । त्यहाँबाट ऊ त्यही बूढो रोगी खच्चड धपाउँदै पोखरा झऱ्यो । उसले त्यो खच्चड बेच्न खोजेको थियो तर कसैले किनिदिएनन् । कसैले किनोस् पनि किन ? त्यो रोगी बूढो खच्चडको के काम ?

हिंडेर कति दिन लाग्यो कुन्नि, ऊ पोखराको याम्दी खोलानजिक आइपुग्दा ज्यालावापत् पाएको उसको बूढो रोगी खच्चड ढुन्मुनाएर थचारियो । दुई-चारपटक आङ तन्काउँदा तन्काउँदै हल न चल भयो । खच्चडले आफ्नो इहलीला त्यहीं समाप्त गऱ्यो तर साहिँलाको लीला भने बाँकी नै थियो ।

जिउँदोमा पनि काम नआएको खच्चड अब मरेपछि झन् के काम ? मरेको खच्चडलाई याम्दी खोलामा धकेलेर ऊ पोखरा शहरतिर लम्कियो । त्यसपछि भने ऊ नितान्त एक्लो भयो ।

यो रहरलाग्दो शहरमा ऊ कयौं दिनदेखि भोकभोकै डुलिहिंड्यो । किनेर खानका लागि ऊसँग पैसा थिएन । चिनेर खानका लागि उसको कोही आफन्त थिएनन् । जनैजनले भरिए पनि यो शहर उसका लागि बिलकुल निर्जन थियो । गरीखानका लागि उसले प्रयास नगरेको पनि होइन तर यो शहरका कुनै साहुमहाजनले उसलाई गरीखाने कामका लागि पत्याएनन् । उसमा भाषाको समस्या थियो । ऊ राम्ररी नेपाली बोल्न जान्दैनथ्यो ।

उसले शहरका सडकमा भौंतारिदै दिन काट्यो भने चिसो भुइँ र खुला आकाशमुनि रात काट्यो । केही दिनपछि उसको सुताइ डेन्ड्राइट सुँघ्ने कलिला

केटाहरूसँग भयो । उसले पनि ओढ्न र ओछ्यानका लागि एकजोर बोरा पायो । तिनै केटाहरूले कहाँकहाँबाट ल्याएका चाउचाउ, बासी पाउरोटी र बिस्कुटका केही चोक्टाहरू दयास्वरूप उसलाई पनि भाग लगाइदिन्थे । त्यसले टन्न अघाउने भन्ने त कुरै थिएन । बस्, भोको पेटलाई नमज्जासँग झुक्याउन भने काम लाग्थ्यो । त्यसरी उसले आफ्नो भोकलाई छलिरहेको थियो ।

कुनै दिन ऊ सडकछाप भिखारीहरूसँग पनि सुत्यो । कुनै दिन रक्सीले मातेर घरजाने बाटो भुलेका जँड्याहासँग सुत्यो । कुनै दिन स्मेक खाने केटाहरूसँग सुत्यो र कुनै दिन मानसिक सन्तुलन गुमाएका नरनारीहरूसँग पनि सुत्यो ।

पर्याप्त खान्कीको अभाव र थकानको तापले होला उसलाई सञ्चो भएन । दिन दुगुना, रात चौगुना उसको ज्वरो बढ्दै गयो । शहरको हावाले हो कि धेरै समय धुवाँमा बसेर काम गरेको हुनाले वा अरू कारणले गर्दा हो खोक्दा उसको छाती थोत्रो गाडी स्टार्ट गर्दा जस्तै थर्कन्थ्यो । खोक्ने क्रम जारी नै रह्यो । खोक्दाखोक्दै उसको खकारमा रगत देखिन थाल्यो । खोकी छिप्पिएपछि रगतै छाद्न थाल्यो । कमजोरीले गर्दा राम्ररी खुट्टा टेक्न पनि गाह्रो भइरहेको थियो उसलाई ।

त्यो दिन साहिँला बस बिसौनीछेउको प्रतीक्षालयमा आराम गरिरहेको थियो । उसले परबाट साहुकी छोरी बूढो खच्चडमा चढेर ऊतिर आउँदै गरेको देख्यो । त्यही बूढो रोगी खच्चड, जो उसलाई साहुले भिडाएको थियो, जो याम्दी खोला आइपुग्दा मरेको थियो । उसलाई अचम्म लाग्यो । हातले दुवै आँखा मिच्यो र हेऱ्यो ।

साहुकी छोरी उसैलाई हेरेर मुस्कुराई । अघिसम्म लत्रक्क परेर लडेको साहिँलाको ज्यानमा खै कताकताबाट तागत भरिएर आयो । साहुकी छोरीले उसलाई इशारा गरेर बोलाई । जऱ्याकजुरूक उठ्यो अनि साहुकी छोरी भएतिर तुफान दौडियो । त्यसरी हक्कानिएर दौडँदा उसलाई खै कता ठेस लागेछ कुन्नि, सडकछेउको नालीमा नराम्ररी बजारिन पुग्यो । बिचरा उठ्नै सकेन ।

उसले सकिनसकी टाउको उठायो अनि आँखा तन्काएर वरपर हेऱ्यो । त्यहाँ न त कुनै खच्चड थियो, न त साहुकी छोरी नै ।

कठोर कंक्रिटले भरिएको शहरमा कुनै कमलो मनको दयालुले उसलाई नालीबाट निकाल्यो । अनि बेवारिसे बिरामीका रूपमा अस्पताल पुऱ्याइदियो । अस्पतालको उपचारले पनि उसलाई कहींकतै छोएन । दिन दुगुना रात चौगुना उसको हालत झन्झन् खराब हुँदै गयो । आखिरीमा उसलाई बचाउनका निम्ति कुनै चमत्कार हुन सकेन । त्यस्तो त फिलिमहरूमा मात्रै हुन्थ्यो ।

उसले अस्पतालको बेडमै प्राण त्याग्यो । उसको लास बुझ्न आउने कोही थिएनन् । उसको पोष्टमार्टम गरियो । मैले अघि भने नि, यो मान्छेलाई मैले नै चिरेको हुँ । त्यसपछि यसलाई लावारिसे लासको रूपमा सेती नदीको रामघाटमा डढाइयो । यो कुरा सोह्रै आफ्ना सत्य हो सर्खार !

सर्खार के नाम भनिसियो रे यसको... ?

अँ मोहदत्त... !

नानाना... यो मान्छेको नाम त्यो हुँदै होइन ।

या त, सर्खारले गलत नाम लिएर त्यसलाई खोज्दै होइसिन्छ । या त, गलत मान्छेको फोटो बोकेर अरू कसैलाई खोज्न हिंडिसिया छ । म दावाका साथ भन्न सक्छु कि यो त्यही धुवाँ साहिंलाको फोटो हो । रक्सी पिएको तालमा अन्टसन्ट बोल्यो नभन्नुहोला । म पूरा होसमा बोलिरहेको छु । अब सर्खारले उसलाई यो जुनीमा कहिल्यै भेट्न सकिसिन्न । अब अर्को जुनीमा ऊ कहाँ, कुन देशमा जन्मेला ? त्यो कुरा भगवान् जानून् !

सर्खार ! म एक गिलास फेरि थप्छु ल... !

लाचिदा दारू पिउँदै गरोस् ! तपाईं यो अर्को दस्तावेज पिउँदै, माफ गर्नुहोला, पढ्दै गर्नुहोला ।

दस्तावेज नं. ४

"म एकादेशको सर्वज्ञाता पण्डित थिएँ भन्ने कुरा साक्षीनदी मात्र होइन, पूरा दुनियाँ जान्दथ्यो ।"

- अज्ञानानन्द

अज्ञानताको आत्मघोषणा

"परापूर्व कालमा देव र दानव मिलेर गरेको समुद्रमन्थनबाट चौध रत्नमध्ये एउटा कल्पवृक्ष पनि उत्पन्न भएको थियो रे भन्ने कुरा मैले मेरो हजुरबाको मुखबाट सुनेको हुँ । तर यो कालवृक्ष कहाँ र के-कस्तो किसिमको मन्थन वा मैथुनबाट उत्पन्न भएको हो भन्ने बारेमा मलाई कुनै ज्ञान छैन । यो कालवृक्षको जात, धर्म, कुल, गोत्र, गुण, स्वभाव के हो ? यस बारेमा पनि मलाई केही ज्ञान छैन । किन ढाँट्नु र ! म अज्ञानमा छु । वास्तवमा म अज्ञानी हुँ !"

मैले आजसम्म भेटेका असङ्ख्य व्यक्तिहरू मध्ये ऊ त्यस्तो पहिलो र अन्तिम व्यक्ति थियो, जसले आफूले आफैंलाई अज्ञानी घोषणा गरेको थियो । एउटा यस्तो ऐतिहासिक घोषणा, जसलाई तपाईंले इतिहासको कुनै पनि शिलापत्र, ताम्रपत्र, भोजपत्र, चिठीपत्र वा पुस्तकको पृष्ठमा फेला पार्नुहुने छैन । अज्ञानताको आत्मघोषणा ! सेल्फ डिक्लेरेसन अफ द इग्नोरेन्स !

"तपाईं अज्ञानी हुनुहुन्छ भन्ने कुरा थाहा पाएर मलाई बडो दुःख लाग्यो ।", उसको महान एवम् ऐतिहासिक घोषणाप्रति मैले सक्दो सहानुभुति जाहेर त गरें । तर त्यस्तो अद्भुत घोषणाको अगाडि मेरो सहानुभुति फगत् औपचारिकता निभाए जस्तो थियो । जो अवश्य पनि पर्याप्त थिएन ।

"तपाईं किन दुःख मान्नुहुन्छ मित्र ? जरूर म अज्ञानमा छु तर यसको अर्थ म दुःखी छु भनेको हैन । बरू म त आनन्दमा छु ।", फेरि उसले अर्को महान् र उत्तिकै अप्रत्याशित घोषणा गऱ्यो । यस्तो पनि हुन सक्ला भन्ने मेरो मगजमा कुनै ख्याल थिएन ।

"आनन्दमा ! कस्तो आनन्दमा ?", मैले तीन वा सोभन्दा बढी छक खाएर सोध्नु नै थियो । सोधें ।

"अज्ञानबाट प्राप्त हुने आनन्दमा ! अज्ञान प्लस आनन्द इज इक्वेल टु अज्ञानानन्द ! मेरो नाम ।", सविस्तार । पूरै गणितीय अन्दाजमा । ऊद्वारा उसको नाम सगर्व घोषित गरियो ।

"आनन्द त ज्ञानबाट प्राप्त हुने होइन र ? अज्ञानबाट पनि कहीं आनन्द प्राप्त हुन्छ ?", मेरो विवेकको दायराबाट मैले आर्जेको ज्ञानको हैसियतले अनि मेरो आजसम्मको बुझाइद्वारा निर्मित बुद्धि र त्यसको औकातका आधारमा उसको महान् घोषणालाई एउटा महान ठट्टा सम्झेर मैले यो प्रश्न गरेको थिइनँ ।

"कसले भन्यो तपाईंलाई अज्ञानबाट आनन्द प्राप्त हुँदैन भनेर ?", उसले च्यालेन्ज दिएरै मलाई प्रतिप्रश्न गऱ्यो ।

"पण्डित-पुरोहित-महात्माहरू यसै भन्छन् नि होइन र ?", उसको च्यालेन्जलाई मैले पर्सनल्ली लिनुपर्ने कुनै आवश्यकता थिएन ।

"हो, मैले पनि उहिले यसै भन्थें ।", पर पश्चिम क्षितिजमा डुब्दै गरेको सुनको थालजस्तो घामतिर हेर्दै उसले भन्यो । उसको अनुहारमा त्यही घामको प्रकाश परेको थियो । जसले उसको अनुहारलाई पनि सुनैको प्रतिमाजस्तो बनाइदिएको थियो । त्यसै बेला मैले उसको अनुहारवरपर एक किसिमको आभा प्रदिप्त भएको देखें । सायद, त्यो आभा महाशून्यको ज्योतिर्गमय प्रकाशबाट निःसृत थियो । यस्तै अनुमान गरें ।

"उहिले मतलब ?", यो दुई शब्दे जिज्ञासारूपी खन्तीले मैले उसको उहिलेको रहस्य खोस्रने चेष्टा गरें ।

त्यसपछि कलकल बगिरहेको कालीगण्डकी, सिरसिर चलिरहेको शितलो बतास, नदीछेउको वनमा पुतली पङ्खझैं हल्लिरहेका हरिया पातहरू र बगरमा नजाने कयौं जुगदेखि मिल्किरहेका ढुङ्गाहरूलाई साक्षी राखेर, अज्ञानानन्दले आफ्नै लयमा उहिलेको कुरा बतायो :

"कुरा धेरै पहिलेको पनि होइन र अहिलेको पनि होइन । यो कुनै स्वदेश वा विदेशको कथा पनि होइन । जरूर यो एकादेशको कथा हो ।

म त्यही एकादेशको स्वच्छ, मनोरम र स्वर्गतुल्य भूमिमा हुर्केको हुँ । एकादेशको मध्यभाग भएर बग्ने साक्षीनदीलाई थाहा छ, मेरो चञ्चल बाल्यकाल अनि भर्भराउँदो युवावस्थाको बारेमा ।

मैले उदात्त स्वरमा घोकेका वेदका प्रत्येक ऋचाहरू, पुराणका प्रत्येक श्लोकहरू र कौमुदीका प्रत्येक सूत्रहरू, त्यही साक्षीनदी जान्दछ । मैले गरेको व्रत, मन्त्र अनुष्ठान गर्दा जपेका माला, हवन, तर्पण, अभिषेकादि सबथोक जान्दछ साक्षीनदी ।

म एकादेशको सर्वज्ञाता पण्डित थिएँ भन्ने कुरा साक्षीनदी मात्र होइन, पूरा दुनियाँ जान्दथ्यो किनकि म सबै कुरा जान्दथें । चार वेद, एक सय आठ पुराण, रामायण, महाभारत, वेदान्त, षड्दर्शन आदि इत्यादि सबै शास्त्रहरू मलाई कण्ठस्थ थिए ।

गाउँ-गाउँ, ठाउँ-ठाउँ र देश-परदेशहरूबाट पुराण-प्रवचनका निम्ति मलाई आमन्त्रण गरिन्थ्यो । म ती सबै ठाउँहरूमा जान्थें । त्यहाँ पुगेर कुशल वक्तृत्वका साथमा आफ्नो अपार शास्त्रीय ज्ञान र पाण्डित्यको प्रदर्शन गर्न कुनै कसर बाँकी राख्दिनथें । स्रोताहरूको करतलध्वनिका साथमा असार अभिनन्दनले तृप्त भइ फर्किन्थें ।

मेरा मातापिता मप्रति गर्व गदर्थे । ठूला-ठूला विद्वान् ब्राह्मणहरू मेरो प्रशंसा गर्दथे । मित्रहरूको अनुराग र थोरबहुत ईर्ष्या पनि थियो मप्रति । कति नवयौवनाहरू मलाई चाहन्थे भन्ने कुरा उनीहरूको प्रेमिल नज़रबाट थाहा हुन्थ्यो । मेरो प्रसिद्धी व्यापक थियो ।

एकादेशमा वर्षेनी शास्त्रार्थ प्रतियोगिता हुने गर्दथ्यो । शास्त्रार्थ प्रतियोगिता एउटा विशाल कुम्भमेलाजस्तै थियो । त्यो प्रतियोगिता हेर्न आउने दर्शकहरू हजारौंको सङ्ख्यामा हुन्थे । प्रतियोगितामा प्रतिस्पर्धी भई भाग लिन टाढा-टाढादेखि नाम चलेका धुरन्धर विद्वान् र पण्डितहरू आउँथे ।

सो प्रतियोगितामा लगातार एघार वर्षदेखि म विजयी हुँदै आएको थिएँ । दिग्विजयको मेरो यात्रालाई कसैले पनि विराम लगाउन सकेको थिएन । सुविख्यात धर्माचार्य सन्तहरूको विराटसभाले मलाई महामहोपाध्यायको उपाधि

प्रदान गरेको थियो । त्यस्तै अरू सयौं पुरस्कार, सम्मान र उपाधिहरूबाट म विभुषित थिएँ । मलाई सम्मान गर्न पाउँदा मानिसहरू आफैं सम्मानित भएको महसुस गर्दथे । त्यस प्रकारको ख्याति थियो मेरो ।

तर यति हुँदाहुँदै पनि म आफूभित्र कताकता अधुरो र अपूरो महसुस गर्न थालेको थिएँ । शुरू-शुरूमा प्रतियोगिता जित्दा वा पुरस्कार अनि सम्मानहरू पाउँदा मेरो चित्त प्रसन्न हुन्थ्यो । म रोमान्चित हुन्थें । खुशीले गद्गद् हुन्थें । मलाई ठूलो तुष्टि र तृप्ति मिल्दथ्यो ।

तर पछि-पछि मेरो त्यस्तो रोमाञ्चक अनुभूतिमा ह्रास आउँदै गयो । कालान्तरमा, मलाई प्राप्त हुने पुरस्कार, सम्मान र उपाधिहरू जतिसुकै ठूला भए पनि बिल्नो र खल्लो लाग्न थालेको थियो । मलाई ती चिजहरूप्रति विस्तारै वितृष्णा जाग्न थालेको थियो ।

बाहिरबाट हेर्दा म रसिलो र भरिलो नै देखिन्थें तर भित्रभित्रै क्रमशः खाली र खोक्रो हुँदै गइरहेको थिएँ । बाहिरबाट म उज्यालो देखिन्थें तर मेरोभित्र बिलकुल अँध्यारो नै अँध्यारो थियो । दुनियाँलाई शास्त्र र पुराणका हरिया उपदेश बाँड्दै हिंड्ने म स्वयम् खडेरीले उजाडिएको जङ्गल बराबर थिएँ ।

ज्ञानका अक्षरहरूले भरिएको पुस्तकका पानाहरूलाई हेर्थें । तिनै ज्ञानका वाक्यहरूले भरिएको आफ्नै मस्तिष्क र कण्ठलाई नियाल्थें । सबथोक भरिएर पनि मेरो अन्तस्करणमा किन बेचैनी बढ्दो छ ? मेरो आत्मा किन मरूभूमिजस्तो रूखो छ ? किन मेरो हृदय सुख्खाले पट्पटी धाँजा फाटेको खेत जस्तो छ ?

अब वेदका ऋचाहरूले, पुराणका श्लोकहरूले, कौमुदीका सूत्रहरूले, मातापिताको गर्वले, मित्रहरूको अनुरागले, नवयौवनाहरूको चाहतले र साक्षीनदीको पानीले पनि मेरो हृदयको तिर्खालाई शान्त बनाउन सक्दैनन् भन्ने कुरामा म विश्वस्त हुँदै गएको थिएँ ।

म भित्र के बितिरहेको छ भन्ने कुरा म आफैंले बुझ्न सकिरहेको थिइनँ । मलाई आफैंप्रति दया जागेर आउन थाल्यो । म आफ्नो पीडा कसैलाई सुनाउन सक्दैनथें । म अवसादग्रस्त थिएँ । हो, त्यसबखत म दुःखी थिएँ । के मेरो दुःखमुक्तिको कुनै उपाय थियो ?

यता विगतका वर्षहरूझैं एकादेशमा त्यो वर्ष पनि शास्त्रार्थ प्रतियोगिता हुँदै थियो । प्रतियोगिता हुने मञ्चलाई विशेष रूपले सजाइएको थियो । रङ्गीविरङ्गी ध्वजापतकाहरू टाँगिएका थिए । सजावटका विविध सामग्रीहरूले मञ्च झकिझकाउ थियो ।

शास्त्रार्थमा प्रतियोगी भएर भाग लिन आउनेहरू मञ्चको दायाँ भागमा लहरै बसेका थिए । प्रतियोगितामा अतिथि बनेर आउने सन्तमहन्तहरूलाई मञ्चको उच्चासनमा विराजमान गराइएको थियो । मञ्चाभिमुख असङ्ख्य दर्शक-स्रोता शास्त्रार्थ सुन्न आतुर थिए ।

वास्तवमा मलाई त्यो वर्ष शास्त्रार्थमा भाग लिने रूचि नै थिएन । फेरि बिनाकारण भाग लिन्न भनिदिंदा मेरा आफ्नै मानिसहरूबाट अनेक प्रश्नहरूको सामना गर्नुपर्थ्यो । र त्यस्ता प्रश्नहरूको स्पष्टीकरणस्वरूप म के जवाफ दिऊँ ? म त्यो तनाव पनि झेल्न सक्तिनथें । मन नलाग्दा-नलाग्दै मैले त्यो वर्ष पनि प्रतियोगितामा भाग लिएँ ।

शास्त्रार्थ शुरू भयो । दिनभरि घमासान शास्त्रयुद्ध चल्यो र अन्ततः अघिल्ला वर्षमा जस्तै त्यस पटक पनि विजयश्रीको माला मेरै गलाले पहिरियो । माला पहिऱ्याइदिने प्रमुख अतिथि गङ्गोत्रीका वयोबृद्ध साधु हुनुहुन्थ्यो । उहाँको जीउ एकसरो पहेंलो वस्त्रले ढाकिएको थियो । कपाल र दाह्री सेताम्य थिए । उहाँको ज्यान पातलो भए पनि मुहार दैदिप्यमान र आँखा करूणामय र सम्मोहक थिए ।

सुनेको थिएँ- गङ्गोत्रीमा उहाँको ठूलो आश्रम छ । जहाँ आफ्ना केही तपस्वी शिष्यहरूसँग उहाँ रहनुहुन्छ । थुप्रै योगी, साधु सन्यासीहरू उहाँको शिष्य बन्न चाहन्छन् । तर उहाँले जो कोहीलाई शिष्य स्वीकार गर्नुहुन्न । कडा परीक्षा लिनुहुन्छ । जो त्यसमा खरो उत्रन्छ, उसैलाई मात्र शिष्य स्वीकार गर्नुहुन्छ । उहाँको आश्रममा एक हजार आठ गाई छन् । उहाँको अनुमतिबिना कोही पनि आश्रममा प्रवेश गर्न पाउँदैन । धेरैले उहाँलाई गङ्गोत्री बाबा भनेर पनि चिन्छन् ।

तपाईं भन्नुहोस्, एउटा सामान्य मालाको वजन कतिसम्म हुनसक्छ ? तर गङ्गोत्री बाबाले पहिऱ्याइदिनुभएको त्यो विजयमाला मलाई २० धार्नी बराबर लागेको थियो । मलाई किन यस्तो लागेको थियो ? के गङ्गोत्री बाबाले कुनै जादु गर्नुभएको थियो ? वा अरू नै केही थियो रहस्य ? मैले केही मेसो पाउन सकेको थिइनँ ।

आमन्त्रित अतिथि सन्तहरूका लागि बेलुका आश्रममा भण्डारा लगाइएको थियो र सबै सन्तहरूलाई आश्रममै विश्राम गर्ने व्यवस्था पनि गरिएको थियो । सबै अतिथि सन्तहरूले भोजन गरे र आपसी भलाकुसारीमा व्यस्त हुँदा भए । सन्तहरूको भलाकुसारीको केन्द्र म नै थिएँ । सबैले मेरो प्रस्तुति, क्षमता र ज्ञानको भारी प्रशंसा गरिरहेका थिए ।

त्यसप्रकारको गह्रुँगो प्रशंसाले मेरो चित्तलाई झन्झन् भारी बनाउँदै लगेको थियो । यसै त ज्ञानै ज्ञानले भरिएको म प्रशंसाको भारीले झन् धानिनै नसक्ने अवस्थामा पुगेको थिएँ । वर्षौंदेखि आफैंले बोक्दै आएको यो धर्तीभन्दा पनि गह्रुङ्गो ज्ञानको भारीले थिचिएको म यस्तो थकित भरिया थिएँ, जो पिताजस्तै भरोसायोग्य, मित्रजस्तै पक्का र प्रेमिकाजस्तै शीतल चौतारीको खोजीमा थियो । म सदाका लागि बिसाउन चाहन्थें । सुस्ताउन चाहन्थें । विश्रान्ति चाहन्थें ।

"पण्डित !", म कसैद्वारा बोलाइएको थिएँ । आवाज आएको दिशातर्फ फर्केर हेरें । मलाई गङ्गोत्री बाबाले नै बोलाउनुभएको रहेछ ।

"हजुर ! आज्ञा होस् गुरूदेव !", मैले भनें ।

"आऊ, यता बस ! तिमी धेरै थाकेको जस्तो देखिन्छौ । विश्राम गर !"

"हो, गुरूदेव ! म धेरै थाकेको छु !", म उहाँको चरण छेउमा गई बसें ।

उहाँको करूणमयी र सम्मोहक दृष्टि ममाथि परिरहँदा मैले शीतल अनुभव गरें । त्यसपछि पूरै रहस्यमयी अन्दाजमा उहाँले सोध्नुभयो, "पण्डित ! भन तिमी के जान्दछौ ?"

एकछिन त म अकमक्क परें । के भनम् के भनम् भो । मैले नजानेको कुरा नै के थियो र !

"म के जान्दिनँ र गुरूवर ! सबथोक जान्दछु । बरू के जान्दैनौं भनेर सोध्नुहोस् न !", मेरो सर्वज्ञाता अहङ्कार भित्रबाट बोल्यो ।

"त्यसो भए, भन न त, तिमी के जान्दैनौं ?"

"म के जान्दिनँ ?"

"म के जान्दिनँ ?"

"म के जान्दिनँ ?"

जिन्दगीमा कसैले नसोधेको त्यो प्रश्न मेरो मनमा कुनै शिकारीले चलाएको तीखो वाणझैं गढ्यो । त्यो प्रश्नले मलाई छियाछिया बनायो । त्यो एक प्रश्नको प्रहारले मभित्रको सर्वज्ञाता अहङ्कारलाई टुक्राटुक्रा बनाइदिएको थियो । मभित्र ठडिएको घमण्डको सिसमहल झन्यामझुरूम भएको थियो ।

"साँच्चै, म के जान्दिनँ रे ?", यही प्रतिप्रश्नले म रन्थनिएको थिएँ ।

मैले केही पनि उत्तर दिन सकिनँ । बोल्न खोजें । वाक्य नै फुटेन । खै, कता हो कता बिलाएर गयो मेरो वाक्य । घोकीघोकी मेरो मगजका पानामा छापिएका ती अनगिन्ति शब्दहरू एकाएक गायब भए । मेरो मन-मस्तिष्कमा अत्यासलाग्दो सन्नाटा व्याप्त हुन पुग्यो ।

मेरो नाभी-केन्द्रदेखि तालुसम्म रनन्न तातेर आयो । मेरो हृदय एकसय प्लस डिग्रीमा उम्लिएको थियो । अचानक मेरा आँखा रसाएर आए । म आफसेआफ बाबाको चरणमा घोप्टिएर रून थालें । भित्रैबाट भक्कानो छुटेर आयो ।

"गुरूदेव ! म केही पनि जान्दिनँ, गुरूदेव ! म केही पनि जान्दिनँ, मलाई केही पनि आउँदैन, गुरूदेव ! मलाई केही पनि आउँदैन, म अज्ञानी छु गुरूदेव ! म अज्ञानी हुँ... !"

यसरी भित्रैदेखि भक्कानिएर रोएँ म । मेरा आँखाबाट कोशी-कर्णाली बगिरहे... बगिरहे । त्यो कोशी-कर्णालीले गुरूदेवको पाउ पूरै पखालेको थियो । त्यसपछि गुरूदेवले मलाई उठाउनुभयो । मैले उहाँसँग शिष्यत्वको याचना गरें । उहाँले आफ्नो वरदहस्त मेरो शिरमा राखिदिनुभयो । मलाई शिष्य स्वीकार गर्नुभयो ।

त्यस बखत म आफूलाई सिमलको भुवाभन्दा पनि हल्का महसुस गरिरहेको थिएँ । वर्षौंदेखि मैले बोकिराखेको धर्तीभन्दा पनि गह्रुङ्गो ज्ञानको भारी मैले गुरूको चरणमा बिसाइदिएको थिएँ । मेरो चित्त शान्त र स्थिर भयो । मन चन्द्रमाभन्दा पनि शीतल भएर आयो । मैले शून्य-शून्य-महाशून्यको अनुभव गरिरहेको थिएँ । मभित्र परमशान्ति प्रकट भएको थियो । एकाएक म आनन्दको लहरमा लहराइरहेको थिएँ । ल हेर्नुहोस्, त्यो बेलाको कुरा सम्झिँदा मात्रै पनि मेरो आँखा रसाएर आउँछ र म अहिले पनि परम आनन्दको महसुस गरिरहेको हुन्छु ।

भोलिपल्ट बिहान आमन्त्रित सबै अतिथि सन्तहरू बिदावारी हुँदा भए । गुरूदेवबाट विछोड हुन मेरो मन मानिरहेको थिएनँ । म गुरूदेवसँगै रहन चाहन्थें । म उहाँको छत्रछायामा बस्न चाहन्थें । मैले खोजेको चौतारी उहाँ नै हुनुहुन्थ्यो, जहाँ म बिसाउन चाहन्थें । सुस्ताउन चाहन्थें । विश्रान्ति चाहन्थें ।

तर उहाँले मलाई अर्को आज्ञा नभएसम्मका लागि कालीगण्डकी तटमा गएर तपस्या गर्ने आदेश दिनुभयो । यसरी उहाँ विदावादी भई गङ्गोत्रीको बाटो लाग्नुभयो । त्यसो त उहाँले आफूसँगै रहने गरी पछि कुनै दिन बोलाउनेछु भनेर मलाई वचन दिनुभएको छ ।

उहाँको आदेशलाई शिरोपर गर्दै म यहाँ यो पवित्र कालीगण्डकी तटमा आएको हुँ । कालिगण्डकीको यही ठाउँमा तपस्या गर्ने भनेर उहाँले तोकेरै पठाइदिनुभएको थियो । उहाँले बताउनु भएअनुसार यो ठाउँमा कुनै बेला अभयानन्द नाम गरेका योगीले तपस्या गरेका रहेछन् । यो ठाउँ पत्ता लगाउनका लागि उहाँले मलाई सखाभक्त नाम गरेको विद्वान्को नाममा लेखिएको पत्र हातमा थमाएर पठाउनुभएको थियो, जुन पत्र मैले सखाभक्तलाई देखाएँ र उनैको सहायताले यो ठाउँ पत्ता लगाएँ ।

पत्रमा लेखिएको कुरा यस्तो थियो ।

तपाईंलाई इच्छा भए पढ्नुस् :

विद्वान् श्री सखाभक्त,

भवतु सर्व मङ्गलम् !

पत्रबाहक युवकलाई कालीगण्डकीको त्यो ठाउँ चिनाइदिनुहोला, जहाँ स्वामी अभयानन्द नाम गरेका साधकले १२ वर्षसम्म योगाभ्यास गरेका थिए। स्वामीजी नेपालका सन्त थिए। नेपालको गोर्खा जिल्लामा संवत् १८२६ मा उनको जन्म भएको थियो। सन्यास लिनुअघि उनको नाम थियो, रणवीर सिंह थापा। थापाले १३ वर्षको उमेरमा स्वामी शशिधरबाट दीक्षा प्राप्त गरी उनको चेला बनेका थिए।

गुरूको आज्ञा पाएर उनी पुनः गृहस्थाश्रममा प्रवेश गरेका थिए। सरदार अमरसिंह थापा उनको पिताको नाम हो। उनी नेपालका प्रधानमन्त्री जनरल भीमसेन थापाका सहोदर भाइ थिए। यसैले पनि उनी सेनामा भर्ती हुन पुगेका थिए। आफ्नो सौर्य, बुद्धि र पराक्रमको बलमा उनले सेनामा प्रगति गर्दै गएर कर्णेलसमेत बनेका थिए।

संवत् १८६६ मा नेपाल सरकारले उनलाई तिब्बत खटाएको थियो। ल्हासामा उनले चार वर्ष बिताएका थिए। त्यहाँ रहँदा उनको सिद्धी प्राप्त लामाहरूसँग भेट भएको थियो। तिनै लामाहरूसँगको सत्सङ्गबाट उनले अनेक किसिमको योगसाधना गर्ने अवसर पाएका थिए। पछि नेपाल आएर उनले मन्त्रयोग, ध्यानयोग, लक्ष्ययोग आदिको विषयमा पुस्तक पनि लेखेका थिए।

हुन त बालककालदेखि नै उनमा वैराग्य उत्पन्न भएको थियो। संवत् १८७९ मा आएर यिनले सेनाको नोकरी त्यागेका थिए। दरबारीया षड्यन्त्र र जालझेलको माहोलले यिनलाई निराश बनाएको थियो। र त्यसपछिको बाँकी जीवन पूर्णरूपमा आध्यात्मिक साधनामा समर्पित भएर बिताएका थिए। उनले नौलेख नामको गुफामा एकै आसनमा बसेर छ महिनासम्म कठोर तपस्या गरेका थिए, जो नेपालको काठमान्डुदेखि दश कोस टाढा छ।

उनले भुटानका विभिन्न ठाउँहरूमा धर्मशालासमेत बनाएका थिए। हिमालयका बर्फिला ठाउँदेखि लिएर गङ्गातटसम्मका अनेक ठाउँहरूमा उनले

योग साधना गरेका थिए । यसरी ठाउँ ठाउँमा तपस्या गर्दै हिँडेका उनी काठमान्डुबाट तीन वर्ष, सात महिना लगाएर भारतको बनारस पुगेका थिए ।

बनारसमा पुगेपछि उनलाई त्यहाँका साधुहरूलाई भोजन गराउने इच्छा भयो । उनले सबै साधुहरूलाई आमन्त्रण गरे । भोजन पकाउनका लागि उनको साथमा एक गेडा अन्न पनि थिएन । उनले सबै साधुहरूको अगाडि टपरी राख्न लगाए । र त्यसपछि प्रत्येक टपरीमा आफ्नो सिद्धिको बलमा जल छर्कंदै व्यञ्जन उत्पन्न गरेर साधुहरूलाई भोजन गराएका थिए ।

संवत् १९१२ भाद्र शुक्ल चतुर्थीमा काशीमा उनले जल समाधि लिएका थिए । उनको देह गङ्गा नदीमा बिसर्जन गरिएको थियो ।

अस्तु !

यसरी यहाँ आएर मैले बस्नका लागि यो कुटी बनाएँ । भोजनादि आवश्यकता पूरा गर्न यहाँ वरपरका गाउँहरूमा भिक्षाटन गर्ने गर्छु । कहिलेकाहीं तपाईं आएजस्तै अरू मान्छेहरू पनि आउँछन् मलाई भेट्न ।

कोही हात हेराइदेऊ भन्छन् । कोही चिना हेराइदेऊ भन्छन् । कोही आटें-ताकेको काम भएन तन्त्रमन्त्र गर्दिनुपर्‍यो भन्छन् । कोही व्यथा निको भएन, फुकफाक गर्देऊ, जडिबुटीको उपचार गर्देऊ भन्छन् । कोही के भन्छन् । कोही के भन्छन् । जसले जे भने पनि, मलाई आउँदैन । मलाई केही पनि थाहा छैन भन्दै पठाउने गर्छु । उनीहरू निराश भएर फर्किन्छन् ।

जे होस्, म यहाँको शीतल, स्वच्छ र हराभरा वातावरणको मजा लिंदै आजपर्यन्त यहीं तपस्यारत छु । समय त धेरै नै बितेजस्तो लाग्छ । यहाँ आएको यति नै वर्ष भयो भनेर यकिन गर्न सक्तिनँ । मैले घडी, क्यालेन्डर जस्ता समयसूचक वस्तुहरू राख्ने गरेको छैन । समयले मलाई नकुर्ने भएपछि म पनि समयलाई किन कुर्दै बसूँ र ! मैले यहाँ पर्खि बसेको भनेको एउटै कुरा हो, गुरूदेवको अर्को आज्ञा । जो अहिलेसम्म प्राप्त भएको छैन । कहिले प्राप्त हुन्छ ? त्यो मलाई थाहा छैन ।

हे अनादि !

मैले तपाइँको जिज्ञासा मेट्न सकिनँ । मलाई सोध्नुपर्ने अरू थुप्रै प्रश्नहरू तपाईसँग थिए होलान् । अहिले मसँग कुनै पनि प्रश्नको जवाफ छैन । असलमा मसँग कुनै प्रश्न पनि छैन र जवाफ पनि छैन । म खाली छु । म शून्य छु ।

तर तपाईलाई म एउटा विश्वास दिलाउन चाहन्छु । यदि कुनै दिन मैले जानें भने, यदि कुनै दिन मैले थाहा पाएँ भने, यदि कुनै दिन मलाई सत्यको बोध भयो भने, म तपाईलाई अवश्य बताउनेछु । यो मेरो वाचा भयो ।

तर अहिले तपाईलाई दिनयोग्य केही कुरा पनि मसँग छैन । म तपाईलाई रित्तो पठाउँदै छु किनभने मैले केही जानेको छैन । वास्तवमा मलाई केही पनि थाहा छैन । म अज्ञानमा छु ! म आनन्दमा छु ! म अज्ञानानन्द हुँ !

चौथो दिन

केही बेर विन्ध्यवासिनी मन्दिरको धार्मिक माहोलमा रल्लिएर बसें । श्रद्धालुहरूको आवतजावत बढ्दो थियो । मन्दिर दर्शन गर्न आएका अनुहारमाथि मैले शङ्काको नजर डुलाइरहेको थिएँ ।

बिहानको समय । घाम उदाउन बाँकी नै थियो । बतासको शितलो झोंकाले मेरो गाला चुमिरहेको थियो । देउता पुकार्न बजाइएका मन्दिरका घण्टीहरू बरोबर बजिरहेका थिए । केही थान परेवा यताउता फट्फटाउँदै उडिरहेका थिए । केही कुरकुर आवाज निकाल्दै डुक्रिरहेका थिए । भजन र प्रार्थनाको पवित्र आवाज पनि सँगसँगै गुन्जिरहेको थियो । मन्दिरको त्यो माहोलले मेरो मन बाँधेर राखेको थियो । त्यहीं बसिरहूँजस्तो लागे पनि बसिराख्ने फुर्सद मसित कहाँ थियो र !

मन्दिरको पुजारीलाई गएर फोटो देखाएँ र सोधें । उसले यो मान्छे त माथि पाखातिरको हुनुपर्छ भन्यो ।

"पाखा भनेको कता ?"

"सराङकोट थाहा छ ?"

"छैन ।"

"तपाईं मन्दिरबाट ओर्लिएर पश्चिमतिर जानुस् । उकालो बाटो देख्नुहुन्छ । सराङकोट जाने बाटो त्यही हो । सराङकोटबाट पनि पश्चिम लाग्नुस् । एउटा गाउँ आउँछ । त्यहाँ गाई-डियाँ चराउँदै गरेका कुनै बुढापाकालाई देख्नु भो भने सोध्नुस्, बताइदिन्छन् !"

पुजारीले भने बमोजिम नै मन्दिरबाट ओर्लिएर म पश्चिमतिर मोडिएँ । एउटा उकालो बाटोमा दुई पाङ्ग्रे र चारपाङ्ग्रे सवारी अनि दुई खुट्टे मान्छेहरूको लस्कर उक्लिरहेको देखें । यो उकालोतिर मानिसहरू किन ओइरिएका छन् ?

"माथि कुनै मेला लागेको छ ?", मैले बाटोछेउमा उभिएको एक यात्रुलाई सोधें । जो कुनै गन्तव्यमा पुग्न बसको प्रतीक्षा गरिरहेको थियो ।

"सराङकोटको डाँडाबाट सनराइज हेर्ने र मर्निङ वाक गर्नेको ताँती हो यो ।", उसले जवाफ दियो ।

हिंडेर जाँदा कति टाइम लाग्ला भनेर सोधें । हिंडेर जानुभन्दा गाडीमा जान ठीक हुने कुरा त्यो यात्रुले सुझायो । मैले त्यसै गरें । एउटा भाडाको ट्याक्सी लिएँ ।

ट्याक्सी ड्राइभरले सराङकोटसम्म मात्र पुऱ्याइदिन्छु भन्यो । त्यहाँभन्दा उता गाउँ जाने बाटो कच्ची भएकोले जान नसक्ने कुरा बतायो । लौ त, त्यहींसम्म भए पनि जाउँला र सराङकोटबाट सनराइज पनि हेरौंला भनेर म ट्याक्सी चढें । र लागें नागबेली उकालो ।

ट्याक्सी गुडेन । चिल्पेकिरोझैं घस्रन लाग्यो । एकदमै सुस्त । कारण, अघिपछि गाडीहरूको लामो ताँती थियो । त्यस्तो धिमा गतिमा घस्रेको गाडीले कहिले पुऱ्याउने हो सराङकोट ? लाग्यो सराङकोटको डाँडामा नपुग्दै सूर्योदय भइसक्नेछ ।

तर केही समयपछि ट्याक्सीले रफ्तार लियो । घस्रिन छोडेर दौडन थाल्यो । एउटा घुम्ती पछि अर्को घुम्ती अनि फेरि अर्को घुम्ती गर्दै ट्याक्सी उकालिंदै गयो । छेउछाउका पातला बस्ती र वनका हरिया रूखहरू हेर्दाहेर्दै सराङकोट पुगियो ।

ट्याक्सीबाट ओर्लिएर भ्यूस्पटतिर लागें । भ्यूस्पटमा सूर्योदयको दर्शन गर्नेहरूको छिचोलिनसक्नुको भिड थियो । एक छिन भिडतिर नजर डुलाएँ । हातहातमा समातिएका मोबाइलको क्यामराले खिचिक... खिचिक... खिचिक... फोटो खिचिरहेको थियो । भिडमा मिसिन गइनँ । मलाई आफ्नो मिसनमा लाग्नु थियो । सरासर तल झरें ।

तल आएपछि एउटा रेस्टुराँमा छिरें । खाना खाएँ । ज्यानलाई आराम दिएँ । करिब तीन घण्टाजति त्यहीं गुजारेपछि म पश्चिमतिर लागें । बाटो वनपाखाको थियो । लगभग तीन-चार किलोमिटर हिंडेपछि मैले हरियो पाखामा गाई चराउँदै गरेको मान्छेलाई देखें ।

उसले सेतो कमिजमाथि रङ खुलिइसकेको इस्टकोट लगाएको थियो भने कम्मरमा कछाड बाँधेको थियो । डियाँ तह लगाउनका लागि एक हातमा लौरो समातेको थियो भने अर्को हातले छाता ओडिरहको थियो ।

म उसको नजिक पुगें । कुराको शुरूवात गाई-डियाँ कति छन्, कति माना दूध दिन्छन् ? बाट शुरू भयो । ऊ त्यहींको रैथाने रहेछ । कञ्चटतिर फुलेका उसको कपालले उमेरको उत्तरार्द्धतिर घचेट्दै गरेको बताउँथ्यो । फोटो देखेपछि उसले भो अब पुरानो कुरा नगरम् भन्यो । त्यसपछि उसले मेरो कुरा सुन्न पनि चाहेन र आफू पनि बोल्न चाहेन । बस्, परिचयको क्रममा उसले आफ्नो नाम गौसेवक बतायो ।

मैले गौसेवकको अनुहार ताक्दै बसें । गौसेवकले आफ्नो गाई-डियाँ हेर्दै बस्यो । दुबै मौन ।

उसको मौनता तोड्न मलाई निकै गाह्रो भयो । मैले उसलाई अनेक तरहले फकाएँ । कुनै भन्न नहुने गोप्य कुरो भएमा त्यसलाई कतै प्रकट गर्दिनँ भनी विश्वास दिलाएँ । "तपाईंले भनेका कुराहरू मेरो मनमै रहनेछन् । मुखबाट निस्किएर कसैको कानमा पर्ने छैन ।"

त्यसपछि निकै अनकन गर्दै उसले मौनता तोड्यो र कुरा शुरू गर्‍यो ।

विमारपर्व !

यो उत्पात गर्मीमा पनि मेरो छातीभित्र मध्यहिउँदको चिसो सिरेटो छिरेझैं भयो । कतिपय कुराहरू यस्ता हुन्छन्, जसको सम्झना नगर्नु नै बेस हुन्छ, जो स्मृतिको अतल गहिराइमा पुरातत्त्वझैं पुरिएर बसेका हुन्छन् । उत्खनन नगर्नुमा नै जीवन्त हुन्छ तिनको सुन्दरता । अक्षत हुन्छ तिनको गरिमा ।

तर आज आएर तपाईंले जसको फोटो देखाउनुभयो र मलाई बोल्न बाध्य पार्नुभयो । मलाई लाग्यो, अब मेरा यी मान्यताहरू गरिमाहिन हुन पुगेका छन् । अस्तित्वमा जसको मूल्य अब सुकेको झार बराबर पनि छैन ।

तपाईंले नबोली धरै दिनुभएन । त्यसो त म उतिसारो ढङ्ग पुर्‍याएर बोल्न जान्ने मान्छे पनि होइन । बोल्न पाएपछि भावना बगेर केके बोल्छु, बोल्छु । कुन शब्द कहाँ र कसका लागि कसरी प्रयोग गरिनुपर्छ, म जान्दिनँ । शब्द छनोटको मामिलामा म कुशल वक्ता होइन ।

जस्तो कि एउटा असल व्यक्तिको प्रशंसा गर्ने तरिका के हो ? एउटा गुणी आत्माको गुणगान गाउने कसरी हो ? र कसरी गर्नुपर्छ, आफ्ना हितैसीको श्रद्धा र सम्मान ! यस्तो मामिलामा पनि त्यति सिपालु छैन ।

बस्, एउटै प्रार्थना गर्छु कि मेरो अक्षमताले कुनै देवतुल्य आत्मालाई चोट नपुगोस् ।

म उनै देवात्माको कुरा गर्दै छु । जसको फोटो तपाईंले देखाउनुभयो ।

रोगी, अशक्त, बिरामी र बुढाबुढीहरूलाई भेट्नु र सक्दो सहयोग गर्नु नै उनको नित्यकर्म थियो । गाउँमा कोही बिमारीले थला परेको छ भन्ने खबर पाउनासाथ सबैभन्दा पहिला भेट्न जानेमा उनै हुन्थे । सधैंभरि हातमा फलफूलको झोला बोकेर कतै न कतै गइरहेको देख्न सकिन्थ्यो उनलाई ।

मै पनि एकचोटि कुफतले थला परेको थिएँ । डाक्टर, वैद्य, धामी, झाँक्री कसैको उपचारले केही छुन सकेको थिएन । यो संसारमा मेरो भोग सकिएछ भन्ठानेको थिएँ । ज्वरोले मेरो आँत सुकाइसकेको थियो । बरू, काल झट्टै आइदिए खुसुक्कै मरूँला भनी बसेको थिएँ ।

असहाय भावले मृत्यु रूँघेर बसेको थिएँ म । तर उनी मृत्युञ्जय बनेर आइदिए । त्यस बखत उनी नआएका भए आज तपाईंसँग मेरो भेट हुँदैनथ्यो ।

मलाई बचाउन उनले निकै दुःख गरेका हुन् । म उनको ऋणी छु । मेरो व्यथा बुझेपछि उनी यहाँबाट सीधै बाग्लुङ पुगे । त्यहाँबाट पनि तीनचार दिन पैदल हिंडेर गाउँमा पुगे । त्यो गाउँमा एक जना जान्ने वैद्य रहेछन् । उनलाई भेटेर मेरा लागि भनी ओखती ल्याइदिएका थिए । त्यै ओखतीले

मलाई बचायो । जडी ओखती रहेछ । हप्तादिनमै म तङ्ग्रिएको थिएँ । उनले लगाएको त्यो गुन मेरो आत्मामा नमेटिने अक्षरले कुँदिएको छ ।

राम्री कन्याकेटी खोजेर उनको बिहे गरिदिन मन थियो मलाई । त्यसरी भए पनि उनको त्यो गुन चुकाउँला भन्ठानेको थिएँ तर मैले त्यस्तो मौकै पाइनँ । मै अभागी रहेछु ।

कुरा मेरो मात्रै होइन, उनले सहयोग गरेका मान्छे यहाँ कति छन् कति । अस्पतालमा उपचार गरेर पैसा तिर्न नसक्ने कतिको त खर्च पनि आफैं बेहोरिदिन्थे । उनी धन पनि भएका र त्यो भन्दा पनि ठूलो मन भएका साक्षात् देवदूत थिए । मानौं, उनलाई हाम्रो गाउँका लागि भनेरै वैकुण्ठबाट देउताले पठाएका थिए ।

यस्ता देवदूतको भाग्यमाथि कुन चैं पापीग्रहको वक्रदृष्टि परेछ कुन्नि ! जसले प्रशान्त बुद्धजस्तो उनको मनलाई समेत अराजक र उपद्रवी बनाइदियो ।

सधैंजसो बिरामीलाई भेट्न गइरहँदा उनलाई आफू बिरामी हुँदा भेट्न आउने मान्छे कति होलान् ? उनीहरूले कसरी सहानुभूति प्रकट गर्लान् ? स्वाथ्यलाभको कामना कसरी गर्लान् ? यस्तो देख्न र भोग्न पाए हुन्थ्यो भन्ने लागेछ । यस्तै विचार गरेर यिनले आफू बिरामी भएको कल्पना गरेछन् र गाउँगाउँबाट मान्छेहरू उर्लेर फलफूलको थैलो झुन्ड्याउँदै भेट्न आएको सम्झेछन् । उनको कुण्डलीमा कुन चैं बिग्रेको दशा चल्न शुरू भएछ कुन्नि । यस्तो उटुङ्गो कल्पनाले यिनको मन चिल्चिलाएछ ।

त्यसो त उनी बिरामी परेको रेकर्ड नै थिएन । स्वस्थ, हट्टाकट्टा, खाइलाग्दो ज्यान भएका उनको सुदूर भविष्यमा पनि बिरामी हुने कुनै सम्भावना नजर आउँदैनथ्यो । आफू कहिले बिरामी परूँला भनी दिन कुर्दै बसेछन् तर दिन कुर्दैमा मान्छे के बिरामी हुन्थे र ! जिन्दगीमा एकचोटि बिरामी भएको अनुभव नलिईं मर्नु भनेको पनि व्यर्थकै मराइ हो भन्ठानेछन् कि क्या हो ! बिरामी हुने प्रयासस्वरूप उनले किसिम-किसिमको उपद्रो गर्न शुरू गरे ।

शुरूमा यिनले भाङ, धतुरो, गाँजा, चरेस, रक्सी, मासु भेटाएजति भक्ष-अभक्ष खान थाले । तर जे खाए पनि, जति खाए पनि उनलाई केही

असर भएनछ । मानौं, बिमारी भन्ने जन्तु उनीदेखि सातकोस पर सुतेर बसेको छ, जो बिउँझनै मान्दैन ।

त्यसपछि यिनले अर्को उपद्रो शुरू गरे ।

ठण्डीमा चिसो पानीले दिनको तीनफेर नुहाउने अनि चौतारीको चिसो छपनीमा सुत्ने । यो उपद्रो पनि केही दिन राम्रै चल्यो । तर जति चले पनि अलिअलि रूघा लागेको हो कि जस्तो बाहेक उनलाई अरू केही पनि भएन । उनलाई थला पर्ने गरेर बिमारी हुनु थियो ।

मसान लाग्यो भने त मान्छे एकै झट्कामा ओछ्यान पर्छ रे भन्ने सुनेछन् । त्यसपछि घाटको चकचक शुरू भयो । कुनै प्रेत-मसानले झ्याप्पैसँग छोपोस् भनेर प्रत्येक मध्यरात घाटमा गएर जागा बस्न लागे । जति जागा बसे पनि ज्यानमा घाटको बालुवा त लाग्यो होला तर भूत-मसान केही पनि लागेन ।

टुनामुना जान्नेले मन्त्र फुकेर हिर्काइदिए भने पनि मान्छे सीधै थला पर्छन् रे भन्ने सुनेछन् । त्यसपछि मन्त्र फुकेर बिमारी पर्न भनी धामीको शरणमा पुगेछन् । उनको कुरा सुनेर शुरूमा त धामी आफैं डराएछ । यस्तो काम अहिलेसम्म गरेको छैन, गर्दिनँ भनेछन् । धामीलाई निकै कर गरेछन् । त्यसपछि धामीले पनि जाने जतिको मन्त्र फुकेर हानेछ । जति मन्त्र हाने पनि के पार लाग्थ्यो र । उनलाई छ्यास्स पनि भएनछ ।

यसरी एकपछि अर्को गर्दै सबै उपद्रोले हार खायो । तर उनले हरेस खाएनन् । कस्तो जिताहा हंस पसेछ कुन्नि ! त्यसपछि उनले सोचेछन्, अब यस्सै भएन उस्सै भएन । बिरामी भएको नाटक गरेरै भए पनि अस्पताल भर्ना हुनुपर्‍यो । त्यसपछि त मान्छेहरू यसै भेट्न आइहाल्छन् नि !

अरे वाह् ! क्या गज्जब आइडिया ! शुरूमै यसो गरेको भए यत्रो टन्टा गर्नै नपर्ने ! यति भनेर आफ्नै अक्कललाई एक झमट गाली पनि गरेछन् ।

नाटक नै सही उनी अस्पतालमा भर्ना भए । व्यथा के हो भनेर डाक्टरले सोध्दा शिरदेखि पैतालासम्म सम्पूर्ण जिउज्यान दुख्छ भनिदिए । यता छुँदा पनि ऐयाऐया ! उता छुँदा पनि ऐयाऐया ! मरे नि आम्मै खप्नै सकिनँ ! भनेर कराउन थाले ।

डाक्टरले नदुख्ने सुई लगाइदियो ।

आफू बिमारी भएको खबर छिटो फैलियोस् भनेर उनले दुई-चार जना मान्छे पनि खटाए । त्यसपछि त के चाहियो, उनलाई चिनेजानेका सारा दुनियाँ उर्लेर अस्पताल गए ।

अस्पतालमा यति घुइँचो लागेको थियो कि खुट्टा त के बुढिऔंलो अड्याउने ठाउँ थिएन । भिड तह लाउन नसकेर पुलिसले लाठी चार्जसमेत गरेको थियो । मान्छे नआऊन् पनि कसरी, त्यत्रालाई गुन लगाएका थिए । ती सबै गुनको पैंचो तिर्न आए ।

त्यसरी पहिलो दिनमै मान्छेको खहरे खोलो उर्लेर आउँदा उनलाई निकै आनन्द आयो । अनुहारमा सिकिस्त बिरामीको मुखौटा बनाए पनि भित्रभित्रै निकै आनन्दित भए, जुन आनन्द उनले जीवनमा चाख्न पाएका थिएनन् ।

उनले यो आनन्द दुई-चार दिन अझ लम्बियोस् भन्ने चाहना राखे किनभने भेट्न आउने मान्छे अझै बाँकी छन् । ती सबैलाई मौका दिनुपर्छ, नत्र अन्याय हुन्छ । यस्तै सोचे ।

दोस्रो दिन डाक्टरले सोध्दा उनले ज्यानको दुखाइ बीसको उन्नाईस पनि नभएको बताए । डाक्टरले झन् कडा औषधि थपिदियो र नदुख्ने सुई पनि लगाइदियो । रिपोर्ट सबै नर्मल थियो । डाक्टर पनि अचम्ममा परे ।

भेट्न आउने मान्छेहरूको क्रम रोकिएको थिएन ।

तेस्रो दिनचैं कडा औषधिको डोजले हो कि उनलाई चक्कर आउने र बान्ता हुन थाल्यो । यसपछि त अब झन् पक्का बिरामी भइयो भनेर उनी भित्रभित्रै निकै खुशी भए । डाक्टरले थरीथरीका औषधि थप्दै लग्यो । जति औषधि थपिए पनि उनले ऐया र आत्था गर्न छोडेका थिएनन् । यता दुख्यो र उता दुख्यो भन्दै कराउन पनि छोडेका थिएनन् ।

चौथो दिन पनि उनको उस्तै ऐया र आत्थामै बित्यो । उनको अचम्मको व्यथा देखेर हामी निकै आत्तिएका थियौं । यहाँ उपचार भएन भने काठमान्डु लैजाने कि भन्ने पनि कुरो भएको थियो । डाक्टरले एक-दुई दिन हेरौं

भनेपछि रोकियौं । जे-जसो गर्नुपर्ने हो, उही डाक्टरले गर्ला भन्ने भरोसा गर्न बाहेक हामीले जानेर गर्न सक्ने अरू कुरा केही पनि थिएन ।

पाचौं दिनको बिहान । उनको ऐया र आत्था पूरै बन्द भयो । यता दुख्यो र उता दुख्यो पनि भनेनन् । उनी मस्तसँग निदाएका थिए । उनको अनुहार हेर्दा आनन्दको सरोवरमा डुबेझैं प्रतीत हुन्थ्यो । यसरी नै उनी निदाएको निदायै भए । चिर निन्द्रामा । त्यस उप्रान्त कहिल्यै नउठ्ने गरी ।

तपाईं आज उनैलाई खोज्दै आउनुभयो । उनी यो गाउँमा छैनन् । उनी यो संसारमै छैनन् ।

जस्तो मान्छेहरूले भन्ने गर्छन् नि, असल मान्छे भगवान्लाई प्यारो हुन्छ । त्यस्ता मान्छेलाई भगवान्ले अनेक बहानामा बोलाउने गर्छन् । उनको त्यै ख्यालख्यालको उपद्रो बहाना भइदियो । यो अर्थोक केही होइन, उनलाई भगवान्ले नै यो संसारमा पठाएका थिए र अनेक लीला देखाएर उनै भगवान्ले उठाएर लगे । यो मेरो मात्रै निजी धारणा होइन, यी गाउँका सारा मान्छेको विश्वास हो ।

उनको अभावमा यो गाउँ शून्य भएको छ । बिरानो भएको छ । तपाईं यी मेरा आँखालाई हेर्नुस् र यी सारा गाउँलेका आँखालाई पनि हेर्नुस् । एउटा समानता पाउनुहुनेछ । त्यो समानता हो, रित्तोपन । तपाईंले ख्याल गर्नुभएको छ कि छैन, अचाकन आफ्नो भाग खोसिएका, लुटिएका मान्छेहरूको आँखामा ठीक त्यस्तै रित्तोपन देखिन्छ ।

अब अरू त के भनूँ र खै... ! तपाईंको अनुरोध टार्न नसकेर यति बोलें । अब मलाई अर्थोक केही नसोध्नुस्, बरू तपाईं नै भन्नुस्, "उनको फोटो बोकेर कहाँदेखि खोज्दै आउनुभयो ? के तपाईं पनि बिरामी हुँदा उनी भेट्न आएका थिए र ?"

दस्तावेज नं. ५

"तपाईंले सत्य मात्र लेख्नुपर्नेछ ।"
- कालिगड

कालिगडसँग

"आफूसँग भएको माल मर्मत गरेर बन्छ भने अर्को किन ताक्नु पऱ्यो ?"

कुरो बेठीक थिएन । व्यवहारिक थियो र यस्तो व्यवहारिक कुरो मेरो बाको मुखबाट निस्किरहन्थ्यो । यो व्यवहारिक वचन पनि मेरो बाले कुनै दिन भन्नुभएको र मैले सुनेको हुनुपर्छ । सायद, यो वचन मेरो मस्तिष्कको कुनै कुनामा रेकर्ड भएर बसेको थियो होला । यस्ता कुराहरूको रेकर्ड गरी राख्नु मस्तिष्कको पहिलो धर्म हो भने मौका पर्दा ती कुराहरूलाई सम्झनाको सतहमा हाजिर गराउनु उसको अन्तिम धर्म हो ।

अवश्य । यक्षणीको प्रस्ताव स्वीकार गर्नुभन्दा अघि मैले आफ्नो साथैमा भएको कलमलाई मर्मत गर्नुपर्छ । अहिलेका लागि यही नै उचित छ । मर्मत गर्दा पनि कलमले काम गरेन भने बल्ल त्यो कालवृक्षको विकल्पतर्फ विचार गर्दा भयो ।

आखिर कालवृक्षको हाँगा काटेर मात्रै पनि के गर्नु ? त्यसबाट कलम बनाइदिने कुनै कालिगड त जसै चाहियो नि, हैन र ? यही कुरालाई निश्चय गरेर म कलम बनाउने कालिगडको खोजीमा हिंडें । तर खोज्नेबित्तिकै के पाइन्छ र यो संसारमा ! एक दिन होइन, दुई दिन होइन, पूरा पाँच दिनको खोजाइपछि बल्लतल्ल एउटा कालिगड भेटियो । उसले बताए अनुसार घडी, लाइटर, नलकटुवा पेस्तोल, दुईनाले बन्दुक र टर्चलाइटदेखि कलमसम्मका अनेक घरेलु हाते साधनहरू मर्मत गर्ने उसको पुस्तौनी पेशा रहेछ । यस्तो मर्मतकला सबैभन्दा पहिला उसको बाजेले कलकत्ताबाट सिकेर आएका रहेछन् । त्यसपछि पुस्तान्तर हुँदै ऊसम्म आइपुगेको रहेछ ।

बिस्तारमा उसको कुरा उसैले भन्यो :

"कलकत्तामा हुँदा मेरो बाजेको सङ्गत जगदीशचन्द्र बोस नाम गरेका वैज्ञानिकसँग भएको थियो । ती वैज्ञानिकले बोटबिरूवाका बारेमा अनेक किसिमको वैज्ञानिक खोज गरेका थिए । वनस्पतिमाथि उनले गरेको प्रयोगले यो सिद्ध गरेर देखाइदियो कि बोटबिरूवामा पनि मान्छेमा जस्तै संवेदना हुन्छ । उनीहरूले पनि मान्छेले जस्तै भोजन ग्रहण गर्छन् । स्वास फेर्छन् । खुशी हुन्छन् । दुःखी हुन्छन् । चोट लाग्दा पीडा महसुस गर्छन् । सङ्गीतमा झुम्ने गर्छन् । त्यतिमात्र होइन, मद्यपान गरेमा मदहोससमेत हुने गर्छन् । जस्तो क्लोरोफार्म दिंदा मान्छे बेहोस हुन्छ । त्यस्तै बोटबिरूवालाई दिइयो भने उनीहरू पनि बेहास हुन्छन् ।

उनीहरूमा मान्छेको पाँच ज्ञानेन्द्रिय भनेजस्तै त्योभन्दा पनि कयौं धेरै सूक्ष्म इन्दियहरू हुन्छन् । त्यतिमात्र होइन, उनीहरूले मान्छेको स्वभावलाई समेत पहिचान गर्न सक्छन् । मान्छेको मनको भावनालाई समेत उनीहरूले पढ्न सक्छन् । उनले बोटबिरूवाहरूको भाषा बुझ्नका लागि क्रेस्कोग्राफ नामको यन्त्रसमेत बनाएका थिए ।

प्रसिद्ध नाटककार जर्ज बर्नार्ड शाले जगदीचन्द्र बोसलाई आफ्नो एउटा किताब दिएका थिए, जसमा लेखिएको थियो- 'एक सामान्य व्यक्तिद्वारा एक महानतम वैज्ञानिकलाई उपहार !'

मेरा बाजे उनीबाट यति प्रभावित भए कि त्यहाँउप्रान्त उनले आजीवन कुनै पनि बोटबिरूवालाई चोट पुऱ्याएनन् । रूख काटेनन् । कुनै बोटको हाँगा भाँचेनन् । यहाँसम्म कि कुनै बिरूवाको फूल र पातसमेत चुँडेनन् । उनले अरू मान्छेहरूलाई समेत यही कुरा भन्थे र जथाभावी रूख नकाट्न, बोटबिरूवाको हाँगा नभाँच्न र फूल नटिप्न आग्रह गर्थे ।

बाजेको कुरा मलाई पनि मन पऱ्यो र मैले पनि बाजेको त्यो आचरणलाई आजसम्म पालना गर्दै आइरहेको छु ।"

कालिगडको कुराले मलाई पनि कताकता कालवृक्षको हाँगा नकाटेर ठीकै गरेजस्तो लाग्यो । यसले मलाई ऊप्रति विश्वस्त हुन बल दियो । कुराले मात्रै पनि होइन, उसको कन्चटतिरबाट फुल्न शुरू गरेको कपाल,

निधारमा कोरिएको परिपक्वताको धर्सा र गम्भीरजस्तो सुनिने उसको बोलीले पनि मलाई विश्वस्त हुन आड र आधार दिएका थिए । मेरो मनको बारीमा कलम बन्छ भन्ने आश तोरीझैं फुलेर आयो ।

कालिगडको हातमा मैले कलम थमाइदिएँ । उसले निकै बेरसम्म त्यसलाई ओल्टाइपोल्टाई हेऱ्यो । अनेक तरहले परीक्षण गऱ्यो । बिचाऱ्यो । निकै बेर लगाएपछि भन्यो, "म यो कलम मर्मत गर्न सक्छु ।" यही एउटा वाक्यले मेरो मनमा हजारवाटको बत्ती बालिदियो र धमिलो साँझजस्तो भएर मेरो मनमा बसेको सन्देह पनि एकाएक बिलाएर गयो । खुशीले म तिहारझैं झलमल्ल भएँ ।

सँगसँगै उसले अर्को कुरा पनि भन्यो, "यसले धेरै ठाउँमा धेरै कुरा लेखिसकेको रहेछ । यसले अब धेरै लेख्न त सक्दैन । त्यही चानचुन पचास-पचपन्न हजार शब्दजति लेख्ला कि भन्ने मेरो अनुमान हो । त्यति भए पनि लेख्ने बनाइदिउँला । त्योभन्दा बढी अरू केही गर्न सक्तिनँ म ।"

लेख्दै नलेखेको कलमले त्यतिसम्म लेख्न सक्ने भएपछि मलाई अरू के चाहियो र ? मेरा लागि यही पनि काफी थियो । म उत्साहले चम्किएँ ।

"म त्यसैमा सन्तोष मान्नेछु । सन्तोषमात्र होइन, धेरै खुशी हुनेछु । तपाईं कलम बनाउनुहोस् । कति पर्छ म बेहोर्छु ।", बेहोर्ने नाममा घरखेत बेच्न परे पनि बेचुँलाझैं गरी भने ।

"तपाईंले केही बेहोर्न पर्दैन । यो कलम बनाएबापत् मैले तपाईंबाट ज्यालास्वरूप केही पनि लिनेछैन । बरू तपाईंले मेरो एउटा शर्त मञ्जुर गर्नुपर्ने हुन्छ ।", उसले मेरो घरखेत जोगाइदिनका लागि यसो भनेको थिएन पक्कै !

"कस्तो शर्त होला ? मैले पूरा गर्न सक्छु कि सक्तिनँ ?", के थाहा, त्यो शर्त घरखेतभन्दा पनि महँगो पो पर्ने हो कि ! विनम्र भई सोधें ।

"तपाईंले चाहनुभयो भने गर्न सक्नुहुन्छ !"

"त्यसो भए भन्नुस् न त, मैले गर्न सक्ने काम हो भने अवश्य गर्नेछु ।" सक्ने कुरामा किन पछि हटूँ भनेर मैले वचन दिएँ ।

"यो कलम बनेपछि यसबाट तपाईंले मिथ्या कुराहरू लेख्न पाउनुहुनेछैन । तपाईंले सत्य मात्र लेख्नुपर्नेछ । यदि यो शर्त तपाईंले मञ्जुर गर्नुहुन्छ भने म तपाईंको कलम बनाइदिन सक्छु ।"

"यो कुनचाहिं ठूलो कुरो भयो र ? म जे लेख्नेछु, सत्यमात्र लेख्नेछु । सत्यको सिवाय अरू केही लेख्नेछैन । मलाई तपाईंको शर्त मञ्जुर छ ।" अदालतको कठघरमा उभिएर न्यायाधीशका सामु कुनै पक्षले आफ्नो बयान दिनुअघि सपथ खाएझैं गरी भनें । घरखेतको त कुरै छोडौं, ज्यालाको नाममा कौडी पनि दिनु नपर्ने अवस्थामा मैले कम्तीमा यति त गर्नैपर्थ्यो, होइन र !

"ना ना ना... सत्यलाई यति हल्कासँग नलिनुहोला । सत्य लेख्न धेरै गाह्रो छ ।", उसले गम्भीर भएर भन्यो । पक्कै पनि उसलाई मेरो हल्कापन मन परेन । त्यसैले तत्कालै प्रतिक्रिया जनाइहाल्यो ।

"जतिसुकै गाह्रो भए पनि मैले तपाईंको शर्त मञ्जुर गरिसकेको छु । म वचनबद्ध छु । विश्वास गर्नुस्, म हरहालतमा तपाईंको वाचा पूरा गर्नेछु ।", हल्का नभईकन मैले आफ्नो वचन दृढतापूर्वक प्रकट गरें ।

"त्यसो हो भने तपाईं आजको सात दिनमा आउनुहोस् । म तपाईंको यो कलम बनाएर राखिदिन्छु ।"

एक, दुई, तीन, चार पाँच, छ अनि सातै दिनमा म कालिगडकहाँ पुगें । कलम हात पार्ने अधीरताले गर्दा यो सात दिन मलाई सात जुनी काटे बराबर भएको थियो । भनेबमोजिम नै उसले कलम बनाइसकेको थियो । उसले सिसाको सोकेसमा कलम सजाएर राखेको थियो । कलम पहिले भन्दा पनि निकै सुन्दर देखिएको थियो । उसले छेउको तखताबाट एउटा सेतो सफा पाना झिक्यो र पानामा माथि कलम चलायो । उसका अक्षरहरू छापेजस्तै सुन्दर रहेछन् । कलम बनेको प्रमाणस्वरूप उसले यिनै दुई हरफ लेखेको थियो ।

एकोद्रष्टासि सर्वस्य मुक्तप्रायोकसि सर्वदा ।
अयमेव हि ते बन्धो द्रष्टारं पश्यसीतरम् ॥

त्यसपछि उसले मलाई पुनः सम्झाउँदै भन्यो ।

"तपाईंलाई यो कुरा फेरि भन्दै छु, नबिर्सनुहोला । यदि तपाईंले सत्य कुराहरू लेख्न छोडेर असत्य, झुठा, कपोलकल्पित र अन्टसन्ट कुराहरू लेख्न थाल्नुभयो भने यो कलमले तत्क्षण लेख्न बन्द गर्नेछ । त्यति मात्र होइन, त्यस्तो दुष्कृत्य गर्नुभयो भने तपाईंलाई लेख्न पनि आउँदैन । तपाईं निरक्षर बन्नुहुनेछ । आजसम्म तपाईंले पढेका, जानेका सबै अक्षरहरू भुल्नुहुनेछ ।"

"मलाई विश्वास गर्नुस् मान्यवर ! म तपाईंको वचन कुनै पनि हालतमा तोड्दिनँ ।"

कालिगडले त्यो सुन्दर कलम चाँदीले मोरेर बनाइएको कलात्मक बट्टामा राखेर दियो । मैले उसको अनुहारमा हेरें र भनें, "मान्यवर ! तपाईंको यो गुनको बदलामा मैले धन्यवाद भन्ने हिम्मत गर्न सकिनँ किनभने तपाईंले जो ऋण मलाई लगाउनुभयो, त्यसको निम्ति यो धन्यवाद शब्द फोसाबराबर पनि छैन ।" म भावुक भएँ र कालिगडसँग गला मिलाएँ ।

वचन राखिदिएकोमा कालिगढ खुशी देखिन्थ्यो । मैले मनमनै भनें, "उसको खुशी अमर रहोस् !"

यसप्रकार कालिगडको कठोर वचनले बाँधिएको म सत्य लेख्ने अठोटका साथ ऊबाट बिदाबादी भई हिंडें ।

पाँचौं दिन

ऊ हिंड्दाहिंड्दैको बाटोमा भेट भएको थियो । फोटो उसको हातैमा दिएको थिएँ तर फोटो देख्नासाथ ऊ नराम्ररी झस्कियो । उसको श्वासको गति अचानक बढेर आयो । "आबुइ... !" भन्दै बेतोडसँग फोटो त्यहीं फालेर यसरी सुइँकुच्चा ठोक्यो कि मानौं मैले उसको हातमा मोहदत्तको फोटो होइन, विषालु बिच्छी नै थमाइदिएको थिएँ ।

यहाँ पनि जरूर केही गडबड छ भन्ने लाग्यो । नत्र, फोटो देख्नासाथ कोही किन सुइँकुच्चा ठोकोस् ? कि मोहदत्त यहाँ आएर केही ठूलै उपद्रो गएर गयो ? यस्तो शङ्का पनि गरें ।

फोटोलाई भुइँबाट उठाएँ । धुलो लागेको रहेछ । टक्टक्याएँ । एकचोटि आफैंले नियालेर हेरें । उस्तै छ । ओल्टाइपोल्टाई गरें । कतै बिच्छी, कमिला, माकुरा वा फट्याङ्ग्रा पो टाँसिएका छन् कि ? छैन । फोटो दुरुस्त छ ।

त्यहाँबाट अलि अगाडि बढें ।

झिक्राको भारी लिएर आउँदै गरेकी महिलालाई फोटो देखाएँ । फोटो देख्नासाथ झिक्रा एकातिर फालेर आफूचैं अर्कोतिर बेपत्तासँग कुदिन्, ती महिला ।

बारीमा मच्चिएर बाउसो चलाउँदै गरेको किसानलाई फोटो देखाएँ । ऊ पनि उसैगरी बाउसो छोडेर टाप कस्यो ।

पधेंरोमा पानी थाप्दै गरेकी युवतीलाई देखाएँ । ती पनि पानी भरिंदा नभरिंदैको गाग्री छोडेर कुलेलम ठोकिन् ।

चउरमा भकुण्डो खेल्दै गरेका किशोर-किशोरीहरूलाई देखाएँ । ती पनि खेल्न छोडेर हकान्निएर जताततै भाग्न थाले ।

उफ् ! फोटो देखाउनु पनि अपराधजस्तै भो !

अलि पर गएपछि ठेलामा चिया बेच्ने चियावाललाई देखें । उसको हंसमुख अनुहार । फूर्तिफार्ति र चटकमटक देखेर तानिएँ ऊतिरै । उसको हाउभाउ हेर्दा अरूजस्तो डराएर भाग्ला जस्तो बिल्कुलै लागेन । यो मान्छेचैं निडर छ । यसले पक्कै असली कुरो खोल्ला भन्ने अनुमान गर्दै उसैलाई फोटो देखाएँ ।

तर उसले पनि झण्डै उस्तै अजिबको हर्कत देखायो । मेरो अनुमानले हावा खायो । फोटो देख्नासाथ उसको पूर्णचन्द्र समान हंसमुख अनुहारमा औंशीको रात उत्रियो । अघिसम्मको उसको फूर्ति पनि डढेको सुर्तिझैं भयो ।

उसले हत्तपत्त मेरै कमिजको गोजीमा फोटो कोचारिदियो र आफ्नो हातमा जोडजोडले फुःफुः गऱ्यो अनि 'जय हनुमान ज्ञानगुन सागर...' भन्दै बुलेट गतिमा हनुमान चालिसा भट्याउन थाल्यो । त्यसले मलाई यस्तो तीखो नजरले हेऱ्यो मानौं, म उसलाई गम्भीर हानी गर्दै छु ।

"हैन, यो फोटोमा छ के त्यस्तो, देख्दै तर्सिनु भयो ? खास कुरा के हो, त्यो त भन्नुस् पैला ?", हल्का जोर दिएर भनें ।

उसको हनुमान चलिसा अझै सकिएको थिएन । भट्याइरहेको थियो । म अक्क न बक्कको स्थितिमा थिएँ । केही बेर लगाएर उसले हनुमान चालिसा सक्यो । अनि थरथरी काँपेको स्वरमा मलाई झापर्दै भन्यो, "धन्दा चौपट गराउनुहुन्छ के... ?"

फोटो देखेर धन्दा चौपट कसरी हुने होला ? कुरो बुझ्ने मार्दिनँ ।

"हजुर ! मैले केही बुझिनँ । खास कुरा के हो ? त्यो त भन्नुस् !", मैले पुनः जोड गरें ।

"म केही भन्दिनँ । मलाई अरू कुरा थाहा छैन । तपाईं यहाँबाट गइहाल्नुहास् !", उसले नमीठो बोल्यो । रूखो बोल्यो ।

"किन यसै झन्किनुहुन्छ, मसँग ? तपाईंलाई केही सोध्नै नहुने जस्तो गर्नु भयो त ?", मैले पनि आफ्नो स्वाभिमानको ख्याल गर्दै अलिकति पेलेरै बोलें ।

"हेर्नोस्, तपाईंलाई जे सोध्ने हो, साइन्स मेडमलाई सोध्नुहोस् ! उहाँले बताइदिनुहुनेछ, सब कुरा !"

"साइन्स मेडम भनेको को ?"

"बेलघारी स्कुलमा साइन्स पढाउने मेडम । जे सोध्ने हो, उहाँलाई सोध्नुस् । उहाँलाई सब थाहा छ । म केही भन्दिनँ तर तपाईंलाई मेरो विनम्र अनुरोध छ । पिलिज, यहाँबाट गइदिनुस् ! मेरो धन्दा बन्द हुने काम नगर्दिनुस् । पिलिज सर पिलिज... !" अत्यन्त याचित भावमा उसले त्यस्तो आग्रह गरेपछि म त्यहाँबाट हिंडें, बेलघारी स्कुलमा साइन्स पढाउने मेडमलाई भेट्न ।

स्वप्न आतङ्क : एक अन्धविश्वास ?

हो, बेलघारी स्कुलमा साइन्स पढाउने टिचर मै हुँ । उन्नाईस वर्ष भयो मैले त्यो स्कुलमा पढाउन थालेको । यहाँ मेरो आफ्नो नामले भन्दा पनि साइन्स मेडम भनेपछि सबले चिन्छन् ।

तपाईंले फोटोमा जसको फोटो देखाउनुभयो, यो पहिला हाम्रै स्कुलमा पढ्थ्यो । मैले पढाएको केटो हो । यवण हो यसको नाम । नाच्न र गाउनमा खप्पिस थियो । गाउँघरमा हुने रोधिं, मेला, पर्व, पूजाआजा र व्रतका साङ्गेमा हुने गीत-भजनमा नाइके भई उही अघि सर्थ्यो । तर पढ्नमा भने मट्ठै । स्कुल आउँथ्यो तर पूरा कक्षा नपढी भागेर जान्थ्यो । स्कुलबाट भागेर बजारमा गई फिल्म हेर्ने गर्थ्यो भन्ने सुन्थें ।

त्यसले एघारचोटि एसएलसी दिंदा पनि पास गर्न सकेन । पास गरोस् पनि कसरी ? त्यसको पढाइमा ध्यानै थिएन । त्यसपछि भने प्रयासै गरेन । हरेश नखाईकन एघारपटकसम्म एसएलसी दिनु पनि ठूलै कुरो हो भन्ठान्नु होला । तर यस मामिलामा ऊ स्वयम्को कुनै चट्टानी अठोटले काम गरेको थिएन । जे जति भयो, उसको बाको करबलले गर्दा भएको थयो । सुनेकी थिएँ, उसको बाले कुटीकुटी एसएलसी दिन लगाउँथे रे ! अब लाठे भएको छोरोलाई कति कुटेर साध्ये !

दुःखको कुरा । एघारौं पटकको एसएलसीको परीक्षा दिएर रिजल्ट नआउँदै उसको बाको निधन भयो । बिचरा ! छोराले एसएलसी पास गरेको हेर्ने कत्रो धोको थियो त्यो बुढाको ! खेरै गयो ।

हरेक साल एसएलसी फेल भइरहने र दिन पनि नछोड्ने हुँदा गाउँमा ऊ हाँसोको पात्र बनिसकेको थियो । मलाई गाउँघरको यो प्रवृत्ति कत्ति मन पर्दैन । अर्काको असाध्यै निधिखुदी गर्ने । पाएसम्म खोइरो खन्ने र खसाल्ने प्रवृत्ति गाउँघरको कुरूप परिचय हो । गाउँ भन्दैमा सबै कुरा हराभरा कहाँ हुन्छ र !

उसलाई यिनै गाउँघरका मान्छेले उडाउनुसम्म उडाउँथे ।

"यसपालिको जाँचमा कति धार्नी आलु ल्याउने विचार छ ? हा हा हा... !"

"पोहोरको भन्दा घटाउनु हुन्न है ! हा हा हा... !"

"आलु नि साह्रो महंगो भा'छ अचेल । तैंले ठीक गरिस् केटा ! हा हा हा... !"

"अँ, पाएजति आलु जम्मा गरेर राख् ! तेरो बिहामा भतेर खुवाउन काम आउँछ । हा हा हा... !"

कतै गाउँका मान्छे भेट भयो कि उही एसएलसीमा फेल भएको कुरा उप्काउँथे र उसलाई यस्तैयस्तै व्यङ्ग्यवाण हान्थे । त्यसले उसको आत्मसम्मानमा गहिरो चोट पुग्थ्यो । त्यस्तो परिवेशमा उसले आफूलाई निकै अपमानित भएको महसुस गर्दथ्यो । ऊ कसैलाई मुख फर्काएर जवाफ दिन सक्दैनथ्यो । आफ्नै मन कुँडाएर बस्दथ्यो ।

बिचराको मन कति कुँडियो होला ?

जब एघारौंपटकको एसएलसीको नतिजा आयो र अघिल्ला वर्षहरूको निरन्तरतामा कुनै क्रमभङ्ग हुन सकेन । अनि त्यसै दिन ऊ घरमा कसैलाई थाहा नदिईकन हिंड्यो । ऊ यो गाउँबाटै गायब भयो । उसको घरका परिवार र आफन्तले खोज्नुसम्म खोजे उसलाई तर कहीं फेला पार्न सकेनन्, पारेनन् । कतै हाम फाल्यो कि भन्ने शङ्का पनि गरे !

ऊ हराएको चार-पाँच वर्ष बितिसक्दा भने उसको परिवारका बाहेक गाउँका अरू मानिसहरूले बिस्तारै उसलाई बिर्सन पनि थालिसकेका थिए । यवण भन्ने कोही केटो यो गाउँमा कुनै बेला थियो भन्ने कुरालाई उनीहरू सम्झेर पनि सम्झन लायक ठान्दैनथे ।

तर एक दिन त्यही यवण कसैले चाहेर पनि बिर्सन नसक्ने गरी गाउँमा फर्कियो । उसको आगमन यति खतरनाक होला भनेर कसैले सोचेका पनि

थिएनन् सायद ! हो, ऊ एउटा डरलाग्दो रहस्य बनेर एकाएक गाउँमा प्रवेश गऱ्यो । र आजको मितिसम्म पनि ऊ त्यस्तै रहस्य बनेर गाउँलेहरूको सातो खाइरहेको छ ।

हेर्नुस्, मलाई यस्ता रहस्यका कुरामा कत्ति पनि विश्वास छैन । यो त केवल गाउँलेहरूको मनोवैज्ञानिक समस्या हो । यो सिर्फ भ्रम मात्र हो । फगत अन्धविश्वास हो । तैपनि यहाँका गाउँलेहरू यस्तै कुरा गर्छन् । यवण एसएलसी फेल हुनु र गाउँबाट गायब हुनुसँग गाउँलेका यी भ्रमको कुनै आइनोसाइनो छैन ।

के गर्नु, म विज्ञान विषयको शिक्षक भएर पनि तपाईंलाई यस्तो वाहियात र हाँस्यास्पद कुरा सुनाइरहेकी छु । नभनूँ कि भन्ने पनि लाग्छ तर गाउँलेहरूको पारा तपाईंले बुझिहाल्नु भो । कुरो जतिसुकै बेकामको भए पनि गाउँलेले जसलाई रहस्य ठानिरहेका छन्, सो कुरा म तपाईंलाई बताउँदै छु । यो यस्तो कुरा हो, जसलाई बताउन यिनै गाउँलेहरूले चलाएको हल्लाको सहारा लिनुपर्ने हुन्छ ।

यो गाउँमा भष्मभूषण नाम गरेका एक वृद्ध छन् । अब उनैको भनाइलाई आधार मानेर कुरा अगाडि बढाऊँ । उनले नै हो, पहिलोपटक यवणको बारेमा रहस्यमयी सपना देखेका । उनको सपनाअनुसार टाढा क्षितिजबाट एउटा खैरो रङको वायुपङ्खी घोडामा एउटा मानवाकृति सवार हुँदै उनको घरको आँगनसम्म आइपुग्यो । त्यो मानवाकृति घोडाबाट ओर्लियो र आँगनमा ठिङ्ग मूर्तिवत भई उभियो ।

त्यसपछि भष्मभूषणले को आएको रहेछ भनी आँखा तन्काएर त्यो मानवाकृतिलाई हेरे । त्यो मानवाकृति अरू कोही नभएर केही वर्षदेखि गाउँबाट गायब भएको यवण नै हो भनी ठम्याएछन् । उनले यवणलाई बोलाए र भने, "अइ यवण ! कहाँ हराएको थिइस् तैँ यतिका वर्षसम्म... ? आइजो यहाँ बस् ! भोक लाग्यो होला तँलाई, के खान्छस् भन् !"

यवण केही पनि बोलेनछ । कुनै योगसाधकले तीव्र भस्त्रिका गरेजस्तै उसले पनि एकाएक स्वाँस्वाँ र फ्वाँफ्वाँ गर्न थालेछ । उसको अनुहार रगतै

चुहिएला जस्तो रातो भएर आएछ । उसको अनुहारमा साक्षात् क्रोध भैरव उत्रिएर आएझैं भएछ । यसरी एकाएक रिसले आगो हुनुको अर्थ के हो ? भष्मभूषणले केही भेउ पाउन सकेनछन् ।

यत्तिकैमा हेर्दाहेर्दै यवणको शरीर एउटा डरलाग्दो चितुवामा परिणत भएछ । त्यो चितुवा भयानकरूपले गर्जिएछ पनि ! त्यो गर्जनसँगै उसको छेउमा उभिएको वायुपङ्खी घोडा आकाशतिर हान्निएर अलप भएछ ।

यस्तो डरलाग्दो दृश्य देखेर भष्मभूषण निकै अत्तालिएर कराउन थालेछन् तर सपनामा उनको आवाज नै निस्किएन । उनको हातगोडा पनि चल्न सकेनन् । ऐंठन खपेरै बसिरहे ।

त्यसपछि चितुवारूपी यवण उनको गोठतिर हान्निएछ, जहाँ दुइटा दुहुनु भैंसी र एकथान बाख्रा पालिएका थिए । चितुवाले ठाडै बाख्रालाई हमला गरेछ र बाँधिएको दाम्लो किलैसमेत उखालेर लघार्दै लगेछ । त्यो निरीह बाख्रोले आकाशै चिर्ला जस्तो गरी चित्कार्‍यो । त्यो चित्कार निकै अत्यासलाग्दो थियो ।

त्यस्तो कहालीलाग्दो दुःस्वप्न देखेका भष्मभूषण सपनाबाट बिउँझिएछन् । त्यसपछि करूवाको चिसो पानीले घाँटी भिजाए । ज्यान पसिनाले पूरै निथ्रुक्क थियो । सुत्दा लगाएका पातला लुगा पनि पानीमै भिजाएजस्ता थिए । ज्यान पुछे । अर्को लुगा फेरेर लगाएछन् ।

एकमन गोठतिर गएर हेरौं कि भन्ने भएछ तर सपना भनेको सपना नै हो । भनेर फेरि सुत्ने प्रयास गरेछन् । निन्द्रा पर्न सकेको थिएन । राम्रोसँग निन्द्रा पर्दा नपर्दै भाले बासेको आवाज कानमा परेपछि आँखा खोलेछन् । अनिन्द्राको आलस्यले गर्दा हाइ काड्दै ओछ्यानमै झकाएर बसेछन् ।

उठेर गोठधन्दा गर्न गएकी उनकी श्रीमती एकाएक हत्तासिंदै भष्मभूषणको अगाडि आइन् । गोठमा बाख्रा नभएको र बाँधेको किलोसमेत उखालिएको कुरा एकै सासमा सुनाइछिन् । यो सुनेरै उनका नौनाडी फतक्कै भएछन् । त्यसपछि फटाफट उठेर गोठतिर हान्निएछन् । गोठमा पुगेपछि सपनामा देखेको कुरा विपनामा दुरूस्तै मिलेको पाएछन् । त्यसपछि त झन् के चाहियो र ! उनको मुटु बल्कन र टाउको चड्कन शुरू भइहाल्यो ।

धेरेथोर सम्हालिंदै उनले सपनामा देखेको कुरा आफ्नो श्रीमतीलाई बताएछन् । यसले उनकी श्रीमतीलाई पनि निकै चिन्तित गराएछ ।

भष्मभूषणकी श्रीमतीले यो कुरा आफ्नी देउरानीहरूलाई पनि बताइछिन् । देउरानीहरूले आफ्ना दौंतरीहरूलाई बताए । त्यसपछि त त्यो कुरा गाउँमा रेल होइन, रकेट गतिमा फैलियो ।

त्यस्तो घटना भएको केही दिनपछि गाउँका अरू केही मान्छेहरूले पनि त्यस्तै सपना देख्न थाले । जस्तो कोहीले सपनामा यवण स्याल बनेको र कुखुरो झम्टेर लगेको देखे अनि भोलिपल्ट त्यही कुखुरो हराएको भने । कसैको सपनामा ऊ ब्वाँसो बनेर जुन गोरूलाई मारेको हुन्थ्यो, भोलिपल्ट त्यही गोरू मरेको ।

त्यति मात्र होइन । यवणले सपनामा कसैको गालामा चड्काएको र भोलिपल्ट त्यो व्यक्तिको गलफुलो आएको । उसले सपनामा कसैलाई चिथोरेको भए विपनामा त्यही ठाउँमा दाग देखिएको ।

यस्तै यस्तै अनेक घटना सपनामा देख्ने र विपनामा घट्ने थालेको कुरा मान्छेहरूले गरे । यसले गाउँका मानिसहरूको सातो उड्न थाल्यो ।

त्यसपछि बूढी मर्नुभन्दा पनि काल पल्किनु डरलाग्दो कुरा हो भन्दै गाउँलेहरू भेला भए । उनीहरूले यो समस्या समाधानको उपाय खोजे । गाउँका गन्यमान्यहरूले जान्ने धामी ल्याएर दुःख दिने यवणको आत्मालाई मन्साउनुपर्ने सल्लाह दिए । उनीहरूले सुझाएको उपायअनुसार यवणको त्यो स्वप्न आतङ्कलाई मन्साउन भनेर सात गाउँपारिबाट तथाकथित जान्ने धामी बोलाए ।

धामीले आखत हेरेर भनेछ, "त्यो यवणले कुनै तान्त्रिककहाँ गएर कालो विद्या सिकेको छ । त्यसले त्यो कालो विद्या प्रयोग गरेर गाउँका मान्छेहरूलाई दुःख दिएको हो । पूजा लगाउनुपर्छ । भोग लगाउनुपर्छ ।"

त्यसपछि धामीको सल्लाहअनुसार नै गाउँमा ठूलो पूजा लगाइयो । त्यो पूजा लगाउन गाउँभरिका सबैले पैसा उठाएका थिए । मसँग पनि पैसा माग्न आएका थिए । मैले दिइनँ । यस्तो नचाहिने अन्धविश्वासी कुरामा सहयोग

गर्न सक्तिनँ भनेर ठाडै भनिदिएँ । गाउँलेहरू मसँग रिसाए । साइन्स मेडम कति छुच्ची हो भन्दै कुरा काटे ।

गाउँका मान्छेको कुरा त त्यस्तै हो । अरू त अरू हाम्रै स्कुलका शिक्षकहरूले समेत त्यस्तो अन्धविश्वासी पूजा लगाउनका लागि चन्दा दिए भन्दा म दङ्ग परेकी थिएँ । अझ उल्टै ती शिक्षकहरूले मलाई समाजमा बसेर किन असमाजिक हुन पर्‍यो भनेर सम्झाउन थाले । त्यतिखेर मेरो पारा तातेर आएको थियो । रिसको झोंकमा मैले उनीहरूलाई समेत बेस्सरी गाली गरेकी थिएँ ।

त्यो धामीले अनेक तमासा गर्‍यो । पूजामा बलिभोग दिन भनी कति काला बोका काटिए । कति कुखरा कटिए । गनिसाध्य थिएन । त्यस्तो पूजा लगाएपछि गाउँलेहरूले उनीहरूको सपनामा यवण आउन धेरै कम भएको बताउन थाले । तर अझै पनि गाउँमा कहिलेकाहीं कसैको घरमा केही नराम्रो दुर्घटना घट्यो भने सपनामा यवण देखिएको कुरा गर्न भने रोकिएको छैन ।

धामीकै कुरालाई सह्राउँदै गाउँलेहरू के भन्छन् भने यवणलाई यो गाउँका मानिसहरूले एसएलसीमा फेल भएको भनेर निकै हेलाहोचो गरे । जहिल्यै होच्याउने, गिज्याउने र गर्नुसम्मको व्यङ्ग्य गरे । त्यसरी व्यङ्ग्य कस्नमा भष्मभूषण पनि कम्ता थिएनन् । शुरूमा आलुको प्रसङ्ग निकालेर गिल्ला गर्ने उनी नै थिए । हो, अहिले कालो विद्या सिकेर त्यसैको बदला लिएको हो उसले । उसलाई त्यसरी इखै साँध्ने गरी गिल्याउन हुँदैनथ्यो ।

तर, म विज्ञानको विद्यार्थी र शिक्षक दुवै भएको नाताले भन्छु कि मलाई यस्तो कुरामा रत्तिभर पनि विश्वास छैन । मलाई त्यस्तो कालो होस् या गोरो कुनै पनि मनगढन्ते विद्यामा विश्वास छैन । फेरि पनि भन्छु, यो गाउँलेहरूको सामूहिक मनोवैज्ञानिक भ्रममात्र हो । यो एक अन्धविश्वास हो, जुन समाजमा शिक्षाको कमी हुन्छ । त्यहाँ यस्तो हुनु स्वभाविक पनि हो ।

मैले त्यो यवणलाई मेरो निजी सपनामा कहिले पनि देखेको छैन तर यो गाउँका मानिसहरूले अझै यस्तो कुरा गर्न छोडेका छैनन् । उसको स्वप्न आतङ्कको अवशेष गाउँमा अझै व्याप्त छ । जबकी ऊ मर्‍यो कि जिम्दै छ भन्ने पनि शङ्कास्पद कुरा हो ।

यो गाउँमा ममात्र एउटा यस्तो व्यक्ति हुँ, जसले उसको बारेमा यसरी खुलेर कुरा गर्न सक्दछ । नभए यो गाउँमा अर्को त्यस्तो कोही व्यक्ति छैन, जसले उसको नामसमेत उच्चारण गर्न सकोस् । स्वयम् उसको घरका मान्छेलाई गएर सोध्नुस्, तिनले पनि केही भन्दैनन् । उसको बारेमा केही कुरै गर्न चाहँदैनन् । सके हामीले उसलाई चिन्दैनौं भन्न पनि बेर नलाउलान् ।

सबका सब डरपोक छन् यहाँ । उसको बारेमा कुरा गर्दा भरे कतै सपनामा आएर केही अनिष्ट हुने हो कि भन्ने डरले सबको सातो खाएको छ । हो, उसको बारेमा कोही पनि कुरा गर्नै चाहँदैनन् ।

तपाईं आउनुभयो । फोटो देखाएर उसको बारेमा सोध्नुभयो । मैले यहाँ भएको कुरा जम्मै बताएँ । के यवण तपाईंको पनि सपनामा आएको थियो र ?

दस्तावेज नं. ६

"यो त्यही जातको स्याउबाट बनेको हो, जुन स्याउलाई कुनै बेला आदम र इभले खाएका थिए ।"

- स्टाफ

मिथ्या मार्ट र भ्रमका पोकाहरू

"सूर्य उदाउँछ" भन्नेहरूले यो ध्रुवसत्य कुरा हो भन्छन् । सबै ध्रुवसत्यलाई सामान्य वर्तमान कालमा भनिनु पर्दछ पनि भन्छन् । दुनियाँको व्याकरणले भन्ने गरेको कुरा हो यो तर व्यवहारमा सामान्य वर्तमान काल सधैं सामान्य भएर आउँदैन । वर्तमान काल जटिल भएर आएमा के गर्नुपर्दछ ? दुनियाँको कुनै व्याकरणले बताउँदैन । त्यसैले हाम्रो व्याकरण अर्कै छ । हाम्रो व्यवहार अर्कै छ... !

मलाई थमाइएको पर्चामा यस्तै अरू धेरै कुरा लेखिएको थियो । ती सबै कुरा पढ्ने जाँगर चलेन र पर्चालाई साइड लगाएर एउटा विशाल सुपरमार्केटअगाडि म देखा परें, जसको मूलद्वारमाथि ठूलो अक्षरमा लेखिएको थियो- मिथ्या मार्ट !

"मिथ्या मार्टमा यहाँलाई स्वागत छ !", ढोकामा बसेको मान्छेले दुई हात जोडेर भन्यो । मैले धन्यवाद भनें ।

म मिथ्या मार्टभित्र पसें । मिथ्या मार्ट कस्तो थियो भन्ने बारेमा यहाँको जिज्ञासा हुनु स्वभाविक हो । मिथ्या मार्ट तपाईंको शहरमा ठडिएका विशाल र उत्तिकै भव्य सुपरमार्केटहरूजस्तै थियो । उस्तै अग्लो र फराकिलो भवन । उस्तै चिल्लो भुइँ । भऱ्याङ उक्लिन घुँडा खुम्च्याइराख्न नपर्ने सलल बगेर माथि जान मिल्ने लिट उस्तै । मानिसहरूको आवतजावत तथा ओहोरदोहोर उस्तै बाक्लो । लहरै व्यवस्थित गरी तखताहरूमा टम्म मिलाएर राखिएका बिकाउ समानहरू उस्तै । जहाँ मान्छेको दुई दिने चोलामा आवश्यक पर्ने समस्त आकार-प्रकारका भौतिक सामग्रीहरू खरिद गर्न सकिन्छ; जस्तो- नुनदेखि सुनसम्म एउटै छानामुनि !

हो, त्यस्तै त्यस्तै थियो मिथ्या मार्ट । तथापि मिथ्या मार्टमा कुनै पनि भौतिक सामग्री होइन, केवल भ्रमहरू मात्र किन्न पाइन्छ भन्ने कुरा मलाई त्यहाँको स्टाफले बतायो । मिथ्या नै भ्रमको सृष्टिकर्ता हो । मिथ्यासूत्रबाट बनाइएका भ्रमका पोकाहरूको मात्र सुत्री-बित्री हुने ठाउँ भएकाले नै यसलाई मिथ्या मार्ट भनिएको रहेछ ।

मिथ्या मार्टको भित्ताका टाँसी र तखताहरूमा अरू सुपरमार्केटमा भौतिक सामग्रीहरू राखिएजस्तै प्रकारले भ्रमका रङ्गीन पोकाहरू टम्म मिलाएर राखिएका थिए । भ्रमका पोकाहरू रङ्गीन मात्र थिएनन्, सुन्दर, मनमोहक र आकर्षक पनि थिए । मिथ्यामार्टमा थुप्रै मानिसहरू सपिङ गर्न आएका थिए । कोही मानिसहरू आफूलाई उपयुक्त हुने भ्रमका पोकाहरू नियाल्दै गरेका देखिन्थे । कोही स्टाफहरूसँग सामग्रीका बारेमा आवश्यक जानकारी लिंदै गरेका देखिन्थे । स्टाफहरूले पनि ग्राहकहरूलाई भ्रमका पोकाहरूको गुण, महत्त्व, विशेषता र त्यसबाट प्राप्त हुने लाभका बारे विनम्रताका साथ बताउँदै गरेको देखिन्थ्यो । जे होस्, मिथ्या मार्टको व्यापार चकाचक चलिरहेको थियो ।

मैले पनि भ्रमका पोकाहरूतिर नजर लगाएँ । तपाईंलाई पनि थाहा छ, यसो कतै टाढा घुमेर घर फर्कंदा परिवारलाई केही चिनो लगिदिने औपचारिकता पूरा गर्नुपर्ने हुन्छ । अरूभन्दा पनि श्रीमतीका लागि एउटा चिनो, जसलाई तपाईं मायाको चिनो याने 'टोकन अफ लभ' भन्न सक्नुहुन्छ, त्यो लगिदिने मेरो मनसाय थियो । नलैजानु उपहार लगिसकेपछि केही विशेष नै लैजाऊँ भनेर म मिथ्या मार्टमा पसेको थिएँ । खोज्दै छु, कुनै विशेष वस्तु भेटिन्छ कि ?

मलाई नौलो मान्छे देखेर हो वा म अलमलमा परेको ठानेर हो वा अरू जुनसुकै कारणले भए पनि आफ्नो व्यवसायिक दायित्वबोधले ओतप्रोत भएर त्यहाँको एक स्टाफ मतर्फ तानिएर आयो, "के म तपाईंलाई सहयोग गर्न सकुँला ?" बडो विनम्रताका साथ यही भनाइलाई उसले अंग्रेजीमा भनेको थियो ।

"अवश्य, मलाई तपाईंको सहयोगको आवश्यकता छ ।", उसको विनम्रताको यथोचित कदर गर्दै मैले भनें ।

"हुन्छ, मर्जी होस् ! के सेवा गरौं ?", उसले पूरै व्यवसायिक ढाँचामा सोध्यो । "यहाँ भ्रमका पोकाहरू मात्र पाइन्छन् भन्ने कुरा मैले थाहा पाएँ तर ती पोकाहरूभित्र के हुन्छ भन्ने बारेमा केही बताउनुहुन्छ कि ?", मैले त्यही प्रश्न सोधें, जुन एउटा इमानदार ग्राहकले सोध्न आवश्यक ठहर्छ ।

"अवश्य महोदय, यहाँ विभिन्न प्रकारका भ्रमका पोकाहरू मात्र पाइन्छन् । हरेक भ्रमका पोकाभित्र तपाईंले तरल पदार्थ देख्न सक्नुहुन्छ । तर याद राख्नुस्, त्यो कुनै जल पदार्थ नभई वायु पदार्थ हो । जस्तो अत्तर हुन्छ नि ! हो त्यस्तै । यो एकप्रकारको अत्तर नै हो । त्यसलाई तपाईंले सुँघ्नु पर्दछ । जसरी पिनासको रोगीले जडिबुटीको झोल सुँघ्छ नि ! हो त्यसरी नै त्यसलाई सुँघ्नासाथ तपाईं आफ्नो मनोवान्छित भ्रमको दुनियाँमा पुग्नुहुनेछ र फुल इन्जोय गर्नुहुनेछ ।", आफूले समेत पूरै इन्जोय गर्दै उसले खास कुरो बतायो ।

"चिज बडो अजिबोगरिब रहेछ । यस्तो सामानको बारेमा मैले आजसम्म कहींकतै सुनेको थिइनँ । अनि, यसको सेवनले के कस्तो लाभ मिल्छ भन्ने बारेमा केही उदाहरण दिन सक्नुहुन्छ ?", हरेक कुराको उदाहरण खोज्ने मेरो बच्चैदेखिको बानी थियो ।

"अवश्य !" भन्दै उसले नजिकको तखताबाट एउटा पोका झिक्यो र मलाई देखाउँदै भन्यो, "जस्तो कि यो पोका 'चक्रवर्ती सम्राटानुभूति भ्रमत्तर' हो । यसको सेवन गर्नाले कुनै पनि मान्छे त्यस्तो दुनियाँमा प्रवेश गर्दछ, जहाँ उसले आफूलाई चक्रवर्ती सम्राट्को रूपमा पाउँदछ र अखण्ड राजकीय सुखभोग गर्न थाल्दछ । भोलि मरेपछि पनि उसले सिकन्दरले झैं खाली हात लट्काउँदै जानुपर्दैन । सबै मुट्ठीमा लिएर जान सक्दछ ।

त्यस्तै (अर्को पोका देखाउँदै) यो पोका हेर्नुहोस् । यो हो 'कुवेरानुभूति भ्रमत्तर' । यसको सेवनले मान्छेलाई कुवेरजत्तिकै धनी बनाइदिन्छ । भोलि मरेपछि पनि उसले आफ्नो सारा सम्पत्ति छातीमा बोकेर लैजान सक्दछ ।

यहाँ यस्ता थुप्रै पोकाहरू छन्, जसले मान्छेका सबै प्रकारका इच्छा, आकाङ्क्षा, अभीप्सा र मनोकामनाहरू पूरा गरिदिन्छ ।"

अविश्वसनीय ! यस्तो पनि हुन्छ कहीं ? स्टाफको कुरा सुनेर मलाई एकदमै आश्चर्य लागिरहेको थियो । मलाई पत्याउन गाह्रो भइरहेको थियो तथापि यस्तो विशाल सुपरमार्केटमा धमाधम बिक्री भइरहेका सामग्रीमाथि मैले ठाडै अविश्वास प्रकट गर्ने आँट गर्न सकिनँ । कुरो रहस्यमयी थियो । रहस्यको गहिराइलाई नाप्ने अभिप्रायले मबाट एउटा प्रश्न सोधियो, "यसको सेवन गरेर कुनै व्यक्तिलाई लाभ मिलेको बारे त्यस्तो कुनै गवाही वा घटना सबुतको रूपमा दिन सक्नुहुन्छ ?"

"बिलकुल सक्छु ! किन नसक्नु ?", पूरै आत्मविश्वासका साथ उसले भन्यो "यसको सेवनबाट लाभ मिलेको बारे एउटा गज्जबको घटना छ । घटना अलि लामो छ । सकेसम्म छोटकरीमा बताउने कोशिश गरूँला । के तपाईंसँग सुन्ने फुर्सद छ ?"

"फुर्सद पर्याप्त छ । बताउनुहोस् ।"

"ल सुन्नुहोस् ।" भन्दै स्टाफले घटना भन्न शुरू गर्‍यो :

विष्णु विरूद्ध विष्णु

घटना यहाँको होइन । रामगढ भन्ने ठाउँको हो । जहाँको प्रसिद्ध देउताको मन्दिरमा वर्षेनी ठूलो मेला लाग्ने गर्दथ्यो । देश-परदेशबाट आएका दर्शनार्थीहरू, थरीथरीका जात्रा र नाचगान गर्ने समूह आदिको भिडले त्यो मेला भरिभराउ हुन्थ्यो ।

केही वर्षअघि त्यो मेलामा बिरू र जय नाम गरेका दुई लगौंटिया साथीहरू एकअर्कालाई अँगालो हालेर नारिंदै, खुट्टा लम्काउँदै र आँखा सन्काउँदै कताकताबाट बरालिन आइपुगेका थिए । 'ये दोसती हम नहीं तोडेंगे, तोडेंगे दम अगर तेरा साथ ना छोडेंगे' । यी जोडा यारले सायद यस्तै कुनै गीत गाउँदै/सुसेल्दै गरेको हुनुपर्छ ।

यस्तैमा त्यो मेलामा वसन्ती नाम गरेकी राजकुमारीको प्रवेश भयो । ऊ पनि मन्दिर दर्शनका लागि त्यहाँ आएकी थिई । राजकुमारी टाँगामाथि होइन, सेतो हात्तिमाथि चढेकी थिई । ऊ आफ्ना अङ्गरक्षक र सेविकाहरूले घेरिएकी थिई । उसको पछिपछि हिंडेका पछुवाहरूले "राजकुमारी वसन्तीको-जय ! जय ! जय !" भन्दै जयजयकार गरेका थिए ।

बिरूको आँखा राजकुमारीमा गएर अड्कियो । उसले एक छिनसम्म हल न चल भएर एक टकले राजकुमारीलाई हेरिरह्यो । त्यसपछि कुनै मसानले छोपेझैं गरी काम्यो अनि छारे रोग लागेको रोगीझैं लड्खडाउँदै भुइँमा छाँट्टियो ।

यसरी अचानकसँग अचेत भएको बिरूको हालत देखेर जयलाई हगूँ कि मुतूँ भएर आयो । उसले त्यहाँ वरपरका मान्छेहरूको सहयोग लियो । र बिरूलाई त्यहाँबाट उठाएर आफ्नो घरमा लिएर आयो । बिरूलाई ओछ्यानमा आरामसँग सुताएपछि जयले गाउँको जान्ने वैद्य बोलाएर ओखतीमुलो गरायो । कुनै भूत-मसान लागेको हो कि भनेर झाँक्री ल्याएर झारफुक पनि गरायो ।

निकै बेरपछि बिरूको होस आयो । ऊ कयौं दिनको निद्रा खुलेझैं गरी ओछ्यानबाट कन्दै उठ्यो ।

"यार, तिमी त अचानक बेहोस भएर ढल्यौ ? के भयो तिमीलाई त्यस्तो ?", चिन्तातुर आवाजमा जयले सोध्यो ।

"यार जय, अब म यो दुनियाँमा बाँच्न चाहन्नँ । म बाँच्नुको कुनै सार नै छैन । अब म मर्न चाहन्छु । बरू तिमी मेरो अन्तेष्टि कर्मका लागि तयारी गर । गाह्रो नमान । मैले तिमीलाई यति कुराको दुःख दिएँ यार ।", बिरूको कुरा सुनेर जय अक्कनबक्क पऱ्यो ।

"अरे यार ! तिमीलाई भयो के ? त्यो त बताऊ पहिला !"

"हैन यार, बताएर केही फाइदा छैन ।" बिरूले हत्केलामा निधार अड्याउँदै विरक्त भएर भन्यो ।

"कस्तो कुरा गर्छौ यार तिमी पनि ! संसारमा चाह्यो भने गर्न नसकिने कुरा के छ र ? तिमीलाई ओखतीमूलो गर्न पऱ्यो कि ? झारफुक गर्नुपऱ्यो कि ? वा तिमीलाई अरू केही कुराको सहायता चाहियो कि ? के चाहियो

भन ! म जहाँ गएर भए पनि जसो गरेर भए पनि तिम्रो समस्या समाधान गर्नेछु ।", एक असल मित्र हुनुको नाताले जो भन्नुपर्ने थियो, जयले त्यही भन्यो । तर यति हुँदा पनि जयको ढाडसले बिरूको विरक्तीलाई चिर्न सकेन ।

"जय ! तिमीले जे उपाय बताए पनि मेरो दुःखको निवारण हुनेछैन । अरूको त कुरै छोडिदिऊँ, गौतम बुद्धसँग पनि छैन, मेरो दुःख मोचनको उपाय । म मर्न चाहन्छु । मलाई मर्न देऊ यार !", बिरूले कस्तो अड्डी कसेर बसेको हो, जयले केही मेसो पाउन सकेन ।

"हेर बिरू ! मैले मानें कि तिम्रो दुःख यो धर्तीभन्दा पनि ठूलो छ । तै पनि मलाई आफ्नो असल मित्र ठान्छौ भने तिम्रो दुःख जान्न पाउनु मेरो हक हो । त्यसैले मलाई तिम्रो दुःख के हो त्यो भन ! म सकेसम्म दुःख मोचनको उपाय खोज्छु । यदि कुनै उपायले पनि तिम्रो दुःख हरण हुन सकेन भने म पनि तिमी जल्दै गरेको चितामा सतीझैं जल्न तयार छु । तिमीजस्तो असल मित्रको वियोग म कहाँ खप्न सक्छु र !", आफ्नो परममित्र जयले यसप्रकारको जोडबल गरेपछि बिरूले आफ्नो व्यथा बोल्नै पर्‍यो । बोल्यो, "जय ! तिमीले पनि ख्याल गरेको हुनुपर्छ । हामी जुन मेलामा गएका थियौं, त्यहाँ वसन्ती नाम गरेकी राजकुमारी हात्तीमा सवार भई आएकी थिईं । त्यो सुन्दरीलाई देख्नेबित्तिकै मेरो हृदयमा कामदेवले वाण चलायो । मेरो होसहवास खै कता हो कता दमपच भयो । त्यो नवयौवनामाथि मेरो प्यासी नजर लिसोमा मुसा टाँसिदाझैं टाँसिइरह्‍यो । रसवरीभन्दा पनि रसिलो त्यसका ओठ । जवानीले तनक्क तन्किएका त्यसका जोर स्तन । रहस्यमयी लाग्ने त्यसको गहिरो नाभी, पहाडको शीतल झरनाजस्तो त्यसको कपाल । अनि छुँदै दाग लाग्ने जस्तो त्यसको दुधिलो गाला, ओहो ! ऊसँग आफ्नो छाती जोडेर मस्तसँग समागम गरेको कल्पना गर्दैखेरि म त ठाउँको ठाउँ ठहरै भएँ ।"

बिरूको कामातुर कुरा सुनेर जय फक्रिएको फूलझैं मुस्कुरायो । र भन्यो, "अरे यार ! केके न ठूलो समस्या हो कि भन्ठानेको त यति जाबो कुरा पो रहेछ । बिरू मेरो दोस्त ! यदि कुरा यही नै हो भने सम्झ, तिम्रो इच्छा पूरा भयो । तिमीले आजभोलिमै ती राजकुमारी वसन्तीसँग समागम गर्न सक्नेछौ ।"

"मलाई यस्तो पीडा भइरहेको छ । तिमी मेरो पीडामाथि यस्तो घटिया मजाक नगर न यार !", बिरूले जयको कुरा एक इन्च पनि पत्याएन । "त्यो कहाँकी राजकुमारी म कहाँको ढाक्रे ! कसरी सम्भव होला र हाम्रो मिलन ? भो छाडिदेऊ यी कुराहरू । बरू मलाई मर्न देऊ यार ! मेरो लागि यही उचित छ ।"

"के कुरा गरेको यार तिमीले पनि ? यस्तो कुरामा पनि म ठट्टा गरी बसुँला त ?"

"त्यसो भए, पत्याउने कुरा गर न यार ! सरासर दरबारमा छिरेर त्यो राजकुमारीलाई भेट्न जान दिनलाई के हामी त्यो राजाका इष्टमित्र, आफन्ती हौं र ? कि त्यत्रा सैनिकले चौबीसै घण्टा पहरा दिएको दरबारको भित्तो फोरेर जाने विचार गऱ्यौ ?", जयको अपत्यारिलो कुरा सुनेर बिरू सन्किएर बोल्यो ।

"ठीक छ । तिमी केही दिन यहीं आराम गरेर बस्दै गर । म तिम्रो समाधानको जडी खोजेर ल्याउँछु अनि त्यति बेला तिमीलाई मेरो कुरामा विश्वास हुनेछ ।", यति भनेर बिरूलाई सान्त्वना दिंदै जय त्यहाँबाट हिंड्यो । उसले आवश्यक पैसाको पनि जोरजाम गऱ्यो र रामगढबाट रवाना भयो । कयौं माइलको यात्रा गरेर जय मिथ्या मार्टमा आइपुग्यो ।

यहाँ आएर उसले बिरूका लागि 'विष्णुनुभूति भ्रमत्तर' किन्यो । अनि फर्किएर फेरि रामगढ गयो र त्यसलाई आफ्नो प्रिय साथी बिरूलाई दियो । उसले बिरूलाई यसको सेवन गर्ने तरिका पनि सिकइदियो र भन्यो, "मेरो दोस्त ! मैले परदेश गएर यो चिज किनेर ल्याएको छु । यो चानेचुने चिज होइन । यसले तिम्रो समस्याको चमत्कारिक समाधान गर्नेछ । यसलाई मैले भनेबमोजिम सेवन गर । यसले तिम्रो कायाकल्प गर्नेछ । तिमीले आफूलाई विष्णुरूपमा पाउनेछौ । त्यसपछि तिमी गरूडमाथि सवार भएर सीधै त्यो राजकुमारीको शयन कक्षमा प्रवेश गर । आफूलाई वैकुण्ठको अधिपति विष्णु हुँ भन र मीठा र मिथ्या कुरा गरेर त्यसलाई फकाऊ । अनि फूलजस्ती त्यो कोमल यौवनालाई आफ्नो बाहुपाशमा फसाएर वात्सायनको कोकशास्त्रबमोजिम मोज गर !"

यसरी जयले सिकाएबमोजिम नै बिरूले 'विष्णुनुभूति भ्रमत्तर' सेवन गऱ्यो । नभन्दै उसको कायाकल्प भयो । उसले आफूलाई विष्णुको रूपमा पायो । यस्तो देखेर ऊ खुशीले मैमत्त भयो । त्यसपछि पूर्ण उत्साहका साथ गरूडमाथि सवार भई सीधै राजकुमारीको कक्षमा प्रवेश गऱ्यो । राजकुमारी ओछ्यानमा पल्टिएर बसेकी थिई । ऊ आफ्नै धुनमा थिई ।

बिरू राजकुमारीको अगाडि गयो र उनको धुनलाई भङ्ग गर्दै भन्यो, "हे राजकन्या वसन्ती ! म वैकुण्ठाधिपति विष्णु ! तिम्रो पवित्र प्रेमको डोरीले मलाई बाँधेर यहाँसम्म ल्याइपुऱ्यायो । आऊ मेरो अंगालोमा बाँधिन । यो पिरतीको बन्धनलाई अझ कसिलो बनाऔं ! हे परमसुन्दरी, प्रेमको असली आस्वादन गर्न आऊ मसँग समागम गर !"

अचानक आफ्नो कक्षमा विष्णुलाई देखेर राजकुमारी चकित भई । उनको अगाडि देखा परेको विष्णु शास्त्रमा वर्णन गरझैं गरूडमाथि चढेको थियो । उसका चार हातले शङ्ख, चक्र, गदा, पद्म धारण गरेको थियो । उसको अनुहार सहस्र सूर्यझैं चम्किलो थियो । उसले सुनको मुकुट पहिरिएको थियो ।

विष्णुको यस्तो कुराले राजकुमारीको मनमा आश्चर्यसँगै भय र लज्जा पनि उत्पन्न गराएको थियो । राजकुमारी बिस्तारै ओछ्यानबाट उठी र विष्णुलाई नमन गर्दै भनी, "हे लक्ष्मीपति ! हे प्रभो ! हजुरलाई मेरो कोटीकोटी प्रणाम छ । म एक सामान्य मानव हुँ । हजुरजस्तो सारा लोकमा पूजनीय र उत्तिकै पवित्र देवात्मासँग मजस्तो तुच्छ र अपवित्र प्राणीको कसरी समागम हुन सक्ला र ?"

त्यसपछि विष्णुरूपी बिरूले भन्यो, "हे वसन्ती ! तिम्रो कुरा मनासिव छ । तर मेरो कुरा पनि सुन । पूर्व जन्ममा तिमी सीता थियौ । म राम थिएँ । त्रेता युगमा हामी पतिपत्नी थियौं । यो जन्ममा तिमी राजकुमारी भएर यो देशमा जन्मेकी रहिछ्यौ । त्यसैले तिमीलाई खोज्दै-खोज्दै म यहाँ आएको हुँ ।"

"हे प्रभो ! मैले तपाईंको कुरा बुझें तर पिताको अनुमतिबिना म केही पनि गर्न सक्तिनँ । हजुरले यही कुरा मेरा पितालाई भनेर विवाहका लागि अनुमति लिनुहोस् । उनले अनुमति दिएपछि हामी विवाह गरौंला ।"

"हे वसन्ती ! म यहाँ तिम्रा निम्ति मात्र आएको हुँ । म अरू मानिसहरूसँग कुरा गर्न त परै जाओस्, उनीहरूलाई दर्शन दिनसमेत सक्तिनँ । मैले भनेबमोजिम गान्धर्व विवाह गरेर तिमी मलाई सुम्पिदेऊ अन्यथा श्राप दिएर तिम्रा पितासहित पूरै वंशलाई नै सखाप गर्न म बाध्य हुनेछु ।", यति भन्दै विष्णुरूपी बिरूले वसन्तीलाई साफसँग धम्क्यायो ।

बिचरी वसन्ती ! लाज र डरले थरथर भई । त्यसपछि त्यो विष्णुरूपी बिरू आफ्नो मिथ्या गरूडबाट ओर्लियो र वसन्तीलाई समातेर ओछ्यानमाथि लगेर सुतायो । त्यसपछि वात्सायनको कामशास्त्रअनुसार उसले रातभर राजकन्यामाथि रजाइँ गऱ्यो ।

भोलिपल्ट बिहान सखारै राजकुमारी अनि राजमहलका अरू कोही पनि नउठ्दै विष्णुरूपी बिरू उठ्यो र कसैले पनि थाहा नपाउने गरी सुटुक्क घरतिर लाग्यो ।

यसरी हरेक रात बिरू त्यसरी नै राजकुमारीको कक्षमा जान्थ्यो र कामोपोभोगले सन्तुष्ट भई फर्कने गर्दथ्यो । राजकन्या वसन्तीसँगको सानिध्यमा बिरूको जिन्दगी रोमप्रतिरोम तृप्त हुने गरी रोमाञ्चक तरिकाले बितिरहेको थियो ।

तर एक दिनको कुरा हो ।

राजमहलका सेविकाहरूले राजकुमारीको ओठ अनि जिउका अन्य भागहरूमा कुनै पुरूषले भोग गरेजस्तो चिह्नहरू देखे । यसले उनीहरूलाई अचम्मित बनायो र चिन्तित पनि !

"हैन, यी राजकुमारीका ज्यान त कुनै पुरूषले भोग गरेजस्तो देखिन्छ नि, के हो ?" भन्दै ती सेविकाहरूले एकआपसमा फुसफुस गर्न थाले ।

"त्यै त नि ! चारै प्रहर सयौं सैनिकहरूले कडा पहरा दिई राख्या छन् । यस्तो अभेद्य किल्ला समानको सुरक्षित राजमहलमा कुन पुरूष छिर्न सक्यो होला र ? विश्वास गर्नै गाह्रो भो ।"

"कोही न कोही पुरूष त अवश्य छिर्ने गरेको छ यहाँ । नभए ती सुकोमल राजकुमारीको ज्यानमा कसरी त्यस्ता दागहरू देखा परे त नि ?"

"तर को होला त्यो दुस्साहसी पुरूष ?"

"त्यो जोसुकै होस् । यस्तो घटना हुँदा समेत हामीलाई थाहा पत्तो केही भएन !"

"हो त नि ! अब यो कुरा हामीले महाराजसामु गएर कसरी भन्ने कि नभन्ने ?"

"हैन हैन, त्यसो गर्नु हुँदैन । जे भए पनि यो कुरालाई लुकाउनु हुँदैन । पछि केही गरी तलमाथि हुन गए, गाल हामीलाई नै आउने हो । हामीले यो खबर महाराजलाई तुरून्तै जाहेर गर्नुपर्छ !", अन्ततः सेविकाहरूको आपसी फुसफुसले यही निर्णय गर्‍यो र उनीहरू सो कुरा राजासमक्ष जाहेर गर्न गए ।

"महाराज, हामीलाई प्राण दान दिनुहोस् ! हामीलाई अभय वचन दिनुहोस् ! हामीलाई क्षमा गरिदिनुहोस् ! हामीबाट भूल भयो महाराज !"

"पहिला के भयो, त्यो त भन !", राजाले जिज्ञासु भई सोधे ।

"महाराज ! हामीबाट कमजोरी भयो । हामीले पहिल्यै थाहा पाउन सकेनौं । राजकुमारी वसन्तीको शारीरिक लक्षणलाई हेर्दा हामीलाई यस्तो शङ्का भयो । उनलाई पक्कै पनि कुनै पुरूषले भोग गरिरहेको छ । यो अभेद्य दुर्ग समानको राजमहलमा कुन पुरूष छिरेर यस्तो गर्न सक्यो होला, हामी आफैं चकित छौं । हजुरसामु यति कुरा जाहेर गर्‍यौं । आगे, महाराजको जो आदेश !"

सेविकाहरूको कुराले राजाको मनमा वज्र पर्‍यो । राजा चिन्ताले छटपटाउन थाले । उनलाई के गरूँ र कसो गरूँ भएर आयो । यो कुरा राजाले आफ्नी पटरानीलाई गएर सबिस्तार सुनाए । र भने, "महारानी ! यी सेविकाहरूले यस्तो अनर्थको खबर ल्याए । मेरो त पारो तातेर आएको छ । खास कुरो के हो ? त्यो पत्ता लगाऊ र मलाई बताऊ कि कुन स्वाँठको गर्धन चिलायो र यो उपद्रो गर्न लागेछ । त्यसको ज्यानलाई टुक्राटुक्रा पारेर स्याल र गिद्धलाई चखाउनुपर्छ ।"

राजाको कुरा सुनेर रानी पनि दुःखी भइन् । त्यहाँबाट उनी सीधै राजकुमारीको खोपीमा गइन् । राजकुमारीको कपडा उतार्न लगाइन् । राजकुमारीको शरीरभरि यत्रतत्र दाँत र नङका चोटहरू थिए । यस्तो देखेपछि रानीको मुटु निचोरिएझैं भयो । असह्य भएर आयो ।

"थुक्क पापिनी ! कात्तिकँ बैंसले कुत्कत्याएको कुकुर्नी तँलाई । भन् को हो, त्यो तेरो नाठो ? कसरी मर्न आयो त्यो यहाँ ?"

रानी रिसले उग्रचण्डी बनी छोरीलाई हकार्न लागिन् । आमाको हप्काइ खाएकी राजकन्या वसन्ती लज्जा र भयले थरथर भई । अनि घोसे मुन्टो लगाएर भन्न थाली, "आमा ! पहिला मेरो कुरो त सुन्नुहोस् ! मलाई त्यसै गाली नगर्नुहोस् । ती अरू कोही नभएर साक्षात् विष्णु भगवान् हुन् ।"

"को रे फेरि भन् त ?", रानीलाई विश्वासै लागेन ।

"उनै वैकुण्ठलोकका अधिपति श्रीहरि विष्णु हुन् आमा !"

"तँ यो के भन्दै छेस् । उनै लक्ष्मीपति नारायण ?", रानीले दोहोऱ्याएर सोधिन् ।

"हो आमा, उनै नारायण हरेक रात गरूडमा सवार भई मेरो कक्षमा आउने गर्छन् । उनले मसँग गन्धर्व विवाह गरिसकेका छन् । उनी मबाहेक अरू मानिसहरूसँग कुरा गर्न सक्दैनन् । यदि हजुरलाई मेरो कुरामा विश्वास लाग्दैन भने आजै राति उहाँलाई लुकेर हेर्न सक्नुहुन्छ ।"

छोरीको कुराले रानीलाई छक्कै बनायो । अघिसम्म रिसले उग्रचण्डी भएकी रानी एकाएक प्रसन्नलक्ष्मीमा अवतरित भइन् । हर्षले हँसिली भइन् । उत्साहले उम्लन लागिन् । र त्यहाँबाट दौडेर राजासमक्ष गइन् र राजकुमारीले भनेका सबै कुरा बताइन् ।

रानीको कुराले राजको मनमा खुशीको बहार ल्याइदियो । अघिसम्म आगोमा भकभकी उम्लिएको उनको चित्त रानीको सुखद खबरसँग सेलाएर शीत भयो । कति खेर रात पर्ला र साक्षात् विष्णुको दर्शन गरूँला भन्दै प्रतीक्षामा बसेका उनलाई त्यो दिन पनि हजार वर्षजस्तै लामो लाग्न थाल्यो ।

आखिरमा दिन जानु थियो, गयो । अनि रात आउनु थियो, आयो ।

राजा र रानी राजकुमारीको कक्षको झ्यालनेर लुकेर बसे र आफ्ना जोर आँखालाई आकाशतिर ताकिरहे । नभन्दै केही बेरमै शङ्ख, चक्र, गदा, पद्म धारण गरेका अनेक वस्त्र र आभूषणले सुशोभित श्रीहरि विष्णुलाई गरूडमा सवार हुँदै राजमहलतिर आउँदै गरेको उनीहरूले देखे । विष्णु

सीधै राजकन्याको कक्षमा पुगे र गरूडबाट ओर्लिए । अनि राजकुमारीको नजिक पुग्दा भए ।

यसप्रकार साक्षात् श्रीहरि विष्णुको दर्शन पाई अपार हर्षले गद्गद् भएका राजारानीले आफूलाई संसारको सबैभन्दा भाग्यमानी मात्र ठानेनन्, बरू आफ्नो यो मानवचोलासमेत सार्थक भएको ठानें । अब मरेपछि सीधै ज्वाँइको वैकुण्ठलोकमा वास हुने कुरामा ढुक्क हुँदा भए ।

मान्छेको जात न हो, राजाको मनमा महत्त्वकाङ्क्षाको फर्सी लटरम्म फल्न थाल्यो । र मनमनै कल्पन थाले, "मेरी छोरीलाई साक्षात् भगवान्ले वरण गरेका छन् । अब मेरा सबै इच्छाहरू निश्चितै पूरा हुने भए । साक्षात् नारायण मेरा ज्वाइँ भएपछि अब मलाई कसको डर ? अब ज्वाइँको प्रतापले यो सारा पृथ्वी मेरो अधीनमा हुनेछ । अब म विश्वविजयी चक्रवर्ती सम्राट् बन्नेछु ।"

यस्तो कल्पना मात्रले पनि उनी उचालिनु उचालिएका थिए । आफ्नो राज्यका गुरू, मन्त्री र सेनापति कोही कसैसँग सल्लाह नै नगरी राजाले सीमावर्ती छिमेकी राज्यहरूमाथि हमलाको आदेश दिंदै युद्धको शङ्खघोष गरे ।

यस किसिमको अप्रत्यासित आक्रमणको सामना गर्न पुगेका सबै छिमेकी राज्यहरू पनि एकजुट भए र ती राजाका विरूद्धमा जवाफी प्रतिकार गर्न थाले । युद्ध भयानक रूपमा चर्किंदै गयो ।

छिमेकी गठबन्धन सेनाका अगाडि राजाका सेना कमजोर देखिन थाले । सीमावर्ती राज्यहरूको योजनाबद्ध अनि चौतर्फी आक्रमणले राजाको सेनालाई हायककायल पार्ने नै भयो । हुँदाहुँदा राजाको सेना रक्षात्मक अवस्थामा पुग्यो । यसैबीचमा राजाले रानीलाई ज्वाइँसमक्ष बिन्ती गर्न भनी छोरीसँग कुरा गर्न पठाए ।

"हेर् त छोरी ! यी छिमेकी रजौटाहरूले हामीलाई हेपेका ! यी सब मिलेर हाम्रो राज्यलाई एक्लै पारी हमला गरिराखेका छन् । यिनीहरूले त हाम्रो राज्यलाई खानै आँटे । तिनीहरूलाई थाहा छैन, साक्षात् श्रीहरि विष्णु हाम्रो ज्वाइँ हुन् भन्ने कुरा ! अब यी हाम्रा शत्रुहरूलाई सखाप बनाइदिन पऱ्यो भनेर तैंले आजै आफ्नो पतिदेवसँग बिन्ती गरेस् !"

आमाको आग्रहलाई मनन गर्दै सोही राती राजकुमारी वसन्तीले आफ्नो पतिलाई बिन्ती गरी, "हे प्राणनाथ ! शत्रुहरूले मेरो पिताको राज्य सिध्याउन लागिसके । हजुर जस्तो ब्रह्माण्ड नायक ज्वाइँ पाएर पनि उनको यस्तो हविगत किन भो प्रभो ? यो त ज्यादै लाजमर्दो कुरो भो ! अब हजुरले आफ्नो बल प्रयोग गरेर मेरा पिताका सबै शत्रुहरूको विनाश गरिदिन पऱ्यो ।"

वसन्तीको भावुक बिन्ती सुनेर विष्णुरूपी बिरूले राजकुमारीलाई आश्वस्त पार्दै भन्यो, "हे प्राणप्रिय ! म हुँदाहुँदै किन चिन्ता गर्छ्यौ ? तिम्रा पितालाई ढुक्क भएर बस्न भनिदेऊ । उनका शत्रुहरू जतिसुकै धेरै सङ्ख्यामा हुन्, जतिसुकै बलिया र शस्त्रधारी हुन्, जब मेरो सुदर्शन चक्र चल्न थाल्छ अनि ती एकछिनमै वनका स्याउलाझैं सोत्तर हुनेछन् ।"

दिन बित्दै गयो । शत्रुपक्ष राजाका सेनामाथि झन्झन् हावी हुँदैं गए । हुँदाहुँदा शत्रुपक्षले राजाका सेनालाई हरेक किल्ला र मोर्चामा हराउँदै केवल राजधानीमा मात्रै सीमित गरिदिए ।

तर यति हुँदा पनि विष्णुरूपधारी बिरू साँचो विष्णु होइन, मिथ्या विष्णु हो भन्ने कुरा राजाले पत्तो पाउन सकेनन् । उनी त झन् अनेक प्रकारका वस्त्र, फलफूल, पकवान एवम् पेय सामग्रीहरू पठाउँदै छोरीमार्फत मिथ्या विष्णुलाई अनुनयविनय गर्दै रहे ।

अब आफ्नो राज्य पराजयको निम्ति अन्तिम धक्का खान मात्र छ भन्ने थाहा पाएर राजाले आफ्नी छोरीमार्फत यस्तो बिन्तीपत्र लेखि पठाए, "हे भगवन् ! चारैतर्फ शत्रुले घेरिसके । बाहिर नाकाबन्दी छ । हामी अब राजमहलमा सीमित भइसक्यौं । भरे हो कि भोलि भइसक्यो । थाहा छैन, अब कुन बेला हाम्रो राजमहल पनि सखाप हुनेछ । खानेकुरा पनि सकिन लागे । शत्रुपक्षले हाम्रा धेरै सिपाहीलाई मारिसके । बाँकी जो बचेका छन्, ती पनि कमजोर भइसके । उनीहरूको आत्मबल पूरै खस्किसकेको छ । प्रभो ! यसप्रकारको दयनीय अवस्थाबाट म र मेरो राज्यलाई उद्दार गरिदिन पऱ्यो । म हजुरको शरणागत छु प्रभो ! आगे प्रभोको जो मर्जी !"

राजाको हृदयविदारक बिन्तीपत्र पढेपछि बिरूले गम्भीर भएर सोच्यो, "अब मेरो खैरियत छैन । शत्रुसेनाले यो राजमहल के बाँकी राख्लान् र ! राजमहल सखाप भयो भने जरूर यो वसन्ती पनि यहीं पुरिएर मर्छे । अनि यसको र मेरो विछोड हुनेछ । अब मैले कत्ति ढिला गर्नुहुन्न । अब म पूरै सजधजका साथ गरूडमाथि चढेर विष्णुअवतारमा आकाशमा प्रकट हुनैपर्छ । के थाहा, मलाई साक्षात् भगवान् विष्णु ठानेर शत्रुपक्षका राजा डरले आत्तिएलान् । अनि यो राजाका सेनाले मलाई देखेर उत्साहित हुँदै शत्रुसेनामाथि पूरै आत्मबलका साथ धावा बोलेर उनीहरूलाई परास्त गर्लान् । शास्त्रमा लेखिएकै छ नि, विष छैन भने पनि सर्पले फणा फिंजाएर हुँकार गरिराख्नुपर्दछ । अरूलाई तर्साउनै भए पनि त्यो काफी हुन्छ । कदाचित्, यो राजमहलको रक्षा गर्दागर्दै मेरो मृत्यु भएछ भने पनि राम्रै होला किनभने युद्धमा वीरगति प्राप्त गर्नेलाई निश्चित रूपमा स्वर्ग प्राप्ति हुन्छ भन्ने मैले सुनेको छु ।"

भोलिपल्ट बिहान राजाको सहायतार्थ युद्धमा होमिने निधो गरेपछि बिरूले राजकुमारी वसन्तीलाई भन्यो, "प्रिय ! जबसम्म सम्पूर्ण शत्रुहरूको विनाश हुनेछैन, तबसम्म म अन्न त के एक थोपा पानी पनि पिउनेछैन । जाऊ, तिम्रा पिता महाराजलाई आफ्ना सेना लिएर युद्ध मैदानमा जान भनिदेऊ । अब म आकाशमा एकैचोटि प्रकट हुनेछु र आफ्नो दिव्यशक्तिले शत्रुका सबै सेनाहरूलाई निर्बल बनाइदिनेछु । शत्रुसेना बलहीन भएपछि हाम्रा सेनाले तिनको सजिलै संहार गर्नेछन् ।"

बिरूको कुरा लिएर वसन्ती तुरून्तै आफ्नो पिता महाराज समक्ष गई र सविस्तार बताइदिई । छोरीको कुरा सुनेर राजाको सुकेको आँत फेरि बौरेर आयो । त्यो कुराले उनलाई विश्वस्त र उत्साहित दुवै बनायो । भनिए बमोजिम नै राजाले बिहानै आफ्नो विशाल सेनालाई पूरा सजधजका साथ युद्ध मैदानमा तैनाथ गराए । उता बिरू पनि हातमा सुदर्शन चक्र घुमाउँदै गरूडमाथि चढेर युद्ध गर्नका लागि तयार भई आकाशमा प्रकट भयो ।

यता वैकुण्ठमा चैं के भइरहेको थियो त ?

वैकुण्ठलोकमा नागशैयामाथि ढल्किएर बसेका विष्णुले बिरूको सब चालामाला नियालिरहेका थिए । उनले आफ्नो बाहन गरूडलाई बोलाएर भने, "ए गरूड ! बिरू नाम गरेको मनुष्यले मेरो रूप धारण गरेर राजकन्यासँग भोग गरिरहेको र अहिले युद्ध गर्न तम्सेको कुरा तिमीलाई थाहा छ नि ? कि छैन ?"

विष्णुको प्रश्नमा गरूडले भने, "हे भगवान् ! किन थाहा नहुनु ? म त्यो बिरूले गरेको सबै उपद्रो जान्दछु । तर जानेर गर्ने के ? अब केकसो गर्दा उचित हुनु हो, हजुरले नै आज्ञा बक्सन पऱ्यो प्रभो !"

त्यसपछि विष्णुले आज्ञा गरे, "हेर गरूड ! त्यो बिरू आज मरे मरूँला भन्ने निश्चय गरी युद्धमा होमिएको छ । यो पाराले त आज त्यो मर्ने नै निश्चित छ । त्यो मरेपछि मानिसहरूले युद्ध गर्दागर्दै भगवान् विष्णु मारियो भन्ने ठान्दछन् । यो हल्लैहल्लाको लोकमा म मरेको हल्ला फैलिएपछि 'द गड विष्णु इज डेड' भन्दै मानिसहरूले मलाई पुज्न छाडिदिन्छन् । सारा संसारमा म सदासदाका लागि अपूजित हुनेछु । त्यसैले यस्तो हुनुभन्दा अघि नै हामीले उपाय निकाल्नुपर्छ । तिमी तत्काल जाऊ र त्यसको मिथ्या गरूडको शरीरमा प्रवेश गर । म पनि त्यो बिरूको शरीरमा प्रवेश गर्नेछु । मेरो शक्ति पाएपछि बिरूले सारा शत्रुहरूको विनाश गर्नेछ । शत्रुहरूको नाश भएपछि हामीहरूको महिमा झन् चारैतर्फ फैलिनेछ ।"

विष्णुको आज्ञानुसार गरूड गएर मिथ्या गरूडमा प्रवेश गरे भने विष्णु गएर बिरूको शरीमा प्रवेश गरे । यसप्रकार मिथ्या विष्णुलाई असली विष्णुले साथ दिन कर लाग्यो । विष्णुको बलमा बिरूले क्षणभरमै सम्पूर्ण शत्रुहरूको शक्तिलाई हरण गरिदियो ।

भगवान् विष्णुको साथ पाएर उत्साहित भएका राजा र उसका सेनाले शक्ति हरण भएका सबै शत्रुहरूलाई मुला काटेझै काटेर सखाप पारे । राजाले विष्णुको साथ पाएर शत्रुलाई सखाप पारे भन्ने हल्ला चारैतिर फैलँदै गयो ।

एकाएक चामत्कारिक रूपमा शत्रुहरूको नाश भएको देखेर बिरू ज्यादै उत्साहित भयो । उसको उत्साहले सीमा नाघ्यो र मात्तिंदै आकाशबाट

धर्तीमा ओर्लियो । त्यसपछि बिरूले राजा समक्ष आफ्नो सम्पूर्ण रहस्य खोलिदियो । बिरूको रहस्यलाई सुनेर राजा ज्यादै प्रसन्न भए । बिरूकै कारणले शत्रुहरूको विनाश भई राजाको प्रताप चारैतिर फैलिएको थियो । बढेको थियो । यसपछि राजाले फेरि आफ्नो परम्परागत विधिअनुसार बिरू र राजकन्या वसन्तीको विवाह गरिदिए । यसरी त्यस बेलादेखि बिरूले वसन्तीसँग सुखपूर्वक जीवन बिताउन लाग्यो ।

स्टाफले यसप्रकारको रोमाञ्चक कथा सुनायो । उसले कथा सुनाएर सक्नेबित्तिकै मलाई खसखस लाग्यो र सोधिहालें, "तपाईंले जो घटना सुनाउनुभयो, यसका मुख्य पात्रहरू कुनै फिल्मको भए पनि यसलाई कथाको रूपमा मैले पहिल्यै कतै सुनेको वा पढेको हुनपर्दछ ।"

"अवश्य हुनसक्छ, तपाईंले यसलाई दन्त्यकथा, लोककथा वा कुनै नीतिकथाको रूपमा कहींकतै सुनेको वा पढेको हुनपर्दछ । उही र उस्तै जस्तो लागे पनि यो कथा मिथ्याकरण भई यहाँ घटित भएको हो । संसारका कयौं कथाहरू यहाँ मिथ्याकरण भई आफसेआफ घट्ने गर्छन् ।"

उसले यति भन्दै गर्दा अचानक मेरो मनमा अर्को खसखस पनि बढेर आयो र सोधें, "माफ गर्नुहोला है, तपाईंलाई मेरो प्रश्न अनुचित नलागोस् । कतै यो भाङ, धतुरो, गाँजा, अफिम आदि-इत्यादि नशालु पदार्थको एब्स्ट्रयाक त होइन ?"

"बिलकुल होइन ।", मेरो संदिग्ध प्रश्नलाई पूरै नकार्दै उसले भन्यो, "यो कुनै पनि नशालु वा विषालु पदार्थबाट बनेको होइन । यसलाई यहाँको खाद्य तथा औषधि विभाग नामक सरकारी निकायले पनि मानिसले सेवन गर्न योग्य भनी प्रमाणित गरेको छ । तपाईं ढुक्क भएर यसको सेवन गर्न सक्नुहुन्छ ।"

"अच्छा, त्यसो भए के तपाईं मलाई एउटा यस्तो पोका दिन सक्नुहुन्छ, जसको सेवनबाट मानिसले विश्वका सुन्दरसुन्दर ठाउँहरूको भ्रमण गर्न सकोस् ?", असलमा यो नै मेरो श्रीमतीका लागि उपयुक्त गिफ्ट हुन्छ जस्तो मलाई लाग्यो किनभने मैले उसलाई कतै पनि घुमाउन नलगेको भनी ऊ सधैं गुनासो गरिरहन्थी ।

स्टाफले केही क्षण सोच्यो र दायाँ कर्नरतिर मलाई लिएर गयो । उसले तखताबाट एउटा पोका झिक्यो र त्यो पोका मेरो हातमा थमाउँदै भन्यो, "ल, यो लिनुहोस् ! तपाईंको इच्छा पूरा गर्ने पोका । यो हो 'सर्वगम्यानुभूति भ्रमत्तर' ! यसको सेवन गरेपछि तपाईं संसारको जुनसुकै ठाउँमा पनि पुग्न र घुम्न सक्नु हुनेछ ।"

साँच्चै भनौं भने स्टाफले बताएको कुराप्रति मलाई अझै पनि शङ्का लागिरहेको थियो । मैले फेरि प्रश्न गरें, "अघि तपाईंले यो कुनै नशालु वा विषालु पदार्थबाट बनेको होइन भन्नुभयो । खासमा यो बनेको चैं केबाट हो ?"

"यो स्याउबाट बनेको हो । संसारमा अनेक जातका स्याउहरू पाइन्छन् । तर यो त्यही जातको स्याउबाट बनेको हो, जुन स्याउलाई कुनै बेला आदम र इभले खाएका थिए ।"

"तपाईंले तिनै आदम र इभको कुरा गर्नुभएको हो, जसको वर्णन बाइबलमा गरिएको छ ?"

"निश्यच नै, मैले तिनै आदम र इभको कुरा गरेको हो, जसले इडेनको बगैंचामा फलेको स्याउ खाएका थिए ।"

"तर आदम र इभलाई त्यो स्याउ नखान परमेश्वरले आदेश दिएका थिए रे नि, हैन र ?"

"हो ।"

"फेरि त्यस्तो स्याउबाट बनेको पदार्थ सेवन गर्दा परमेश्वरको आज्ञा उल्लङ्घन भई पापको भागिदार पो भइने हो कि ?"

"तपाईं पापसापको चिन्ता नलिनुस् । यहाँ कुनै पापसाप हुँदैन किनकि यहाँ कुनै पुण्यको गुन्जायस पनि छैन । र अर्को कुरा, हामी परमेश्वर, अल्लाह, गड र सबैलाई निषेध गर्छौं ।"

"हँ ? किन यस्तो ?"

"के तपाईंलाई थाहा छैन र यो जगत्-मिथ्या हो भन्ने कुरा ?"

"किन थाहा नहुनु ? त्यो त शङ्कराचार्यले भनेका हुन्- ब्रह्म सत्य, जगत् मिथ्या !"

"तपाईंले गलत बुझ्नुभयो । मैले त्यसो भन्न खोजेको होइन ।"

"के भन्न खोज्नुभएको हो त नि ?"

"यो ठाउँको नाम नै जगत्-मिथ्या हो ।"

"ए, अँ त नि है ! कस्तो भुसुक्कै बिर्सेछु मैले त !"

"महोदय ! तपाईंको बिर्सने बानी रहेछ । कतै तपाईंले आफू जगत्-मिथ्यामा किन आएको भन्ने कुरा पनि बिर्सनु पो भयो कि ?"

"सदाशयका लागि धन्यवाद ! त्यो मैले बिर्सेको छैन । म यहाँ एउटा कथा लेख्न आएको हुँ भन्ने कुरा मैले कदापि बिर्सनु हुँदैन । असलमा म कलम बोकेर सत्यको शिकारमा हिँडिरहेको मान्छे हुँ । मैले लेख्ने भनेको कथा सत्य होस् भन्ने म चाहन्छु ।"

"त्यसो भए तपाईं गलत ठाउँमा आउनु भएछ महोदय !"

"गलत ठाउँमा ?"

"हो, तपाईं बिलकुल गलत ठाउँमा !"

"यस्तो कसरी हुन सक्छ ? मलाई त यहाँको सरकारी एजेन्टले कथा लेखिदिन पर्‍यो भनेर बोलाएको थियो !"

"सायद तपाईंलाई त्यो सरकारी एजेन्टले यहाँको बारेमा दिनुपर्ने आवश्यक जानकारी नदिएको हुनुपर्छ । तपाईंलाई जेसुकै लेख्न भनेर बोलाइएको भए तापनि यहाँ सत्य लेख्न सख्त मनाही छ । लेख्ने नै हो भने तपाईंले सिर्फ मिथ्यामात्र लेख्न सक्नुहुन्छ ।"

"किन यस्तो ?"

"किनकि यो जगत्-मिथ्या हो र यहाँ कुनै सत्य छैन । यहाँ सत्यको कुनै मूल्य पनि छैन । हामीले सत्यलाई मूल्यहीन बनाइदिएका छौं । टोटल्ली भ्यालुलेस् ! हामी सत्यका विरोधी हौं । हामी सदैव सत्यको विरूद्धमा छौं । त्यसैले हामीले युगौंयुगदेखि सत्य र सत्यको वकालत गर्नेहरूलाई निषेध गर्दै आइरहेका हौं ।"

"युगौंयुगदेखि भन्नाले ?"

"तपाईंलाई थाहा हुनुपर्ने हो । ईशा मसिहलाई शुली चढाउने हामी नै हौं । सुकरातलाई विष पिउन बाध्य पार्ने पनि हामी नै हौं । हो, हामी नै हौं कृष्ण र महावीरहरूलाई प्रताडित गर्ने । हामीले विषालु तरकारी खुवाइदिएकाले नै गौतम बुद्धको ज्यान गएको हो । शङ्कराचार्यलाई दूधमा विष घोलेर पिलाउने पनि हामी नै हौं ।"

एकातर्फ आश्चर्य अनि अर्कोतर्फ शङ्काले मेरो मन हुँडलिरहेको बेलामा उसले यस्तो खतरनाक कुरा बतायो । फेरि पनि के भनम्, के नभनम्को दुविधाका बीचमा मैले स्टाफलाई सोधें,

"असलमा तपाईंहरू किन सत्यको विरोध गर्नुहुन्छ ?"

"तपाईंलाई मैले बताएँ कि यो जगत्-मिथ्या हो । हामी मिथ्या बाँच्न मन पराउँछौं । हामीलाई हाम्रो भ्रम प्यारो छ । हामी निन्द्रा र बेहोसीमा मदहोस भएर बाँचिरहेका छौ र बाँचिरहनेछौं । तर यी तथाकथित महापुरूषहरू सत्यको कुरा गर्छन् । हाम्रो प्यारो भ्रमलाई तोड्न आउँछन् । हाम्रो प्रिय मिथ्यालाई नष्ट गर्न आउँदछन् । हाम्रो निन्द्रा र बेहोसीमाथि धावा बोल्छन् । यिनीहरूले बिथोल्छन् हाम्रो सुन्दर स्वप्न र संसारलाई । यिनीहरू सत्यको स्थापना गर्न चाहन्छन् । कदाचित् सत्य स्थापित भयो भने हाम्रो अस्तित्व समूलरूपमा नष्ट हुनेछ भन्ने कुरा हामीलाई राम्ररी थाहा छ । हामी हाम्रो अन्त्य चाहँदैनौं । त्यसैले हामी सत्यलाई घृणा गर्दछौं । सत्यलाई मूल्यहीन करार गरिदिन्छौं हामी र महापुरूषहरूलाई दण्डित गर्दछौं र हरेक युगमा गर्दै आइरहेको पनि छौं । यदि यहाँ केही कुराको मूल्य छ भने त्यो सिर्फ मिथ्या र मिथ्याजन्य चिजहरूको मात्र छ । त्यही भएर जगत्-मिथ्यामा यो भ्रमको पोका जति महँगो अरू केही पनि छैन । यसलाई सबै चाहन्छन् तर जो कोहीले किन्ने हैसियत राख्दैनन् । जगत्-मिथ्याको जय होस् ! हाम्रा भ्रमहरू चिरायु रहून् !"

मिथ्या मार्टको स्टाफले बताएको कुराले मलाई बिलकुल उत्साहित बनाएन । सत्य र महापुरूषहरूलाई घृणा गर्ने कुराले मलाई कताकता चोट पुऱ्याएको थियो । भ्रमको पोकाजस्तो मिथ्या वस्तुका लागि पनि त्यति साह्रो महँगो मूल्य चुकाउनुपर्ने ? उफ् ! कस्तो ठाउँमा आएर जकडिएको थिएँ म !

यसप्रकारको स्थिति, परिस्थिति एवम् वस्तुस्थितिमा जकडिएको मैले अन्ततः जगत्-मिथ्या त्याग्ने निश्चय गरें । निश्चयअनुरूप म मिथ्या मार्टबाट बाहिरिएँ र जगत्-मिथ्याको सरकारी एजेन्टसँग गएर भेटें ।

उसले सरकारी सिन्दूर लगाएको थियो । त्यसैले भन्यो, "यहाँ सत्य लेख्न बिलकुल पाइँदैन ।"

म कालिगढको वचनमा बाँधिएको थिएँ । त्यसैले भनें, "म मिथ्या लेख्न कदापि सक्दिनँ ।"

उसको र मेरो कुनै सहमति हुन सकेन । सहमति हुनका लागि त्यो कुनै बाह्र बुँदे पनि त थिएन । अन्त्यमा, मैले मेरो फैसला सुनिइदिएँ, "त्यसो भए जगत्-मिथ्यामा बसेर अब म कुनै कथा लेख्न सक्दिनँ ! जसले लेख्ने हो, लेखोस् !"

छैठौं दिन

"यो फोटो हेर्नुस् त, चिन्नुहुन्छ कि ?"

हरियो पहाडमाथि एउटा पुरानो ढाँचाको घर । ढुङ्गामाटो र काठले बनेको । त्यही घरको आँगनमा म पुगेको थिएँ । घरधनी महिला, जो घरको काममा व्यस्त थिइन्, उनैलाई मैले फोटो देखाउँदै प्रश्न गरेको थिएँ ।

फोटो देख्नासाथ उनको अनुहारमा अस्वाभाविक परिवर्तन देखा पर्‍यो । सफा आकाशमाथि एकाएक कालो बादल मडारिएर आउँदा कस्तो हुन्छ ? हो, त्यस्तै बदलाव उनको अनुहारमा देखियो । ती महिलाको अनुहार पढेर जसले पनि भन्न सक्थ्यो कि उनमा आएको त्यो बदलाव खुशी र उत्साहको होइन, निराशा र अवसादको हो ।

उनका आँखा रसिला हुँदै आए । जोर आँखाको डिलमा टिलपिलाएको आँसुले दुवै गालामा सरररक्क धर्को कोरेर झर्‍यो । उनले सारीको सप्कोले त्यो आँसुको धर्को मेटिन् र गहिरो आवाजमा भनिन्, "मैले उहाँलाई चिन्नै सकिनँ । उहाँलाई कहिल्यै बुझ्नै सकिनँ ।"

"माफ गर्नुहोला, मैले तपाईंको कुरा बुझ्न सकिनँ ?"

त्यसपछि ती महिलाले मलाई घरभित्र लगिन् ।

ढोकाभित्र छिर्नासाथ उनले भित्तामा टाँगिएको फोटो देखाइन्, जसमा भर्खर विवाह बन्धनमा बाँधिएका नवदम्पतीको युगल अनुहार थियो । फोटो देख्नासाथ म चकित भएँ । म चकित हुनुको अर्को शृङ्खला, जो त्यहाँ पटाक्षेप भइरहेको थियो ।

फोटोमा एउटा अनुहार तिनै महिलाको थियो भने अर्को पुरूष अनुहार मोहदत्तको... !

त्यसपछि उनले मलाई सोधिन्, "भन्नुस्, खास त्यस्तो के काम थियो मेरो श्रीमानसँग तपाईंको... ?"

"तपाईंको श्रीमानलाई हत्याको बात लागेको छ । त्यसैले म उहाँलाई खोज्दै हिंडेको हुँ ।", मनमा यस्तो जवाफ आए पनि एक छिन रोकिएर भनें, "खासमा उहाँसँग एउटा जरूरी कुरा गर्नु थियो ।" भन्न त भनें तर त्यो बनावटी जरूरी कुरा के हुन सक्छ, म स्वयम्लाई पनि थाहा थिएन ।

"के त्यो जरूरी कुरा कुनै किताबसँग सम्बन्धित हो ?"

आहा ! म किन होइन भन्थें र ! कुरा सोइयाउने कडी जो मिलेको थियो । अनि होमा हो मिलाउँदै भनें, "हो, हो ! मेरो जरूरी कुराको हल उहाँसँग भएको किताबमा पक्कै भेटिन्छ भन्ठानेर आएको हुँ ।"

"यदि त्यसो हो भने, मलाई क्षमा गर्नुहोला । तपाईं ढिलो आउनुभयो, गलत समयमा आउनुभयो ।"

"किन र ?"

"तपाईंजस्तै जरूरी कुरा गर्नु थियो भन्दै यसअघि धेरै मान्छेहरू आए, जो वास्तवमा उहाँसँग भएको किताब माग्न आएका थिए । उनीहरू सबैलाई मैले रित्तो हात पठाएकी छु किनभने अब उहाँका कुनै किताब घरमा बाँकी छैनन् र उहाँ अहिले कहाँ हुनुहुन्छ ? त्यो पनि मलाई थाहा छैन ।"

कस्तो अप्ठ्यारो जवाफ ! अब मैले सवाल पो के सोध्ने होला भनेर एकछिन गम खाएँ ।

म केही बोलूँ कि नबोलूँको स्थितिमा बरफ जमेझैं बसेको थिएँ । उनी पनि त्यसरी नै जमेरै बसिन् । मौनता छायो । यो मौनताले मलाई काट्न थालिसकेको थियो । सायद उनलाई पनि काटेरै होला, पछि उनी आफैंले कुरा झिकिन् र यस्तो बेलिबिस्तार लगाइन्, "उहाँले घर छोडेर जानुभएको पनि दश वर्ष पुगिसक्यो । अहिले परिवारमा हामी आमा छोरामात्रै छौं । छोरो अहिले स्कुल गएको छ । उहाँ असाध्यै ज्यादा किताब पढ्नुहुन्थ्यो । अनेकथरी किताब पढ्नुहुन्थ्यो । उहाँले थुपारेका किताब यति बिघ्न थिए कि । के कुरा गर्नु । घरीघरी त यस्तो लाग्थो कि हाम्रो घरमा पुस्तकालय हैन, पुस्तकालयमा हाम्रो घर छ ।

एक बिहान झिसमिसेमै उहाँ उठ्नुभयो । सुतिरहेको मलाई पनि उठाउनुभयो र भन्नुभयो, "देवी, म को हुँ भन्ने मलाई थाहा नभए पनि जो म अहिले छु, त्यो म होइन भन्ने कुरा मलाई बोध भयो । म आफूलाई चिन्न चाहन्छु । म आफ्नो आत्माको गन्तव्य पहिल्याउन चाहन्छु । म अनन्तको यात्रामा जाँदै छु । मलाई बिदा देऊ ।"

मलाई यसो भनिरहँदा पनि उहाँको हातमा एउटा किताब नै थियो । त्यो किताबबाट एक-दुइटा पाना च्यातेर आफ्नो गोजीमा राख्नुभयो । किन राख्नुभयो ? त्यो मैले सोधिनँ । उहाँले पनि भन्न जरूरी ठान्नुभएन । बाँकी किताब उहाँले यहीं छोड्नुभयो र थप केही पनि नभनी फटाफट ढोका उघारेर जानुभयो ।

छोरा सुतिरहेको थियो । उसलाई त्यहीं छोडेर म पनि उठें । सरासर फरिया बेरें । त्यतिन्जेलमा उहाँ घरबाट निकै टाढा पुगिसक्नुभएको थियो तैपनि उहाँको पछिपछि गएँ, उहाँलाई रोक्न सकिन्छ कि भनेर । उहाँको हिंडाइ तेज थियो । दौडिंदा पनि उहाँलाई मैले भेट्न सकिनँ । मैले उहाँलाई रोक्न सकिनँ । तल खोलाको झुलुङ्गे पुलनेर पुगेपछि मैले चिच्याएर भनें, "तपाईं रोकिनुभएन भने म यही खोलामा हाम फालेर मर्छु ।" तर उहाँ रोकिनुभएन । सरसर उही रफ्तारमा हिंडिरहनुभयो । उहाँले सुनेर पनि सुन्नुभएन । फर्केर पनि हेर्नुभएन । वास्तै गर्नुभएन ।

त्यसपछि मैले हामफाल्नका लागि खुट्टा उचालें । अचानक यही नाबालक छोराको याद आयो । मेरो उचालिएको खुट्टा त्यहीं बरफझैं जमे । पतिको विछोडले भन्दा पनि सन्तानको मायाले मलाई मर्नबाट रोक्यो । म रोकिएँ ।

उहाँ पुलपारीको बाटोमा कतै अलप भइसक्नुभएको थियो ।

म रूँदैरूँदै घर फर्किएँ । मेरो कर्ममै यस्तो लेखिएको रहेछ । उहाँको उद्देश्य के थियो, मलाई केही थाहा भएन । पछि गाउँलेहरूले अनेक खबर ल्याए ।

"ऊ त जोगी बनेर हिंडेको छ रे !"

"हैन, हिमालतिरको गुफामा तपस्या गरेर बसेको छ रे !"

"हैन, अर्कै केटी लिएर मधेसतिर घरजम गरेको छ रे !"

"ए हैन, यस्तो रे !"

"ए हैन, उस्तो रे !"

यस्ता थुप्रै रेहरू सुन्दै आएकी छु । कसका कुरा पत्याउने ? पत्याएर पनि मैले के गर्ने ?

उहाँ गएपछि मलाई उहाँले पढ्ने गरेका किताबदेखि उठ्नुसम्म रिस उठेर आयो । यही किताबले हो, उहाँको मन र मेरो घर भाँडिदिएको । यही किताबमा भएका नानाभाँती कुराहरू पढेर नै उहाँलाई घर छोडेर जाने मति आएको हो । यही किताबले नै उहाँलाई मबाट बिछोड गराएको हो भन्ने लाग्यो ।

"सायद, तपाईंको जरूरी कुराको हल उहाँसँग भएका कुनै किताबमा थियो होला तर रिसको झोंकमा मैले उहाँका सबै किताब डियाँलाई कुँडो पकाउँदा डढाएर सकें ।" देवीजीले यति कुरा भन्दानभन्दै पानी दर्केर आयो । उनले चिया बनाउँछु भनिन् । मैले हुन्न भन्नुपर्ने कुनै कारण नै थिएन ।

म झ्यालछेउको खाटमा बसेको थिएँ । यसो ज्यान ढल्काएर झ्यालबाट बाहिर हेरें । दर्किंदो पानीले आँगनमा ताल बनाइसकेको थियो । पानीको मैमत्त मेहरोले ताण्डव देखाइरहेको थियो ।

केही बेरमै झोला भिरेको एउटा स्कुले केटो देखा पर्‍यो, जसले पानी छेक्न ठूलो कर्कलाको पात थाप्लोमा ओडेको थियो । के थेग्नु र त्यो पातले । ऊ निथ्रुक्क भिजेको थियो ।

पिंढीमा आएपछि उसले कर्कलाको पात आँगनमा फ्याँकिदियो । कर्कलाको पात आँगनमा जमेको तालमा तैरिएर बस्यो । पानीको प्रवाहले जता हुत्याउँछ, त्यतै हुत्तिरहेको थियो त्यो पात । के मलाई पनि नियतिले त्यसरी नै यता र उता हुत्याइरहेको छैन र ?

केटो घरभित्र पस्यो । आँगनमा झुल्किँदा नै मैले ठम्याइसकेको थिएँ कि यही केटो देवीको छोरो हो भनेर । उसले "आमा !" भनेर बोलायो ।

"हेर, निथ्रुक्क भिजेको । छाता लिएर जानुपर्दैन ?", देवीजी कराउँदै भान्छाबाट बाहिर आइन् ।

"बिर्सिएछु ।"

"जे पनि बिर्सन्छ । उः उहाँ सरलाई नमस्कार गर !", देवीजीले केटोलाई मतर्फ फर्काइन् ।

उसले भिजेका हातले मलाई नमस्कार गर्‍यो । बडो विनम्र देखिएको थियो ऊ । देवीजीले उसका भिजेका कपडा खालिदिइन् । केटो मलाई देखेर केही लजायो । देवीजीले अर्को सुकिलो कपडा लगाइदिइन् । त्यसपछि ऊ खाटमा गएर बस्यो ।

पानी उस्तै परिरहेको थियो । देवीजीले चिया ल्याइन् । मैले चिया सुरुप्प पारें । ज्यान भित्रबाट केही तातेर आयो । तर बाहिर भने पानी रोकिने छाँटकाँट थिएन । उजेलो दिन पनि बिस्तारै अँधेरो हुँदै आयो ।

मलाई त्यहाँ बस्नु थिएन । पानी बिदो नभए पनि मचैं देवीजीबाट बिदा भई जाने मनसायमा थिएँ । त्यसैले बिदा माग्दै भनें, "अहिले पानी केही मत्थर भएजस्तो छ । मसँग ओडाउ पनि छ । यत्तिको पानीमा म निस्कनुपर्छ ।"

"कहाँ हुनु ! पानी त जत्तिको तत्ति छ । जस्तै ओडाउले पनि धान्दैन । तपैं आज यही बस्दा हुन्छ । किन रूझेर जानुहुन्छ ! जाने भए भोलि जानुस् तर आज तपाईं यहाँ बस्नैपर्छ ।", देवीजीले आग्रह होइन, आदेश गरिन् ।

पानी जतिसुकै परे पनि, आँधी नै आए पनि म त्यहाँबाट निस्कनु नै उचित हुने ठानेको थिएँ । गाउँ परम्परागत परिवेशको छ । घरमा वयस्क सदस्यको नाममा एउटी महिला छिन् । त्यो घरमा एउटा अपरिचित बटुवालाई रात बिताएको देख्नेले के भन्लान् ? गाउँका कोही मान्छे आएर देखे भने अनेक शङ्का गर्ने होलान् । अनेक आरोप लगाउलान् । उस्तै परे लफडा गर्लान् भन्ने लाग्यो । त्यसैले सम्भावित लफडामा फस्नुभन्दा हिंड्नै भनेर सुर कसेको थिएँ तर देवीजीले छोड्नै मानिनन् । उल्टै मलाई आश्वस्त पार्दै भनिन्, "यहाँ खासै कोही मान्छे पनि आउँदैनन् । तपाईं ढुक्क भएर बस्नुहोस् । तपाईंले केही अप्ठेरो मान्नु पर्दैन । तपाईं यहाँ बस्नुभयो भने मेरो छोरो पनि खुशी हुनेछ । मेरो घरमा कोही पनि नआउने हुनाले उसले मबाहेक अरूबाट खास स्नेह पाएको छैन । उसका लागि भए पनि तपैं आज यहीं बस्नुहोस् । तपाईं फर्किएर गए पनि बजार पुग्दा राति हुन्छ । बासको ठेगान हुँदैन ।"

दिन ढलेर अँधेरी रात बाक्लिँदै थियो । मन दोधार भयो । दोधारकै बीचमा मैले देवीजीको आग्रहलाई नकार्न सकिनँ । बसें ।

देवीजीले खान पकाइन् । छोरालाई खुवाइन् । मलाई खुवाइन् । आफू पनि खाइन् । जुठोभाँडो अम्काइन् । केही बेरपछि उनको छोरो स्कुले होमवर्क गर्दागर्दै निदायो । बाहिर पानी रोकिएजस्तो भयो । लगत्तै चिसो सिरेठो चल्न थाल्यो । वर्षायाम भए पनि पहाडको ठाउँमा जाडो पलाउन केही बेर लाग्दैन । मेरो ज्यान भित्रैदेखि काम्न थालिसकेको थियो । टुकटुकटुकटुक दाँत बज्न थाले ।

"तपाईंलाई चिसो भएजस्तो छ । ल यो ओड्नुस् !", देवीजीले मलाई सिरक दिइन् । अघि असरल्ल निदाएको छोरोलाई बोकेर पल्लो कोठाको ओछ्यानमा पुर्‍याइन् अनि सिरक ओडाएर सुताइन् । त्यसपछि आफू फेरि चुल्होमा गएर आगो सल्काउन शुरू गरिन् ।

"सिरकले धानेन भने यता आगो ताप्न आउनु सर !", केही बेरपछि देवीजीले भान्छाबाट बोलाइन् ।

हुन पनि त्यो सिरकले ज्यानलाई कत्ति पनि तताउन सकेको थिएन । सिरक पनि उस्तै चिसो, म पनि उस्तै चिसो थिएँ । चिसो सत्ताईसको छब्बीस हुन सकेको थिएन । म लुसुक्क परेर आगो ताप्न गएँ ।

देवीजीले दाउरा ठोस्दै आगो दन्काइन् । म दुवै हात रगड्दै स्युस्यु गर्दै बसें । आगो दनदनी दन्किएपछि जिउमा बल्ल रमरम हुन थाल्यो । देवीजी र म एउटै गुन्द्रीमा बसेका थियौं ।

देवीजीले पुनः आफ्नो मनको पोयो फुकाइन् ।

उहाँले त्यसरी छोडेर जाँदा यो छोरो दुई वर्षको थियो । कलेजमा पढाउने जागीर थियो उहाँको । इतिहास पढाउनुहुन्थ्यो । पढाउनुहुन्थ्यो पनि के भन्नु र ! कलेज कहिलेकाहीं मात्र जानुहुन्थ्यो । कलेजमा विद्यार्थी पढ्नै आउन छोडें भन्नुहुन्थ्यो । दश-पन्ध्र दिनमा एकपटक जाने र हाजिर गरेर घर आउने गर्नुहुन्थ्यो ।

यसो हुँदा उहाँ घरमै अनेक किताब पढेर दिन कटाउनुहुन्थ्यो । किताबमा किर्नोझैं टाँसिएर बस्नुहुन्थ्यो । उहाँले पढ्ने किताब अनेक तरहका हुन्थे । त्यसमध्ये पनि उहाँ तन्त्रमन्त्र, योग, ध्यान, आयुर्वेद, सम्मोहन र

अलौकिक रहस्यका किताबहरू बढी पढ्नुहुन्थ्यो । उहाँ त्यस्ता किताबहरू पढ्नुमात्र हुन्थेन, बेलाबेलामा त्यहाँ लेखिएका टुनामुनाजस्ता अनेक प्रयोगहरू पनि गरिरहनुहुन्थ्यो ।

तपाईंलाई आश्चर्य लाग्ला, एकपटक उहाँ सुन बनाउने भनेर कस्सिनु भयो । कुनचाहिँ किताबमा हो कुन्नि, पारोको माध्यमबाट सुन बनाउने विधि लेखेको रहेछ । त्यो पढेपछि उहाँ सुन बनाउन तम्सिनुभएको थियो ।

बजारमा गएर पारो र अरू अनेक थरीका रसायन किनेर ल्याउनुभयो । त्यसपछि जङ्गलमा गएर अनेकतहरका जडीबुटी जुटाउनुभयो । त्यो किताबमा पारोलाई जडीबुटी र केही रसायनहरूसँग मात्रा मिलाएर माटाको घैंटोमा राखेर तीन दिनसम्म निरन्तर मन्द आगोमा पकाएमा सुन बन्छ भनेर लेखेको रहेछ क्यार ! उहाँले त्यसै गर्नुभयो ।

उता घैंटोमा आगो फुक्दै गर्दा यता मलाई "हेर बुढी सुन बन्यो भने तँलाई पहिला रानीहार बनाइदिन्छु है !" समेत भन्न भ्याउनुभयो । हो न हो, सुन बनिहाल्यो भने त मेरो पनि गलामा धपक्क रानीहार बल्नेभयो । बरू कति तोला सुन निस्कने हो कुन्नी ? रानीहार बनाएर बढी भए एउटा चन्द्रमा पनि थपौंला भनेर मैले दिउँसै सपना नदेखेकी पनि होइन तर सुन बन्न सकेन । मेरो मन खिस्रिक्क भयो । उहाँको त्यो प्रयास पनि त्यत्तिकै तुहेर गयो ।

फेरि एकपटक उहाँलाई हिप्नोटाइजर हुने भूत चढ्यो । चिल्लो, अमिलो, पिरो कत्ति पनि नखाने । सबैथोक बफाएर खाने । उहाँ दिनहुँ बिहानको उदाउँदो सूर्य र रातमा आकाशको जूनलाई उभिएर एकोहोरो हेरिरहनुहुन्थ्यो । दिनमा पनि पूजा गर्ने कोठामा पलेंटी मारेर बलिरहेको दियोलाई घण्टौंसम्म एकटकले हेरिरहनुहुन्थ्यो । एक-दुई महिनाजति यस्तै तपस्या चलिरह्यो ।

यो तपस्याले मान्छेमा यस्तो आकर्षण शक्ति पैदा हुन्छ । त्यसले मानिसमा अनौठो र अद्‌भुत क्षमताको विकास हुन्छ भनेर किताबमा लेखिएको कुरा मलाई सुनाउनुभएको थियो तर जति तपस्या गर्दा पनि किताबमा दावी गरेअनुसारको उहाँलाई त्यस्तो कुनै अनौठो र अद्‌भुत उपलब्धी मिलेको देखिएन । यति हुँदा पनि उहाँको किताब पढेर उपद्रो गर्ने क्रम भने रोकिएको थिएन ।

एकपटक किताबमा बताएको तान्त्रिक विधिअनुसार रातिराति मसानघाटमा गएर पनि साधना गर्नुभयो, खै कुन्नी के सिद्धी गर्ने भनेर ! तर केही सिद्धी भएजस्तो लागेन ।

एकपटक त झन् कुण्डलिनी जागरण गर्ने भनेर मलाई पनि साथमा लिएर साधना गर्नुभयो । उहाँको उपद्रोमा मैले पनि साथ दिएँ । शुरूमा त मैले मानेकै थिइनँ । ज्यादै कर गर्नु भयो । एकचोटिका लागि भए पनि साथ देऊ भन्नुभयो । उहाँको कुरा नमानी सुखै भएन ।

दश-बाह्र दिनजति चल्यो, त्यो साधना पनि ! जहाँ प्रत्येक मध्यरातमा हामी दुवै जना सर्वाङ्ग नाङ्गो भएर आसन जमाएर बस्थ्यौं । उहाँ पलेंटी मारेर बस्नुहुन्थ्यो । उहाँको काखमाथि म बस्थें । अनि त्यसपछि चल्थ्यो सम्भोगको क्रम, जसको आरोह-अवरोहसँगै उहाँ अनेक मन्त्र जप गर्नुहुन्थ्यो ।

उहाँ आफैंले भन्नुहुन्थ्यो, त्यो सम्भोग साधनामा वीर्यपात हुनुहुँदैन । भएमा साधना असफल मानिन्छ । शुरूशुरूमा त उहाँ असाध्यै छिटो स्खलित हुनुहुन्थ्यो र साधना असफल भयो भन्नुहुन्थ्यो । पछिपछि पनि उहाँ त्यसमा खासै टिक्न सक्नुभएन । जति प्रयास गरे पनि उहाँको त्यो साधना सफल हुन सकेन तर उहाँको उपद्रो भने जारी नै थियो ।

पछिल्लो समयमा उहाँले एउटा यस्तो ठाउँको चर्चा गर्नु थाल्नुभएको थियो, जहाँ अझै पनि भगवान् कृष्ण, बुद्ध, महावीरजस्ता महान् आत्माहरूको प्रत्यक्ष उपस्थिति छ । स्वर्गका देवीदेवता र अप्सराहरूसमेत त्यहाँ आउने-जाने गर्छन् । त्यो ठाउँ हिमालयको कुनै कुनामा अदृश्य अवस्थामा छ । त्यो अदृश्य भूमिमा एउटा यस्तो तलाउ छ, जहाँ नुहाएपछि कहिल्यै बुढ्यौली आउँदैन । सधैं जवान भइन्छ । त्यो भूमिमा मृत्यु भन्ने नै हुँदैन । हजारौं वर्ष आयुप्राप्त ऋषिहरूलाई त्यहाँ भेट्न सकिन्छ । त्यहाँ जो कोही सामान्य जनले प्रवेश पाउन त परै जाओस्, त्यो भूमिलाई प्रत्यक्ष आँखाले देख्न पनि सक्दैन भन्नुहुन्थ्यो । या त आफैं सिद्ध हुनुपर्‍यो अथवा कुनै सिद्धयोगीको सहायताले मात्र त्यो ठाउँमा पुग्न सकिने कुरा गर्नुहुन्थ्यो ।

ती सबै जानकारी उहाँले किताब पढेरै थाहा पाउनुभएको थियो । तिनताका उहाँले त्यो अदृश्य ठाउँको निकै गुणगान गर्न थाल्नुभएको थियो ।

पक्कै पनि त्यो ठाउँले उहाँलाई आकर्षित गरेको थियो । उहाँ त्यहाँ जान अति उत्सुक हुनुहुन्थ्यो । लालायित हुनुहुन्थ्यो तर त्यहाँ जाने कसरी ? यस्तै चिन्तामा उहाँको दिन बित्न थालेको थियो ।

मलाई पनि उहाँ त्यही हिमालयतर्फको अदृश्यभूमिको खोजीमै जानुभएको हो भन्ने लाग्छ । के आजको मितिमा उहाँले त्यो ठाउँलाई देख्नसक्नुभयो त ? के उहाँले त्यो ठाउँमा प्रवेश पाउनुभयो त ? उहाँ आफ्नै बलबुताले त्यहाँ पुग्नुभयो कि कुनै सिद्धयोगीको सहायता चाहियो ? केही थाहा छैन ।

कहिलेकाहीं सपनामा उहाँलाई देख्छु । उहाँ एउटा अग्लो पहाड चढ्दै गरेको तर जति बल गरे पनि टाकुरमा पुग्न नसकेको । कहिले फेरि सपनामै "देवी, म भोलि घर फर्केर आउँछु" पनि भन्नुहुन्छ तर विपनामा... ?

अरूभन्दा पनि जब यो छोरोले मलाई आफ्नो बाबाको बारेमा सोध्छ, त्यस बेला उसलाई दिने साँचो उत्तर मसँग हुँदैन । अनेक कुरा गरेर टार्छु । हो, त्यस्तो बेला मलाई एकदम पीडा हुन्छ ।

यति भन्दाभन्दै देवीजीले पछ्यौराले मुख छोपिन् र शिर घोप्टाएर सुँकसुँकाउन थालिन् । केही बेरपछि रसिला आँखा मतिर तेर्स्याएर देवीजी फेरि बोलिन्, "तपाईं पनि किताबका लागि आउनुभएको रहेछ । किताब नपढ्नू त म भन्दिनँ तर यसरी घरबारै छोडेर नहिंड्नुहोला । कतै तपाईं पनि किताबकै चक्करमा घरबार त्यागेर हिंड्नुभएको त हैन ?" उनले ममाथि शङ्कास्त्र प्रहार गरिन् ।

"हैनहैन, त्यस्तो केही पनि हैन ।", मैले आफ्नो बचाउ गरें । उनलाई थप आश्वस्त बनाउन भनें, "जाबो किताबका लागि किन घरबार त्यागेर हिंड्नु !"

"सँगसँगै हिंड्दाहिंड्दैको जीवनसाथीले त्यसरी अचानक छोडेर जाँदा एउटा नारीको मनमा के बित्छ भन्ने कुरा तपाईं पुरूष भएर अनुमान लगाउन सक्नुहुन्न । मेरो पीडाको गहिराइ कति छ त्यो पनि तपाईं नाप्न सक्नुहुन्न तैपनि तपाईं भेट हुनुभयो । उहाँले छोडेर गएदेखि मेरो पीडा सुनिदिने तपाईं नै पहिलो श्रोता हो । सायद अन्तिम पनि ! मेरो मन हलुको भएको छ । यी छाम्नुस् त यहाँ... !"

देवीजीले मेरो हात समाइन् । ओहो, कति चिसो उनको हात ! आगोले अझसम्म तताउन सकेको रहेनछ । मेरो हात उनले आफ्नो छातीमा लगेर टाँसिन् । उनको यो अप्रत्याशित व्यवहारले म अकमकाएँ । देवीजीको छातीमा टाँसिएका मेरा हातका औंलाहरूले त्यहाँ पनि कुनै न्यानो अनुभव गरेनन् । सट्टामा ती औंला चिसोले ठिहिऱ्याउन थाले ।

यो के अचम्म हो ! उनको छातीमा हिउँकै डल्लो राखेजस्तो लाग्यो । चिसो सहन नसकेर मैले आफ्नो हात तानें । सोधें, "देवीजी, तपाईंको जिउ किन यति चिसो... ?"

"मेरो जीवनको घाम कहिल्यै नउदाउने गरी अस्ताएपछि यो ज्यान पो कसरी न्यायो होस्... ?"

जवाफ पनि कस्तो हृदय ठिहिऱ्याउने खालको ! अब के पो सोध्नु मैले ? सोध्न नजानेर म मौन बसें तर उनी मौन भइनन् । भनिन्, "र आज तपाईं मेरा लागि घाम बनेर आउनु भएजस्तै लाग्यो । यो घाम कति दिनका लागि हो भनेर म सोध्दिनँ । मलाई थाहा छ, अतिथिलाई त्यसरी सोध्नु पनि हुँदैन । अतिथिको त सेवा पो गर्नुपर्छ... !"

यति भनी सक्दानसक्दै देवीजी मेरो यति नजिक आइन् कि मर्यादा भन्ने घेरो स्वतः बिलाएर गयो । उनको चिसो ओठले मेरो ओठलाई स्पर्श गरे । क्रमशः त्यो चिसो न चिसो पिण्डले मलाई माथिबाट थिच्दै लग्यो । म गुन्द्रीमा लम्पसार परें, परिस्थितिले आफूलाई एक दिनको अतिथि घाम बनाएको सम्झेर... !

देवीजीले चुल्होमा दन्किरहेको आगोलाई समेत च्यालेन्ज गरीकन घामसँग घर्षणको सिलसिला शुरू गरिन् । दीर्घकालीन घर्षणको दौरानमा चर्को सित्कारले पूरै घर उचालिएलाझैं भयो । उनको छोरो बिउँझेला भन्ने भयले म चाउरिन्छु कि जस्तो भएँ । तर मलाई चाउरिने अनुमति थिएन किनकि म घाम थिएँ । उनी थिइन्, चिसो जून ।

घाम र जूनको त्यो रोमाञ्चक सङ्घर्षमा पूरा रात पग्लिएर गयो ।

दस्तावेज नं. ७

"अर्काकी श्रीमतीलाई प्रेम गर्नु व्यभिचार हो !"
- अस्तित्व

जार लेखन

प्रिय भूलभूलैया !

यसअघि मैले पठाएका पुस्तकहरू तिम्रो हातमा पुगे । तिम्रा ती मुलायम हातले मेरा पुस्तकहरूलाई प्रीतिकर स्पर्श गरे । मेरो सौभाग्य, तिम्रो प्रेमिल स्पर्शले आप्लावित मेरा पुस्तकहरू पुनः मलाई प्राप्त हुन पुग्यो । अन्यथा अरूलाई दिइएको पुस्तक हतपत फिर्ता आउँदैन भन्ने दुर्भाग्यपूर्ण तर घोर सत्य तिमीलाई थाहा हुनुपर्छ । तिमीले चाहेकी भए म ती पुस्तकहरू तिमीलाई उपहारस्वरूप दिन पनि सक्थें तर तिमीले दुनियाँको सबैभन्दा प्रेमिल पुस्तक पढ्ने इच्छा व्यक्त गऱ्यौ । त्यसैले यसपटक तिमीलाई केही थान प्रेमिल पुस्तक उपहार पठाइदिएको छु । स्वीकार गर !

करिब दश-बाह्र वर्षअघि खरिद गरिएका मेरा पुस्तकहरू उत्तिकै नयाँ र ताजा देखेपछि तिमीले मलाई सआश्चर्य प्रशंसा गरेर भन्यौ, पुस्तकलाई कति जतन गरेर पढ्छौ हकि ? कति धेरै माया गर्छौ पुस्तकलाई ?

पुस्तकहरू मेरा प्रेमिकाजस्तै हुन् । म मेरा पुस्तकहरूको आदर र सम्मान गर्छु । म मेरा पुस्तकहरूलाई अगाध प्रेम गर्छु । त्यसैले मेरा पुस्तकहरू सधैं एक प्रेमिकाको हृदयजस्तै नयाँ र ताजा रहन्छन् ।

तर भूलभूलैया ! पुस्तकप्रतिको मेरो हार्दिक भावनालाई प्रष्ट्याउनका लागि मात्र मैले प्रेमिकाको सङ्ज्ञा सापट लिएको हुँ । यसको अर्थ मैले कुनै नारीलाई प्रेमपूर्ण सम्मान दिएको हुँ भन्ने गलत अर्थ ननिकाल । नढाँटीकन भन्नुपर्दा मैले नारीलाई सम्मान गर्न जानेकै छैन किनकि मेरो संस्कारले मलाई नारीलाई सम्मान गर्नुपर्छ भन्ने कुरा कहिल्यै सिकाएन । नसिकेको र नजानेको कुरा म

कसरी गर्न सक्छु ? त्यसैले अरूले भनेको सुनेको भरमा बनावटी र नक्कली तरिका नै सही म नारीलाई सम्मान गरेको ढोंग गर्ने गर्छु । किन म यसो गर्छु ? किनकि मेरो जमानाका अधिकांश पुरूषहरूले गर्ने त्यही रहेछ । म उनीहरूलाई हेर्छु र त्यही पाखण्डको नक्कल गर्न अभिशप्त छु ।

तर म एउटा कुराबाट पीडित भएँ । त्यो के हो भने, अचेल मलाई मेरा पुस्तकहरू आफ्नो प्रेमिकाभन्दा बढी अर्काकी श्रीमतीजस्तो लाग्न थालेको छ । मलाई यस्तो लाग्नु अत्यन्त दुःखद कुरा हो र म दुःखी छु । कुनै ठाउँमा, कुनै लोग्नेमानिस अर्थात् श्रीमान्ले भनेको सुनेको थिएँ, श्रीमतीजत्तिको खतरनाक जिनिस यो संसारमा अर्को कुनै हुँदैन । श्रीमानहरूले किन यस्तो खतरनाक फैसला गर्छन् भन्ने कुरा मेरो खोपडीले बुझ्न सकेको छैन । सायद म पनि श्रीमान्मा परिणत भएपछि बुझ्छु होला ।

अँ त, म भन्दै थिएँ, अचेल मलाई मेरा प्रिय पुस्तकहरू अर्काकी श्रीमतीजस्तो लाग्न थालेको छ ।

त्यसो भए के म अचेल अर्काकी श्रीमतीलाई प्रेम गरिरहेको छु ?

अर्काकी श्रीमतीलाई प्रेम गर्नु व्यभिचार हो ।

के अचेल म अर्काकी श्रीमतीलाई अँगालो हालेर चुम्ने गर्दछु ?

अर्काकी श्रीमतीलाई अँगालो हालेर चुम्नु अपराध हो ।

के अचेल मैले अर्काकी श्रीमतीलाई... गरेको छु ?

अर्काकी श्रीमतीलाई... गर्नु पाप हो ।

त्यसोभए के अचेल म पाप, अपराध र व्यभिचारमा रत छु ?

यसप्रकारका सङ्गीन प्रश्नहरूले मेरो ह्दयलाई बारम्बार घोचिरहे ।

पुस्तक पढ्नु मेरो नशा बन्यो । त्यो नशाले आज यो दशा निम्त्यायो । यदि मेरो यो मनोदशा यस्तै रहिरह्यो र कुनै निकास निस्किएन भने मैले पुस्तक पठनबाट सन्यास लिनुपर्छ ।

त्यसो त पढ्न छोडेर मैले पनि कुनै पुस्तक लेखूँ कि भनेर सोचेकै हुँ तर पुस्तक लेख्दैमा लेखक भइँदैन भन्ने कुरा मलाई राम्ररी थाहा थियो । मलाई पुस्तक लेखेर लेखक बनिहालूँ भन्ने मोहले लपेटिसकेको

पनि थिएन अथवा भनौं, ममा लेखक बन्ने भूत सवार भइसकेको थिएन । तैपनि स्वान्तसुखाय नै सही ऐनमौकामा लेख्ने काम गर्दा के नै पो बिग्री जाला र भन्ने कुरा झल्याकझुलुक मेरो मनमा देखा पर्न थालेको सत्य हो । त्यही झल्याकझुलुक मनमा देखापर्ने गरेको सूक्ष्म इच्छालाई अन्जाम दिन मैले पत्रपत्रिकाहरूमा अन्टसन्ट लेख्न थालेको हुँ । लेख्ने काममा लागेपछि यसमा पनि छुट्टै रस बस्दै जाँदो रहेछ । त्यसमाथि साथीभाइ र पाठकले हौसाउन थालेपछि त झन् के चाहियो र ! मेरा लागि लेखनकर्म बिस्तारै एउटा अम्मल बन्दै थियो । यस्तैमा एक दिन मैले लेख्ने गरेको पत्रिकामा एउटा विज्ञापन छापियो :

आवश्यकता

उहिले 'म जे लेख्छु सत्य लेख्छु' भनेर फूर्ति झार्ने अनादि नाम गरेको तथाकथित लेखक अहिले आएर जाबो एउटा मिथ्या-कथा पनि लेख्न नसकी जगत्-मिथ्याबाट भागेको हुँदा मिथ्या-कथा लेख्न सक्ने एउटा तगडा लेखकको आवश्यकता परेको छ । इच्छुक लेखकले निम्न टेलिफोनमा सम्पर्क गरौं ।

जगत्-मिथ्याका लागि नेपाली एजेन्टको

फोन नं.- ९९२०२५१६७७९०

यो विज्ञापनले आवश्यकता गरे अनुसारको तगडा लेखकको रूपमा मैले आफैंलाई पाएँ । यसको उपयुक्त पात्रमात्र होइन, म नै यसको असली हकदार हुँ भन्ठानें । लेख्ने मामिलामा मभित्र हुर्कंदै गरेको आत्मविश्वास थियो । त्यही आत्मविश्वासको रापतापमा मैले मिथ्या-कथा लेख्ने निधो गरें । त्यसपछि मिथ्या-कथाका लागि आवश्यक विषयवस्तु, घटना र पात्रको खोजीमा हिंड्न थालें ।

गाउँको गोठदेखि शहरका अघोषित रेडलाइट एरियासम्म, बाँदर लड्ने भीरदेखि नदीका तीरसम्म, गरिब झुपडीदेखि प्रधानमन्त्री बस्ने आलिसान दरबारसम्म मेरा पैतालाले धेरै ठाउँहरू नाप्दै हिंडे । पैतालाले साथ दिए पनि मलाई मेरो दिमागले सकारात्मक सहयोग गर्दै गरेन । 'खाली दिमाग

शैतानका घर' भनेजस्तो प्रायः शैतानले नै निवास गर्ने मेरो यो दिमागबाट अचानक एउटा उदेक लाग्दो कुरा प्रकट भयो, "तथाकथित लेखक र जार भनेको उस्तैउस्तै हो !"

आफ्नो दिमागबाट निस्सृत भएको कुरा जब आफैंले बुझ्न सकिंदैन भने त्यो भन्दा पीडादायी कुरा अर्को के हुन सक्छ र ! यसले मलाई दिनसम्मको मानसिक सास्ती दियो । यसको यथोचित निराकरण गर्नका लागि म घरबाट निस्किएँ तर तिमीलाई भ्रम नरहोस् म सिद्धार्थ गौतमले झैं गृहत्याग गरेर हिंडेको थिइनँ ।

'तथाकथित लेखक र जार भनेको उस्तै हो' भन्ने भयानक शैतानी तथ्यलाई मैले कुनै पनि स्वनामधन्य महान् लेखकसामु सोझै राख्ने हिम्मत गर्न सकिनँ किनभने त्यो मेरो धृष्टता हुन सक्थ्यो । यसै त लेखकहरू लज्जावती झारझैं संवेदनशील हुन्छन् भनिन्छ । यस्तो भड्किलो प्रश्न सोधेर म उनीहरूको संवेदनामाथि ढुङ्गा हान्न चाहन्नथें । त्यस्तो आँट गर्न म कहाँ सक्थें र !

त्यसैले मैले बाङ्गो बाटो रोज्नुपऱ्यो । बाङ्गोडहर भन्ने टोलमा बन्द व्यापार गरेर बस्ने मेरो स्कुलकालीन मित्र धनपतिलाई मैले भेटें । धनपति खान्दानी व्यापारी हो । उसले मेरो अभाव र समस्याका दिनहरूमा निकै सहयोग पनि गरेको थियो । यसपटक पनि मैले आफ्नो समस्या उसैलाई प्रकट गरें ।

मेरो कुरा सुनेर मित्र धनपतिले "तँ आफैं लेखक भइटोपलिएको छस् । अब मलाई आएर के सोध्छस् यस्ता कुरा ?" भनेर टार्न खोज्यो तर कुरालाई मैले यत्तिकै टर्न दिइनँ ।

मैले आफ्नो समस्याको गम्भीरतालाई सम्झाउँदै पुनः अनुरोध गरेपछि ऊ पनि निकै सोचमग्न भएर आयो । केही बेरसम्म त ऊ चुपचाप क्यालकुलेटरमा औंला चलमलाएर मात्र बस्यो । मानौं, ऊ मेरो समस्याको हिसाब लगाउँदै छ । के उसले मेरो प्रश्नलाई जोडघटाउ, गुणनभाग गरेर उत्तर निकाल्दै थियो त ? के उसको क्यालकुलेटरले मेरो सवालको

जवाफ देला त ? काश, जिन्दगीका तमाम सवालहरूको जवाफ दिने कुनै क्यालकुलेटर भइदिए ?

म चुपचाप उसको जवाफ कुरिरहेको थिएँ । केही बेर हिसाबकिताब लगाएपछि अन्ततः धनपतिले आफ्नो मौनता भङ्ग गर्‍यो ।

धनपति : खै ! तैंले भनेको कुराको अर्थ ठ्याक्कै यही हो भनेर त म भन्न सक्दिनँ तर मेरो हिसाबमा तँलाई यो कुरामा धेरै घाटा छ ।

म : के त्यस्तो घाटा देखिस् र तैंले यो कुरामा ?

धनपति : यो कुराको अर्थ पत्ता लगाएर ल्याउँदा पनि तँलाई केही फाइदा होलाजस्तो नदेखिएपछि सीधै घाटा भएन त ?

व्यवसायिक दुनियाँमा चुर्लुम्म डुबेको धनपतिबाट मैले लेखकीय समाधानको अपेक्षा राख्नु नै गलत थियो । पछि मलाई यस्तै बोध भयो । म ऊबाट बिदा भएँ ।

त्यसपछि म सीधै कामरेड विस्फोट भनी चिनिएका एक क्रान्तिकारी मित्रको निजी कोठामा देखा परें । कामरेड विस्फोट एक प्रखर वक्ता एवम् कुशल सङ्गठकको रूपमा परिचित नाम हो । आफ्नो वीरता र साहसिक कृत्यले जनयुद्धकालमा ऊ एक चमत्कारिक पात्रजस्तै बनेको थियो । विचार, इमान र आर्दशको मामिलामा ऊ एक अटल पहाड हो । यसैले आज पनि ऊ आफ्नो पार्टीको एक प्रभावशाली नेता हो । ऊ प्रायः भन्ने गर्छ, "क्रान्तिको मार्ग सधैं बक्र हुन्छ ।"

म त्यहाँ पुग्दा उसले आफूलाई ऐनामा हेर्दै र मुट्ठी उज्याउँदै विस्फोटक अन्दाजमा भाषण गर्दै थियो । अवश्य, त्यो उसको भाषणको पूर्वअभ्यास थियो । मेरो आगमनले उसको भाषण अभ्यास रोकिन पुग्यो । त्यसो हुन गएकोमा मैले क्षमा याचना गरें । त्यसलाई उसले अत्यन्त सहजतापूर्वक लियो ।

केही बेरसम्म हामी हार्दिक भलाकुसारीमै अल्मलियौं । तत्पश्चात् मैले विषयलाई मोड्दै र वाञ्छनीय भूमिकाहरूलाई जोड्दै आफ्नो मनमा जरा गाडी बसेको शैतानी तथ्यलाई जाहेर गरें ।

त्यसपछि कामरेड विस्फोटले लामै भाषण दियो, "रूसमा जार शासनका विरूद्धमा क्रान्ति गरिएको इतिहास छ । जार शासक सामन्तवादको नाइके र बुर्जुवावर्गको पृष्ठपोषक थियो । त्यसलाई रूसी जनताले मुलाझैं उखेलेर फालिदिए । तर तपाईंले भन्नुभएको जारचाहिं अर्काकी श्रीमतीलाई भगाई लैजानेलाई भनिने नाम भयो, होइन त ? यो जार भनेको साँस्कृतिक विचलनको एउटा प्रमुख पाटो हो भन्ने हाम्रो पार्टीको ठहर छ । पितृसत्तात्मक समाजमा यस्ता घटनाहरू दोहोरिरहेको हामीले देखेका छौं तर कुनै महिलाले अर्काको श्रीमानलाई भगाएर लगी भने के हुन्छ ? अर्को कुरा, तथाकथित लेखक भनेर तपाईंले कुन वर्गका लेखकहरूलाई भन्न खोज्नुभएको हो ? त्यसमा प्रष्ट हुनुभएको भए धेरै राम्रो हुने थियो । हामी सधैं हुँदा खाने वर्गका पक्षमा लड्दै आएका छौं । लेख्ने काम पनि त्यही वर्गको पक्षमा हुनुपर्छ भन्ने हाम्रो मान्यता हो । तपाईंलाई थाहै छ, आजसम्म अस्तित्वमा रहेका सबै समाजको इतिहास भनेको वर्ग-सङ्घर्षको इतिहास हो । र यो कुरा पनि याद रहोस्, प्रत्येक वर्ग-सङ्घर्ष एउटा राजनीतिक सङ्घर्ष हो ।"

"निश्चित रूपमा बुर्जुवा वर्गका तथाकथित लेखक र जार भनेका उस्तै हुन् भन्ने कुरामा हाम्रो ऐक्यबद्धता हुन सक्छ किनभने संसारको जुनसुकै कुनामा भए पनि प्रतिगमनका विरूद्ध हुने हरेक क्रान्तिकारी आन्दोलनको समर्थन गर्नु एक कम्युनिस्ट कार्यकर्ताको पहिलो र अन्तिम दायित्व हो । यसमा कुनै दुईमत छैन किनभने अर्काको श्रमको अतिरिक्त शोषण गरेर खाने, खोसेर खाने, चोरेर खाने वर्गको हितमा लेख्ने लेखकले अर्काको निजी विचारलाई वा भनौं ज्ञानलाई पनि जरूर चोरेर लेख्ने गरेको हुन सक्छ, जसरी जारले अर्काको वैयक्तिक सम्बन्धमा भएकी श्रीमतीलाई जबर्जस्ती भगाएर वा लुटेर लगेको हुन सक्छ । तसर्थ यस मानेमा बुर्जुवा वर्गको पक्षमा लेख्ने तथाकथित लेखक र जार उस्तै हो भन्ने मेरो बुझाइ हो । तर याद राख्नुहोला मित्र ! क्रान्तिको मार्ग सधैं बक्र हुन्छ ।"

यसप्रकार कामरेड विस्फोटको कुरा सुनेर मेरो मनमा सानोतिनो विस्फोट नै भयो । उसको भित्तामा टाँगिएको कम्युनिस्ट झण्डाबाट हथौडा निस्किएर मेरो मथिंगलमा बजारेजस्तो पो भयो । मलाई किन यस्तो भयो ?

कतै मैले पनि अर्काको विचारलाई चोरेर लेख्ने गरेको त छैन ? अरूको ज्ञान चोरेर, उधारो वा सापटी लिएर आफूलाई ज्ञानी भएको भ्रम पालेर त बसेको छैन । के मसँग त्यस्तो कुनै ज्ञान छ ? जो मेरो स्वयम्को होस् । जो मेरो नितान्त निजी होस् । कतै मैले पनि अरूले भनिसकेको विचारको पुनरूक्ति गरेर आफूलाई महान् विचारक हुँ भन्ने घमण्ड गर्न खोजिरहेको त छैन ? कतै मैले अरूको जडौरी विचारको पहिरन लगाएर आफूलाई समृद्ध हुँ भन्ने अहङ्कारको प्रदर्शन त गरिरहेको छैन ? कतै मैले पनि अरूका पाँचवटा किताब पढेर दुरूस्तै अर्को छैठौं किताब लेख्दै त छैन ? जाँचमा चिट नचोरेर के भो ? अरू धेरै कुरा चोरेको हुन सक्छु । के म जार बन्ने मार्गमा छु ?

यसरी मेरो खोपडीमा एक तमाससँग प्रश्नमाथि प्रश्न बर्सिरह्यो । विचारको हुरी चलिरह्यो, चलिरह्यो, चलिरह्यो ।

भूलभूलैया, म जार बन्न चाहन्नँ !

सदैव तिम्रो

अस्तित्व

सातौं दिन

चर्कोसँग बजेको रेडियाको आवाजले म बिउँझिएँ । देवीजी आफ्नो घरधन्दामा यता र उता गर्दै थिइन् । म उठें र नित्य कर्म सकेर आउँदा मेरो लागि चिया तयार थियो । देवीजीको छोरो कापीमा चित्र बनाउँदै थियो । म चियाको चुस्कीसँगै रेडियो सुन्दै बसिरहें ।

स्थानीय एफएममा समाचार शुरू भयो :

...कास्की जिल्लाको पञ्चासेमा गिद्धको टाउको भएको मान्छे भेटिएको छ । स्रोतका अनुसार डाँडाको स्थानेश्वर मन्दिरमा सो गिद्धमानव बिहान पाँच बजे देखापरेको थियो । मान्छेहरूलाई देख्नासाथ सो गिद्धमानव अन्यत्र भागेको त्यहाँका स्थानीयले बताएका छन् ।

सो गिद्धमानवलाई सबैभन्दा पहिला देखेका मन्दिरका पुजारी सुलभनाथ शर्मासँग हाम्री संवाददाता शष्यशालीनीले गरेको यो कुराकानी सुनौं ।

संवाददाता : तपाईंले गिद्धको टाउको भएको मान्छे देखेको कुरा साँचो हो ?

सुलभनाथ : हजुर, बिहान नित्यपूजाका लागि म पाँच बजे मन्दिरमा आइपुग्दा त्यो यहीं सुतेको थियो । त्यसलाई सबैभन्दा पहिला मैले नै देखको हुँ । शुरूमा त मलाई त्यसको हुलिया देखेर निकै डर लाग्यो र चिच्याउँदै हल्लाखल्ला गरें । त्यसपछि तल किराना पसलका साहुजी कर्कटसिंह र चिया पसलकी साहुनी मोतीमाया पनि आए । त्यसपछि गाउँका अरू तीन–चार जना आए । उनीहरूले पनि त्यो गिद्धमानवलाई देखे । हामीलाई देखेपछि त्यो मान्छे उता घाँटीछिना जाने बाटोतिर कुलेलाम ठोक्यो । तपाईंलाई विश्वास नलाग्ला । स्थानेश्वर महादेवको कसम, हामीले त्यसलाई देखेको कुरा एकदम ठीक साँचो हो, झुठा ठहरे नर्क जाम्... !

संवाददाता : त्यसो भए तपाईंहरूले यो घटनाको बारेमा पुलिसलाई खबर गर्नुभयो कि भएन ?

सुलभनाथ : किन नगर्नु ? मैले उतिखेरै फोन गरेर भनेको हुँ । तर, मन्दिरको पुजारी भएर यस्तो कुरा गर्ने ? पुलिसलाई फुलिस बनाउन खोज्ने ? भनेर मेरो कुरालाई हावामा उडाइदियो । पुलिस प्रशासनले हाम्रो साथ दिएन । यो दुःखको कुरा हो ।

संवाददाता : त्यसपछि तपाईंहरूले के गर्नुभयो ?

सुलभनाथ : शुरूमा त त्यो देखेर हामीलाई निकै डर लाग्यो । त्यसपछि गाउँका केही आँटिला ठिटाहरू मिलेर त्यसलाई समात्न भनी परसम्म गए । त्यो फेला परेन । पक्कै पनि त्यो अहिले घाँटीछिना पुगेको हुनुपर्छ ।

संवाददाता : "तपाईं यो मन्दिरको पुजारी हुनुहुन्छ । धार्मिक हिसाबले यो घटनालाई तपाईं कुन रूपमा लिनुभएको छ ?"

सुलभनाथ : यस्तो मान्छे देखा पर्नु भनेको एकदम अनिष्टको सङ्केत हो । म त के भन्छु भने त्यो गिद्धमानवलाई समतेर बली दिनुपर्छ अन्यथा यो देशमा ठूलो अनिष्ट हुनेछ । यसका लागि सरकारले सहयोग गर्नुपर्छ । पुलिस प्रशासनले हाम्रो कुरा सुन्नुपर्छ । मैले भन्दिया छु अन्यथा कसैको भलो हुनेवाला छैन... !"

स्रोता ! यो थियो, कास्कीको पञ्चासेमा गिद्धमानव भेटिएको सम्बन्धी हाम्री संवाददाता शष्यशालीनीले मन्दिरका पुजारी सुलभनाथ शर्मासँग गरेको कुराकानी । अब भने पालो भएको छ, एउटा छोटो विज्ञापनिक विश्रामको । बाँकी समाचारको साथमा केही बेरमा आउने नै छु । रेडियो केतुकी एक सय चौरासी थोप्लो चार मेघाहर्ज सुन्दै गर्नुहोला... !

अब रेडियो सुनेर बस्ने फुर्सद कहाँ थियो मसँग । पिउँदै गरेको चिया पनि यत्तिकै छोडिदिएँ । मोहदत्तलाई पक्रने सुनौलो मौका प्राप्त भएको थियो । यो मौका कुनै पनि हालतमा खेर जान दिनु हुँदैनथ्यो । त्यसैले देवीजीसँग बिदा मागें र घाँटीछिना जाने बाटो पनि सोधें ।

उनले खाना खाएर जान आग्रह गरेकी थिइन् । उनको आग्रहलाई विनम्रतापूर्वक इन्कार गरें । अनि कत्ति ढिलो नगरी झोलितुम्बा ठीकठाक पारेर घाँटीछिनातिर कुच गर्न लागें ।

देवीजी र उनको छोरो मलाई तल झोलुङ्गे पुलसम्म छोड्न आए । पुल त्यही हो, जो देवीजीको पतिले तरेर गएको थियो । छोरोको मायाले मात्रै उनी त्यो पुलबाट हामफाल्न सकेकी थिइनन् ।

आमा छोरा पुल छेउमा रोकिए । मैले छोराको गोजीमा चकलेट खानु है भनेर पैसा राखिदिएँ । अनि देवीजीलाई आतिथ्यताका लागि आभारी छु भनें । उनले एकतमाससँग मलाई हेरिरहिन् । मुखले मौन भए पनि उनका आँखाले धेरै कुरा भनिरहेका थिए । म बढी नै हतारिएको थिएँ । त्यसैले उनका आँखाका भाखालाई पढ्ने फुर्सद जुटाउन सकिनँ ।

बिदाइको हात हल्लाउँदै झोलुङ्गे पुल तर्न सोझिएँ । देवीजीका विरह कथा र एफएमको समाचार दुवैले मलाई प्रत्येक पाइलामा गाँजिरहे । जसै म पुल तरेर पारिपट्टि पुगेको थिएँ, ठूलो स्वरमा कुनै बच्चाले "आमा... !" भनी चिच्याएको आवाज मेरो कानमा ठोक्कियो । वरपरको डाँडापाखा रनवनमा ठोक्किएर आमा... आमा... आमा... आमा... भई प्रतिध्वनित भयो ।

म तत्काल पछाडि फर्किएँ र पुलतर्फ हेरें । झोलुङ्गे पुल क्वाएँक्वाएँ गर्दै मज्जासँग हल्लिएको थियो । मेरा आँखाले देवीजी र उनको छोरालाई खोजे । ती दुवैलाई मैले कतै देखिनँ ।

केही थान शङ्कालु प्रश्नहरू मेरो मनमा तीखा सुइरा बनेर रोपिए ।

***

घाँटीछिना, जहाँबाट बगेको पानी फेवातालमा गएर मिसिन्छ, त्यहाँ पुगेपछि माहोल बुझ्न वरपर डुलें । सानो बजार । बजारको सेरोफेरो सबैतिर चनाखो भई नियालें । मान्छेहरूको चहलपहल पातलो थियो । जनजीवन सामान्य नै थियो । असामान्य हुनको निम्ति त्यहाँ कुनै गिद्धमानवको उपस्थिति भइसकेको छैन भन्ने लख काट्न सकिन्थ्यो ।

मान्छेहरू सबैभन्दा बढी ठोक्किने ठाउँ मध्येको एक, चिया पसल । जो बजारको मध्यभागमै थियो । त्यहीं पुगेर बसें । चिया पसलमा धेरै बेरसम्म निःशुल्क बस्नु हुँदैन भन्ने सोचेर चिया मगाएँ र पिउन शुरू गरें । त्यो चियाको स्वाद फरक थियो । कुँडे डढेको स्वाद । नेपालमा यो स्वादका पारखीहरू प्रशस्तै छन् भन्ने कुरा मेरो छेउमा चिया पिउँदै गरेको मान्छेले भन्यो । ऊ पनि यही स्वादको पारखी रहेछ साथै यो चिया अड्डाको नियमित ग्राहक पनि !

कुरो सुन्दै जाँदा ऊ जग्गा दलाली नै हो भन्ने कुरामा कुनै शङ्का रहेन । त्यो दलालीले अलि बढ्तै गफ दिन थालेपछि मलाई त्यहाँ बस्न मन लागेन किनभने उसका पछिल्ला गफहरू पूरै झुट र आत्मप्रशंसाले भरिएका थिए । सायद, उसले मलाई एउटा असल श्रोता सम्झिएर आत्मालाप थालेको हुनुपर्छ । तपाईंलाई जस्तो उसलाई पनि थाहा थियो कि अहिलेको जमानामा असल श्रोता भन्ने प्राणी कति दुर्लभ र लोपोन्मुख छ । सबै बोल्न मात्रै खोज्छन् । सुन्न कोही चाहँदैन ।

त्यसैले चियाको गिलास रित्याउनासाथ म फेरि पुलतिरै आएँ ।

पुलनेर बसिरहेको थिएँ । ईशापुत्र नाम गरेको व्यक्तिसँग मेरो भेट भयो । ऊ लामो यात्रामा निरन्तर हिंडिरहेको यात्रु हो भन्ने कुरा उसको हुलियाले बताएको थियो । उसको ज्यान थकित थियो । तर मधुरै भए पनि उसको आँखामा आशाको ज्योति जस्तो केही चमक बाँकी नै थियो । उसले शुरूमा मलाई पञ्चासे जाने बाटोको बारेमा सोध्यो तर म आफू पनि यहाँका लागि नयाँ भएको बताएँ ।

ईशापुत्र आफ्नो बेपत्ता दाइको खोजीमा हिंडेको रहेछ । यसरी हिंडेको पनि लामै समय भएछ । कुरैकुरामा मैले पनि मेरो मिसनको बारेमा मोटामोटी कुरा खोलें । त्यसपछि ऊ पनि खुलेर बोल्न थाल्यो । उसलाई मन खोलेर आफ्नो कुरा बताउने पालो दिएँ । सायद, ऊ पनि आफ्नो मनभरिको कथाव्यथा सुनाउन मजस्तै असल र उत्तिकै दुर्लभ श्रोताको खोजीमा थियो कि ?

अब ममात्रै कति ट्याउँट्याउँ कराइराखूँ ? बरू उसैको मुखबाट उसको कुरा सुनौं न है !

सम्पत्तिको नाममा पार्टीले दिएको जम्मा दुईवटा गोली

सापेक्ष जी ! तपाईं एउटा फरार अभियुक्तको खोजी गर्दै यहाँ आउनुभएको रहेछ । जसको नाम मोहदत्त हो र जोमाथि हत्याको आरोप लगाइएको छ । म पनि मेरो दाइको खोजीमा हिंडेको मान्छे हुँ, जसलाई यहाँको राज्यले बेपत्ता छ भनी तोक लगाइदिएको छ ।

धेरै ढिलो गरी यहाँ बेपत्ताको खोजी गर्ने आयोग पनि गठन भयो तर त्यो आयोगले मेरो दाइलाई खोजेर ल्याइदेला भनी पत्याएर बस्नु मूर्खतासिवाय अरू केही नहुने देखियो । त्यै भएर मेरो दाइलाई म आफैंले खोज्ने निधो गरें र हिंडें । दाइको खोजीमा म यो देशको कुनाकाप्चा चाहरिरहेको छु ।

मेरो गाउँ नेपालको सुदूर पश्चिममा पर्दछ । बा, आमा, दाइ, दिदी र म गरी परिवारमा हामी पाँच जना थियौं । हामी सन्तानहरूमध्ये दाइ जेठो हुनुहुन्थ्यो । बाल्यकालमा दाइसँग बिताएका ती सुनौला स्मृतिहरू मेरो मानसपटलमा अझै पनि खेलिरहेका छन् । साह्रै रमाइला, सुखद र आनन्ददायी क्षणहरू थिए ती । दाइ अलप भएदेखि रमाइलो, सुख र आनन्द भन्ने कुरा पनि हाम्रो घरबाट कहिल्यै नफर्कने गरी टाढिएको छ ।

त्यस बेला दाइ दश कक्षामा पढ्नुहुन्थ्यो । एसएलसीको जाँच पास गरेपछि शहरमा गएर पढ्ने बारेमा बासँग सरसल्लाह गरिरहनुहुन्थ्यो । कुन विषय लिएर पढ्ने ? कुन कलेजमा पढ्ने ? शहरमा गएर कहाँ बस्ने ? घरबाट पठाएको पैसाले धान्न नसकेमा आफैं जागीर गरी निर्वाह गर्ने । र त्यसो गर्नु परेमा शहरमा बसेका कुन-कुन आफन्तसँग सहयोग माग्ने ? आदि-इत्यादि सरसल्लाहको मुख्य विषयवस्तु हुन्थ्यो ।

एसएलसीको रिजल्ट पनि आयो । दाइ अब्बल अङ्क ल्याएर पास पनि हुनुभयो । त्यति मात्र होइन, स्कुलको इतिहासमै त्यति राम्रो अङ्क ल्याएर

एसएलसी पास हुने दाइ नै हो भनेर हेडसरले भनेपछि प्रसन्नताले बाको अनुहार धपक्क बलेको थियो । यस्तो लाग्थ्यो कि एसएलसीमा दाइले होइन, बा स्वयम्ले अब्बल श्रेणीमा पास गर्नुभएको हो ।

हाम्रो परिवारका लागि त्यो कति ठूलो खुशीको कुरा थियो । यो सारा संसारभन्दा पनि ठूलो ! भलै तपाईंलाई यो कुरा त्यति ठूलो नलाग्न पनि सक्ला । दाइको कारणले पूरै परिवारको प्रतिष्ठा बढेको थियो ।

ईर्ष्या गर्ने मान्छेहरू नभएका होइनन् तर बाको मुखिन्जेल सबैले राम्रै कुरा गर्थे । बधाई दिन्थे । यदि दाइको बिहे गर्ने हो भने पनि ठूलै कुलघरानबाट केटी दिन तयार छन् भन्ने कुरासमेत बाको कानमा ठोक्किन थालेका थिए । यस्तो कुराले उहाँको मुहारमा प्रसन्नताको हजार सूर्य उदाउँथ्यो ।

तर एक दिन कसैलाई पनि थाहा नदिई दाइ घरबाट अलप हुनुभयो । कहाँ जानुभयो ? कता हराउनुभयो ? कसैले अपहरण गरेर पो लगे कि ? या कुनै परिबन्दमा फस्नु पो भयो कि ? केही थाहा भएन । वरपर छरछिमेकदेखि लिएर सम्भावित सारा ठाउँमा खोजी गरियो । केही पत्तो लागेन ।

केही दिनपछि हामीले दाइको बारेमा एउटा खबर पायौं । त्यो खबर दिने व्यक्ति हाम्रै गाउँका छिमेकी थिए, जो शहरमा बसेर पत्रकारिता गर्दथे । उनैले दाइ माओवादीमा लाग्नुभएको छ भनेर भने ।

मेरो दाइ जनयुद्धमा बन्दुक बोकेरै हिंड्नुभयो, राज्यसत्ता बदल्न । शोषक, सामन्त, दलाल पुँजीवादीहरूलाई खतम गर्दै गरिब, निमुखा र सर्वहाराको राज्य स्थापित गर्छु भनेर एउटा समर्पित सिपाही बन्नुभयो ।

दाइप्रति बाको ठूलो आशा थियो तर बाको त्यो आशा, दुर्घटनामा परेको गाडीको सिसाजस्तै फुटेर चकनाचुर भयो । बाको हृदयमा चोट त ठूलै परेको थियो । त्यो चोटको आयतन कत्रो थियो ? त्यसको गहिराइ कति थियो ? त्यसको सघनता कति थियो ? हामी केही जान्दैनथ्यौं । कुनै अनुमान लगाउन पनि सक्दैनथ्यौं किनभने बाले आफ्नो हृदयको चोट हाम्रो अगाडि कुनै पनि ढङ्गबाट, कुनै पनि कोणबाट प्रकट गर्नुभएन ।

त्यसपछि बा अलि कम बोल्न थाल्नुभएको थियो । अरू मानिसहरूसँग पनि खुलेर कुरा गर्नुहुन्थेन । हाम्रो घरको परिवेश बदलिएसँगै गाउँसमाजले हामीप्रति गर्ने व्यवहार पनि बदलिएर आयो । गाउँसमाजमा अघि बासँग बोल्ने मान्छेहरू त्यसपछि तर्किएर हिंड्न थाले । समाजमा हाम्रो हैसियत पनि ओरालो लागेको नेप्सेजस्तै भयो ।

उहिले पुलिस देख्नलाई सदरमुकाम पुग्नुपर्ने अवस्था थियो हाम्रो । त्यसपछि त पुलिस आर्मीहरू सोधपुछ गर्न हाम्रो घरमै आउन थाले । उनीहरूले बासँग दाइको बारेमा अनेक कुराहरू सोध्थे । उनीहरू यति रूखोसँग प्रश्न सोध्थे कि लाग्थ्यो, दयामाया भन्ने कुरा उनीहरूको मन छँदै छैन । धेरैजसो प्रश्नहरूको जवाफमा बाको उत्तर "खै थाहा भएन हजुर !" भन्ने हुन्थ्यो । त्यो पनि यसरी भन्नुहुन्थ्यो, मानौं बाले उनीहरूको सात जुनीको ऋण खानुभएको छ र साँवा त के ब्याज पनि तिर्न सक्नुभएको छैन ।

उसो त बा पहिला पनि रेडियो नेपालबाट प्रसारण हुने सात बजेको समाचार प्रायः सुन्ने गर्नुहुन्थ्यो । दाइ माओवादीमा लागेपछि त झन् त्यो अनिवार्य र नियमितजस्तै भएको थियो । पछि बाको सूचीमा रेडियोमा आउने अरू समाचारमूलक कार्यक्रमहरू पनि थपिंदै गए । त्यसमध्ये हरेक बेलुकी पौने नौ बजे आउने बीबीसी नेपाली सेवाको कार्यक्रमचैं मुख्य थियो ।

रेडियोले फुक्ने भिडन्तको समाचारमा बाको चिन्तायुक्त चासो हुन्थ्यो । भिडन्तसँग जोडिएर दाइको नाममा कुनै दुःखद समाचार नओस् भन्ने हाम्रो कामना हुन्थ्यो । कहिलेकाहीं मृतकको परिचय नखुलेको भन्ने समाचारले निकै चिन्तित बनाउँथ्यो । त्यस्तो चिन्ता परेपछि बालाई राति पटक्कै निद्रा लाग्दैनथ्यो । हामीलाई पनि केही भन्नुहुन्थेन । राति बारम्बार उठेर पिसाब फेर्न पाइखाना गइराख्नुहुन्थ्यो ।

त्यसबाहेक शङ्का गर्नुपर्नेजस्तो कुनै खबर आएन भने समाचार सकिएपछि बा आकाशतिर मुख फर्काएर लामो सास फेर्नुहुन्थ्यो अनि ओछ्यानमा ढल्किनुहुन्थ्यो । बाको त्यो सास फेराइले हाम्रो पूरै परिवारलाई

राहतको महसुस गराउँथ्यो । हाम्रो छातीतिर अड्केर बसेको दुःखको डल्लो केही बेरका लागि हावा खान बाहिर निस्केर गएझैं हुन्थ्यो ।

हामी निम्न मध्यम वर्गीय परिवारका हौं । खेतीकिसानी नै हाम्रो गुजारा चलाउने माध्यम थियो । बा असाध्यै मेहनत गर्नुहुन्थ्यो । जस्तै अभावमा पनि बाले हामीलाई कहिल्यै अभावको महसुस हुन दिनुभएन । आफ्नो लागि नकिने पनि हाम्रा लागि हरेक दशैंमा एकजोर नयाँ लुगा किनिदिनुहुन्थ्यो । चाडबाडमा मिठोमसिनो जुटेकै थियो । पुगिसरी नआए पनि खानका लागि अनिकालजस्तो अभाव सहनु परेको थिएन तर भाग्यमा हामीलाई सहन लेखेको कुरा अर्कै रहेछ ।

दाइ अलप हुनुभएको पनि त्यस्तै चार वर्ष पुग्न लागेको थियो । बेलुकीपख म घरको माथिल्लो तलाको झ्यालबाट बाहिर टहलाइरहेको थिएँ । आकाशमा जूनतारा चम्चमाइरहेका थिए । त्यत्तिकैमा घरछेउको डहर हुँदै सेनाको एउटा जत्था हाम्रो घरतिर सोझिएको देखें । लौ, अब फेरि के हुने हो ? ती कतै बालाई नै उठाउन आएका त हैनन् ? मेरो मुटुमा दमाह बज्न शुरू गरिसकेको थियो । डराउँदै तल ओर्लिएँ । सेनाको जत्था हाम्रो घरको आँगनमा आइपुगेको थियो ।

बा सधैंजस्तो बाहिर पिंढीमा रेडियो सुनेर बस्नुभएको थियो । म तल आएर मूलढोकाको छेल पारेर भित्रै बसें र बाहिर हेरें । नजिकबाट हेरेपछि बल्ल पो थाहा पाएँ, तिनीहरू सरकारी सेना हैन रहेछन् । ती त माओवादीका छापारमार सेना पो रहेछन् । अघि मुटुमा बजिरहेको दमाहले पनि ताल फेऱ्यो । र अर्कै किसिमले बज्न थाल्यो ।

त्यही जत्थाबाट एउटा सिपाही निस्कियो र बाको नजिक पुगेर बोलायो, "बा... !"

ढिउरीले फ्याँकेको मद्धिम प्रकाशको सहारामा बाले त्यो सिपाहीलाई घाँटी तन्काएर हेर्नुभयो अनि चिनेरै बोल्नुभयो, "बाबु ! भगिरथ ! तँ आइस् !"

फौजी पोसाक लगाएका दाइको अनुहारमा हुर्केको दाह्रीजुँगाले कब्जा जमाएका थिए । त्यसैले पनि होला बाले झट्ट मेसो पाउनुभएन । त्यसमाथि

अप्रत्याशित आगमन । त्यसपछि भने मेरो मुटुमा दमाह बज्न छोडेर आश्चर्य र उत्साहको ट्याम्का बज्न थाल्यो ।

"एई बाहिर आओ त ह्याँ !", बाले एकमुष्ठ रूपमा भित्रका हामीलाई बोलाउनुभयो ।

ढोकाको छेल पारेर अघिदेखि भित्रबाट हेरिरहेको म फुत्त बाहिर निस्किएँ । दाइको नजिक गएँ । दाइले "के छ कान्छा तेरो खबर !" भन्दै मेरो ढाडमा धाप मारे । मैले "ठीकै छ" मात्र भनें ।

त्यसपछि भित्रबाट आमा आउनुभयो । दिदी आउनुभयो । हराएको छोरो आज आफ्नै आँगनमा आइपुग्दा आमा मायाले रूनुभयो ।

तर बिछोडिएको छोरोसँगको मिलनमा खुशी हुनुपर्ने हो वा मर्नेबाँच्नेको ठेगान नभएको विद्रोही छापामार बनेकोमा दुःखी हुनुपर्ने हो ? वा देश र जनताका लागि लड्दै छ भनेर गर्वले छाती फुलाउनुपर्ने हो ? के हो ? कसो हो ? बाले केही मेसो पाउनु भएजस्तो लागेन ।

दाइसँग आएका छापामारहरूसँग किसिम-किसिमका हातहतियारहरू थिए । साथमा उनीहरूसँग बोराका बोरा सामानहरू पनि थिए । बोरा कति थान थिए भनेर ठ्याक्कै गन्न नभ्याए पनि ती बोराहरू धनले टनाटन भरिएका छन् भन्ने कुरा बाले चाल पाइसक्नुभएको थियो ।

दाइले बासँग केही खासखुस कुरा गर्नुभयो । प्रष्ट भयो कि छापामार टोलीले कुनै बैंक कब्जा गरेर बोरामा पैसा र सुन लुटेर ल्याएका रहेछन् । लुटेर ल्याएका ती धनका बोराहरू सुरक्षित तरिकाले ठाउँमा पुऱ्याउनका लागि दाइको विश्वासमा पार्टी हेडक्वाटरले हाम्रो घर तोकेको रहेछ । त्यही भएर आजको बास हाम्रै घरवरपर बस्ने निधो गरिएको रहेछ ।

त्यति धेरै छापामारहरू सबै हाम्रो घर अट्न सम्भव थिएन । को, कहाँ, कसरी बस्ने भन्ने बारेमा बाले नै सबै बन्दोबस्त मिलाइदिनुभयो । हाम्रो घरको गोठ, धनसार र वरपर छिमेकीका घरमा छापामारहरू बाँडिएर सुते । हाम्रो घरमा दाइ र केही छापामारहरू सुते ।

अरू छापामारहरू भुइँतलामा सुतेपछि माथि तलामा बा र दाइको गोप्य वा सोसरहको कुराकानी भयो । उहाँहरू बसेको छेवैको खाटमा म सुतेको थिएँ । निदाएको थिइनँ । ननिदाए पनि निदाएजस्तै गरी पल्टिएको थिएँ । दाइ र बाको त्यो गन्थनलाई आँखा सानो र कान ठाठो पारेर नियालिरहें ।

बा : तँ यसरी बन्दुक बोकेर हिंड्याछस् । तेरो केही भर भएन । तेरा बहिनी र भाइलाई पढाउन पऱ्यो । उमेर भएसी बिहे गर्दिन पऱ्यो । घरमा कति दुःख छ, तँलाई के थाहा ! (बा बोल्न रोकिनुभयो । दाइबाट पनि कुनै जवाफ आएन । केहीबेर दुवै मौन रहे ।) मेरो कुरा सुन् ! तिमीहरूले बैंक लुटेर ल्याएका छौ । हेर बाबु, मान्छेले बेलामा बुद्धि पुऱ्याउनुपर्छ । पैसा र सुनले खाँदिएका यतिका धेरै बोरा छन् । अरूले थाहा नपाउने गरेर अलिकति यहीं घरमा लुकाएर राखौं ।

दाइ : बा, यो सबै सम्पत्ति पार्टीको हो । यसमा एक पैसो र एउटा टुक्रो सुन पनि तलमाथि हुनु हुँदैन । अन्यथा गरियो भने पार्टीमाथि धोका हुन्छ । गद्दारी हुन्छ । पार्टीमाथि गद्दारी गर्नु भनेको शहीद, देश र मुक्तिकामी जनतामाथि गद्दारी गर्नु हो ।

बा : हेर् छोरा ! मलाई घर चलाउन धेरै गाह्रो भइसक्यो । अब म धान्न सक्तिनँ । पहिलाजस्तो खटिएर काम गर्न पनि सक्तिनँ म । ज्यानबाट तागत बिलाउँदै गयो । आज भगवान्ले हामीलाई हेरे । दुःख मेट्ने मौका दिएका छन् । त्यै भएर यतिका धेरै सुन र पैसा घरमा भित्रिए । साक्षात् लक्ष्मी भित्रिइन् । यसमा अलिकति हामीले राख्दा के नै पो घाटा लाग्ला र तेरो पार्टीलाई ? के नै नोक्सानी होला र ? के नै गद्दारी होला र ? मेरो कुरा मान् !

दाइ : मेरो कुरा बुझ्नुहोस् बा ! यो मेरो सम्पत्ति होइन, पार्टीको हो । त्यस्तो गर्न मिल्दै मिल्दैन ।

बा : पार्टीको भने पनि आखिर तँ पनि त्यही पार्टीको मान्छे त होस् नि ! भागवण्डै गर्ने हो भने तेरो भागमा पनि पर्ला नि त, केही तोला सुन र केही मुठो पैसो ! अहिले यहाँ पैसाको स्यापस्याप भएर पो तँलाई मुख

फोरेको । भोलि तेरो भाइले कमाउला । तेरो पार्टीलाई साँवाब्याजसहित फिर्ता गरिदिए भएन ? हामी तेरो पार्टीको सम्पत्ति खाएर कहीं भाग्दैनौं क्यार ! कागजै गर्नुपर्छ भने पनि गरिदिन्छु !

दाइ : यस्तो नहुने कुरा नगर्नुहोस् बा ! तपाईंजस्तो पाको मान्छेले यस्तो कुरा गरेको पटक्कै सुहाउँदैन । तपाईंलाई यी बोराका पैसा र सुन कसैगरी पनि म दिन सक्दिनँ । मैले भनिसकें, यो पार्टीको सम्पत्ति हो । यसमा तपाईंको छोरा या अरू कसैका छोराछोरीले चाहेर हुने केही होइन । सबै कुरा पार्टीको निर्णयअनुसार हुन्छ । पार्टीले मलाई दिएको यै एउटा पेस्तोल हो (गोजीबाट पेस्तोल झिकेर देखाउँदै) । यो पेस्तोलमा दुईवटा गोली बचेको छ । भागवण्डा गर्दा तपाईंको छोराको भागमा परेको सम्पत्ति भनेको पनि यही नै हो । अब कसैलाई दिनका लागि मसँग यही दुईवटा गोलीमात्र बाँकी छन् बा ! योबाहेक म कसैलाई केही पनि दिन सक्तिनँ !

निदाएको स्वाङ पारेर मैले हेरिरहेको थिएँ । दाइको त्यस्तो अमिलो जवाफले बाको अनुहार अँधेरो भएर आयो । त्यसरी नै जसरी उजेलो दिनलाई काला बादलहरूले घेर्न थालेपछि आउँछ । बाका आँखाभरि आँसु टिलपिलायो । बाको मुखबाट कत्ति पनि आवाज आएको थिएन । अवश्य, उहाँ रून चाहनुभएको त थिएन । तर, नचाहँदानचाहँदै पनि उहाँ रूनुभएको भने प्रष्ट थियो । बा यसरी रूनुभएको मैले जिन्दगीमा कहिल्यै पनि देखेको थिइनँ । हो, आमाचैं रूनुहुन्थ्यो । तर बा ? अँहँ !

"धत्, यसरी हुतिहारा भएर पनि कोही रून्छ ?", यो वाक्य मैले खुद बाकै मुखबाट धेरैपटक सुन्दै आएको थिएँ । तर त्यो दिन बा आफैं रूनुभयो । बा रोएको देखेर मलाई एकदम नरमाइलो लागेर आयो । मलाई यो संसार नै अँध्यारो हुन लागेको जस्तो भान पर्‍यो ।

लाग्यो, अबदेखि संसारमा कहिल्यै घाम उदाउँदैन । जताततै अँध्यारो नै अँध्यारो हुनेछ । उज्यालो कतै हुनेछैन । अब सारा संसार अँध्यारोको गर्तमा भसियो, भासियो । विज्ञान पढाउने सरले भन्ने गरेको ब्ल्याक होलमा

अब यो संसार जाकियो, जोकियो किनभने कहिल्यै नरूने मेरा बा आज रूनुभएको छ । निधारमा पसिनाका दाना उम्रने मेरा बाका गालामा आज आँसुको धारा देखिएको छ ।

तर यति हुँदासमेत दाइको अनुहारमा बाप्रति रत्तिभर पनि सहानुभूतिको भाव नदेख्दा मलाई घोर आश्चर्य लागेको थियो । दाइको अनुहारमा मैले संवेदनशीलताको कुनै रेखा देखिनँ । उहाँको अनुहार पूरै क्रान्तिकारी अन्दाजमा दृढ थियो । क्रान्तिकारीहरू आफ्नो झिनामसिना पारिवारिक कुरामा अल्झिने-बल्झिने गर्दैनन् भन्ने कठोर आदर्शबाट दाइ ओतप्रोत हुनुहुन्थ्यो होला सायद । उहाँमा आरूढ त्यो कठोरता पक्कै पनि क्रान्तिकारी शिक्षाले दिएको एउटा सङ्गीन उपहार थियो होला । तर त्यसबखत दाइको त्यो कठोरताले मलाई कताकता बिझाए जस्तो भयो ।

भोलिपल्ट बिहान नहुँदै अँध्यारोमै दाइ र उनका छापामारहरू फटाफट बाटो लागे । दाइले "ल अब हिँडियो !" मात्र भन्नुभयो । बा केही बोल्नुभएन । आमा र दिदी सुँक्कसुँक्क गरेर रोए मात्र । म बबुरो के पो गर्न सक्थें र ! अँध्यारो मुख लाएर बसें ।

आज पनि म त्यो दिन सम्झन्छु । र मलाई एकदम नरमाइलो लागेर आउँछ । त्यस दिन हामीबाट छुट्टिएका दाइ हराएको हरायै भए । कहींकतै केही खबर पाइएन । उहाँ जनयुद्ध लड्दालड्दै बेपत्ता हुनुभयो । कहाँ जानुभयो ? के भयो ? केही खबर आएन । माओवादीहरू शान्ति प्रक्रियामा आए । मन्त्री भए । प्रधानमन्त्री भए । सबैले आआफ्नो भाग पाए । तर मेरो दाइको... ? न लाश आयो न सास आयो... !

अहिले पनि आमा एक्लो हुँदा टोलाएर बस्नुहुन्छ । अरू कोही मान्छे भेटियो र दुई-चार कुरा गर्दा नगर्दै दाइलाई सम्झेर उहाँका आँखाबाट पिलपिल आँसु झरिहाल्छन् । बालाई देखेर यस्तो लाग्छ कि हाँसो भन्ने कुराले उहाँको ओठबाट सदासदाका लागि बिदा लिएर गइसक्यो । त्यो कहिल्यै फर्केर आउनेछैन । लाग्छ, जिन्दगीले उहाँलाई गम्भीर र उदासिन हुने श्राप दिएको छ ।

अब यहाँभन्दा बढी व्यथा पोखेर म तपाईंलाई थप दुखी बनाउने पक्षमा छैन । तपाईंसँग भेट भयो । तपाईं पनि कसैको खोजीमा हुनुहुँदो रहेछ । तपाईंले जुन यो गिद्धको टाउको भएको स्केच देखाउनुभयो, त्यस बारेमा म केही भन्न सक्दिनँ । तर तपाईंले अर्को जुन फोटो देखाउनुभयो, त्यो फोटोचैं मलाई कताकता मेरो दाइको अनुहारसँग मिल्दोजुल्दो हो कि जस्तो लाग्छ ।

***

यसरी ईशापुत्रले आफ्नो व्यथा विवरण सुनायो । आफ्नो जिन्दगीको घाउ कोट्यायो । दुखी भयो । मलाई पनि उसको दुःखमा सामेल गरायो । त्यसपछि ऊ आफ्नो दुःख अर्थात् दाइको खोजीमा पञ्चासेतिर लाग्यो ।

अब मचैं कता जाऊँ... ?

म जहाँ, जता पुगे पनि तपाईं यो लिखत दस्तावेजको अन्तिम अंश पढ्दै गर्नुस् है !

दस्तावेज नं. ८

"प्रेम भन्ने कुरा अस्तित्वको डिएनएमै छैन ।"
- भूलभूलैया

प्रतिउत्तर

मलाई थाहा छ, अस्तित्व मलाई प्रेम गर्न चाहन्छ । केवल चाहन्छ मात्रै, गर्न सक्दैन । चाहनु र गर्नुमा त आकाश पातालकै फरक होला नि ! होइन ?

हो, त्यही फरकलाई बुझ्न नसक्नु उसको सबैभन्दा ठूलो कमजोरी हो । कसैले ठीकै भनेका हुन्, "कमजोर मानिसहरू केवल चाहन्छन् मात्रै, गर्न केही सक्दैनन् !" कमजोरहरूले न कुनै काव्य लेख्छन्, न इतिहास !

त्यही कमजोर मानिसहरूमध्येको एक हो- अस्तित्व । कमजोर मानिसहरूले कसरी बलियो प्रेम गर्न सक्लान् र ! कमजोर प्रेम मलाई पटक्कै स्वीकार छैन । कमजोर प्रेमले केवल प्रेमको धज्जी उडाउने काममात्र गर्छन् । प्रेमलाई कलङ्कित पार्न अनि अपमानित गर्नमा यिनै कमजोर प्रेमहरूको हात छ । त्यस्तो हातलाई म ठुन्क्याउन चाहन्छु । टुक्राटुक्रा पार्न चाहन्छु किनकि प्रेम गर्ने भनेको कुनै जागिर खाएजस्तो होइन । कुनै दुकान चलाएजस्तो होइन, प्रेम गर्ने भनेको । कुनै खेल, जादु वा सर्कस देखाएजस्तो पनि होइन, प्रेम गर्ने भनेको ।

प्रेम गर्नलाई ठूलो हिम्मत चाहिन्छ । अस्तित्वले त्यो हिम्मत गर्न सकेन । भीषणभन्दा भीषण खतरा मोल्न सक्ने तागत हुनुपर्दछ, प्रेम गर्नलाई । अस्तित्वमा त्यस्तो खतरा मोल्ने तागत भएन । भँगेराको जत्रो मुटु लिएर प्रेमको बाटोमा नहिँड्दा हुन्छ । परिआए उँचोभन्दा उँचो पहाडको टाकुराबाट निःशर्त छलाङ मार्न सक्नेले गर्ने कुरा हो- प्रेम ! तलबारको धारमा चढेर पैताला रगताम्य बनाएर हिँड्न सक्नेले गर्ने कुरा हो- प्रेम ! मीराले झैं जहरको प्याला पिउन सक्नेले गर्ने हो- प्रेम ! यो चानेचुने कुरा त हुँदै होइन ।

प्रेमका खातिर जोखिम उठाउने त धेरै टाढाको कुरा भयो, उसले आजसम्म मेरो सामु उभिएर मेरो हातमाथि हात राखेर, आँखामा आँखा जुधाएर "भूलभूलैया ! म तिमीलाई प्रेम गर्छु" भन्नसमेत सकेको छैन । ल त्यति भन्न सकेन, ठीकै छ । एउटा कागजको टुक्रामा "तिमीलाई प्रेम गर्छु" भनेर लेखी पठाउन त सक्थ्यो होला नि ! त्यो पनि गर्न सकेन उसले ।

वर्षैपिच्छे आउँथ्यो भ्यालेन्टाइन डे । प्रेमीहरूको महापर्व ! दुनियाँभरका प्रेमीहरू हृदयमा प्रेमको उदात्त पुकार र हातमा रातो गुलाब बोकेर आफ्नो प्रियसीलाई भेट्न जान्छन् तर अस्तित्व मलाई भेट्न आउँदैन । पोहोर-परार नआए पनि यो वर्ष आउँछ कि भन्दै आश गरेर म कुरिरहन्थें उसलाई । तर कुनै भ्यालेन्टाइन डेमा रातो गुलाब बोकेर ऊ मलाई भेट्न आएन ।

एकपटक उसको जन्मदिनमा मैले उपहार लिएर शुभकामना दिन गएकी थिएँ । "अस्तित्व तिमीलाई जन्मदिनको असीम शुभकामना ! लिऊ यो उपहार तिम्रो लागि !"

मैले दिएको उपहार लिऊँ कि नलिऊँ भनेझैं गरी लियो र भन्यो, "धन्यवाद भूलभूलैया ! तर मैले कहिल्यै जन्मदिन मनाउने गरेको छैन ।"

"मनाउने गरेको छैन भने अबदेखि मनाऊँ न त ! लौ यही वर्षबाट शुरू गरौं !"

"भयो, भो ! हाम्रो परिवारमा चलन नभएर होला, मलाई आफ्नो जन्मदिन मनाउने कुरामा कुनै रूचि नै छैन ।"

उसले आफ्नो जन्मदिन मनाउन अस्वीकार गरेको हुनाले त्यहाँ कुनै मैनबत्ती बाल्ने र फुक्ने काम भएन । कुनै केक काटिएन । ह्याप्पी बर्ड्डे टु यु... भन्ने कुनै कोरस गायन पनि भएन । कुनै मिठाइ-मिष्ठान्न खाने-खुवाउने काम त झनै भएन । सिर्फ आतिथ्य सत्कारको औपचारिकता निभाउँदै उसले मलाई एक कप फिक्का चिया खुवाएर पठायो । त्यसपछि उसको प्रत्येक जन्मदिनमा मैले फोन गरेर शुभकामना मात्र दिने गरेकी छु । धन्न, शुभकामनाको बदलामा धन्यवादचाहिं भन्ने गर्छ । यसैमा सन्तोष मान्नुपर्छ मैले ।

म त आफ्नो जन्मदिन हरेक वर्ष जमेरै सेलेब्रेट गर्छु । अस्तित्वलाई पनि नित्याउँछु । छुटाउँदिनँ । भ्यालेन्टाइन डे अथवा अरू कुनै दिनमा मलाई पर्पोज नगरे पनि जन्मदिनको अवसरमा पो गर्छ कि भन्ने झिनो आश नहुने होइन मेरो मनमा । तर त्यो आश फगत् आशमात्रै हुने गर्छ । यथार्थ हुँदैन । मेरो जन्मदिनमा ऊ सधैँ एउटा 'ह्याप्पी बर्थ डे' लेखिएको रङ्गीन ग्रिटिङ कार्ड बोकेर आउँछ । ग्रिटिङ कार्डमा त्यसबाहेक अरू केही पनि लेखिएको हुँदैन । ऊ टन्न बर्थडे पार्टी खान्छ र खानाको तारिफ गरेर जान्छ ।

अब यस्तो मान्छेले प्रेम गरेर खाला त ? तपैं आफैं भन्नुस् न ?

उसले मलाई धेरै किताब पठाइसक्यो । हामीबीच किताब लेनदेनको चक्कर धेरै समयसम्म चल्यो तर अहिलेसम्म उसले पठाएका कुनै पनि किताबभित्र मैले एउटा प्रेमपत्र फेला पर्न सकेकी छैन । मसँग पैसा नभएर, मैले किताब किन्न नसक्ने भएर ऊसँग मागेकी थिइनँ । मैले त पुस्तक आदानप्रदानको बहाना बनाएर उसलाई प्रेम अभिव्यक्त गर्ने मौका दिंदै आएकी थिएँ तर त्यो मौकालाई उसले कहिल्यै सदुपयोग गर्न सकेन । ऊ आँट नभएको एक लाछी मानव हो । यसो भन्दा मलाई कुनै सङ्कोच छैन ।

यी हेर्नुस्, अहिले आएर कस्तो काइते चिठी लेखेर पठायो उसले ! यो चिठी कुनै मानेमा प्रेम पत्रजस्तो लाग्छ तपाईंलाई ? यसलाई त म कुण्ठापत्र भन्छु । कुण्ठैकुण्ठा लेखेर पठाएको छ उसले यहाँ । यत्रो चाहिंदोनचाहिंदो नानाभाँतीका कुरा किन लेखेर पठाउनुपर्थ्यो उसले ? कसलाई सुनाउन लेख्या हो यति विघ्न कुरा ? कि आफू ठूलै लेखक भएँ भनेर शान झारेको हो ?

लेख्न पनि के नै पो लेख्यो र उसले !

"तिमीलाई प्रेम गर्छु" भन्न नसकेर उसले पुस्तकलाई प्रेम गर्छु भन्यो । सीधासीधा भन्न नसकेर घुम्तीमा ड्राइभरले स्टेरिङ घुमाएझैं किन कुरो घुमाउनु परेको होला उसलाई ? कस्तो घुसघुसे मान्छे होला ? भूलभूलैया घुसघुसे मान्छेलाई देखी सहन्न भन्ने कुरा उसले बुझ्नुपर्ने हो । किन बुझेन, उसले यो कुरा ?

नारीलाई सम्मान गर्न जानेको छैन भनेर उसले मेरो सस्तो सहानुभूति खोज्यो तर मेरो प्यारको महत्त्व र गुरूत्व दुवैलाई आँक्न सकेन । अस्तित्व एक नम्बरको डरपोक हो । यसो भन्दै गर्दा फेरि अर्थको अनर्थ नलागोस् ! मैले ऊ खराब मान्छे हो भन्न खोजेकी पनि हैन ।

ऊसँग मेरो भेट पिएन क्याम्पसमा भएको हो । व्याचलर पढ्दाताका हामी एउटै व्याचका विद्यार्थी थियौं । पातलो काँटीको ज्यान र हेर्दा गम्भीर प्रकृतिको थियो ऊ । शुरूशुरूमा यस्तो लाग्थ्यो कि यो मान्छे कहिल्यै पनि हाँस्दैन । हुन पनि त्यस्तै थियो । मैले नै उसलाई हाँस्न सिकाएकी हुँ । त्यसबाहेक अरू धेरै कुरा मैले उसलाई सिकाइएकी छु; जस्तो- खाना कसरी बनाउने ? लुगामा आइरन कसरी लगाउने ? उसको पातलो ज्यानमा कस्ता र कुन रङका लुगाहरू सुहाउँछन् ? अनुहारमा कुन क्रिम लगाउने ? कस्तो पर्फ्युम प्रयोग गर्ने ?

ऊ आफ्नो बारेमा खासै केही बताउँदैनथ्यो । क्याम्पस पढेको भन्नु मात्रै थियो । क्याम्पसको पढाइमा उसको उतिसारो ध्यान थिएन । ऊ कोर्सका किताबभन्दा बढी दर्शन र साहित्यसँग सम्बन्धित विषयमा कुरा गर्न रूचाउँथ्यो । ऊ त्यस्ता किताबहरू प्रशस्त किन्ने र पढ्ने गर्थ्यो । उसको सङ्गत मान्छेभन्दा बढी पुस्तकसँग थियो । क्याम्पसको समयमा पनि कक्षामा भन्दा बढी पुस्तकालयतिर उसको बास हुन्थ्यो ।

उसलाई मैले नै मेरा साथीहरूको सर्कलमा मिसाएकी हुँ । अन्यथा ऊ सदैव एक्लो अनि एकलकाँटे हुने थियो । उसको निरस जिन्दगीमा रस भर्ने काम मैले नै गरेकी हुँ । हो, मैले नै गरेकी हुँ, खडेरीले खाएको वनजस्तो उसको जिन्दगीमा हरियो पालुवा उमार्ने काम । उसको श्यामश्वेत जिन्दगीमा थोरबहुत रङ भर्ने काम पनि मैले नै गरेकी हुँ । यो अतिशयोक्ति होइन । यथार्थ हो । यदि तपाईंलाई मेरो कुरा पत्यार लाग्दैन भने हाम्रो व्याचको जुनसुकै विद्यार्थी-साथीलाई सोध्न सक्नुहुन्छ ।

यसो त ऊ आफ्नै सुरको मान्छे हो । त्यस्तो अरूलाई पिराउने मान्छे पनि होइन । सामान्यरूपमा ऊ सङ्गत गर्न लायककै मान्छे हो । ऊ

सहयोगी छ । मिल्ने चाहनेहरूका लागि मिलनसार पनि छ । ऊ जो कोहीको असल र इमान्दार साथी पनि बन्न सक्ला तर यो जुनीभर ऊ एक अब्बल प्रेमी बन्नचैं कदापि सक्दैन किनकि प्रेमी बन्नु भनेको नितान्त फरक र चुनौतीजन्य कुरा हो ।

उसलाई अचेल आफ्ना पुस्तकहरू अर्काकी श्रीमतीजस्तो लाग्न थालेको भन्ने वाहियात र बेतुकको कुरा किन गरेको हो ? उसलाई घृणा नगरे पनि उसको यो तुच्छ सोचलाई म घृणा गर्छु । नारीलाई हेर्ने उसको दृष्टिकोणमा म खोट देख्छु ।

मलाई राम्ररी थाहा छ । उसले सोचेको छ कि अब निकट भविष्यमै मेरो विवाह अरू कोहीसँग हुँदै छ । विवाह पछि त उसका लागि म अर्काकी श्रीमती हुनेछु । अर्काकी श्रीमतीलाई भगाउने चाहना गर्नु एउटा जार-चाहना मात्र हो ।

यो चिठीमा उसले जार बन्न चाहन्नँ भनेर जिकिर गरे पनि असलमा उसको कुण्ठाग्रस्त मनमा जार बन्ने चाहना बढेर आएको कुरा स्पष्ट छ । त्यो चाहना पनि उसको मौजुदा कुण्ठाकै अर्को एउटा नयाँ संस्करण मात्र हो । उसको अन्तर्मनमा गुम्सिएर बसेको त्यो कुण्ठालाई पोख्न उसले नानाभाँतीको शाब्दिक जालझेल गरेको मात्र हो ।

उसले आफ्नो कुण्ठा मोचन गर्न जेजस्ता शब्दहरूको प्रयोग गऱ्यो, त्यसमा मेरो घोर आपत्ति छ । जालझेलयुक्त ती शब्दहरूलाई म सख्त घृणा गर्छु । उसको तथाकथित 'जार-अवधारणा'लाई म अस्वीकार गर्छु । त्यस्तो निकृष्ट प्रस्तावनालाई म खारेज गर्छु ।

उसले फेसबुकमा पनि यस्तै घुमाउरा र नबुझिने स्टाटसहरू लेखिरहन्छ । ती सबै स्टाटसहरू मप्रति लक्षित हुन् भन्ने कुरा बुझेर पनि म नबुझेजस्तो गर्दछु ।

उसले सत्य लेखोस् या मिथ्या लेखोस्, त्यो मेरो सरोकारको विषय नै होइन । यदि सक्ने नै भए उसले हाम्रो प्रेमकथा लेख्न सक्नुपर्थ्यो । अजर-अमर प्रेम कहानी, जो उसले लेख्न सकेन । सायद, कहिल्यै पनि लेख्न सक्दैन ।

अवश्य, उसले लेख्न चाहेको चाहिँ थियो होला किनकि ऊ सधैं चाहने मान्छे हो । आँट्ने र गर्ने मान्छे होइन ।

त्यसैले अब मैले उसलाई भन्नुपर्छ, "मलाई माफ गर अस्तित्व ! जिन्दगीलाई यात्रा भन्छौ भने म तिम्रो सहयात्री बन्न सकिनँ । मान, हामी फरक दिशामा हुइँकेका गाडी हौं । यो यात्रामा मलाई साथ दिने अरू नै कोही हुनेछ । तिमीले मलाई सर्लक्कै भुलिदेऊ । सबैभन्दा बेस यही हुनेछ । तिमी डिप्रेसनको औषधि खानतिर नलाग । आत्महत्याको चक्करतिर त झन् लाग्दै नलाग । सकारात्मक सोच ! यति भन्न आवश्यक थिएन र पनि भनें । तिमी सदैव चाहने मान्छे हौ । मात्र चाहने । गर्न केही नसक्ने । जतिसुकै धेरै किताब पढे पनि तिमीले प्रेमको अर्थ के हो, जानेकै छैनौ । हुन त प्रेम भनेको पढेर होइन, परेर जानिने कुरा हो । तिमी प्रेममा पर्नै सकेका छैनौ । यसैले त प्रेम के हो, बुझेकै छैनौ किनकि प्रेम भन्ने कुरा तिम्रो डिएनएमै छैन !"

- भूलभूलैया ।

समय, सापेक्ष र स्वरूपा

प्रिय पाठक !

अब यो कथाको अन्त्य म गर्छु । मलाई के लाग्छ भने, एकादेशका हुन् वा अरूदेशका ती सबै कथाहरू मेरै अस्तित्वको वर्णन एवम् विवरणमात्र हुन् । ती मबाटै शुरू भएर ममा नै अन्त्य हुन्छन् । म छैन भने ती पनि छैनन् । तपाईं यो कुरालाई स्वीकार्न अथवा नकार्न स्वतन्त्र हुनुहुन्छ । तपाईंको नैसर्गिक स्वतन्त्रताको म सम्मान गर्छु । तर तपाईंले यो कुरालाई राम्रोसँग बुझ्नुपर्छ कि मेरो अस्तित्व सार्वभौम छ । अनन्त छ । म अर्थात् समय ।

गिदीमा अनावश्यक दर्शनको ट्युमर पालेकाहरूले मलाई मिथ्या भन्न सक्छन् । त्यसो भन्न तपाईंजस्तै उनीहरू पनि स्वतन्त्र छन् । म उनीहरूको स्वतन्त्रतालाई पनि हार्दिकतापूर्वक स्वागत गर्छु । त्यसमा मेरो खास गुनासो केही पनि छैन किनभने म सत्य-मिथ्याभन्दा धेरै पर छु । शास्वत छु । अनन्त छु । कसैले नकार्दैमा म नहुने र सकार्दैमा म हुने पनि होइन ।

हरेक धर्मका ईश्वरहरू मलाई जान्दछन् । मेरो कदर गर्दछन् । मलाई चिन्ने मान्छेले नै संसारलाई जित्छ भन्दछन् । उनीहरूले नै पढाउँछन् यो पाठ, कसैले नसिकाएको कुरा समयले सिकाउँछ । समय नै मान्छेको असल गुरू हो ।

के म ती सबै ईश्वरहरूभन्दा पनि बलवान छैन र ? सुनेको थिएँ, कुनै लेखकले ईश्वरको मृत्युको घोषणा गरेको । तर मेरो मृत्युको घोषणा गर्न त्यत्ति सजिलो छैन । गरेछन् भने पनि त्यो केवल घोषणाका लागि गरिएको घोषणा मात्र हुनेछ ।

तपाईंलाई लाग्ला, मैले आफ्नो गुणगान अलि बढी नै गरें। आत्म प्रशंसा अति भो ! चर्को भो आत्मश्लाघा ! त्यसो त पाठकमाथि यसरी अत्याचार गर्नका लागि मैले आफ्नो आत्मकथा लेख्न लागेको पनि हैन। म त बाँकी कथा सुनाउन यहाँ आएको हुँ।

मोहदत्तको फोटो बोकेर सापेक्ष कहाँकहाँ पुग्यो भन्ने कुरा तपाईंलाई ज्ञात भइसकेको छ। उसले भेटेका अनेक मान्छेहरूलाई तपाईंले पनि जानी सक्नुभएको छ। ती भेट भएका मान्छेहरूले सुनाएका अनेकानेक कहानीहरू तपाईंले पढिसक्नुभएको छ।

ती अनेक-अनेक कहानीहरूले सापेक्षको गिदी खाए। पोखराको चारकुना चक्कर काट्दै गर्दा ऊ तनले यसै पनि थाकिसकेको थियो। र त्योभन्दा बढी क्लान्त थियो, उसको मन। जुन उत्साहले ऊ यो काममा होमिएको थियो, अब त्यस्तो उत्साह केही बाँकी रहेन। ऊभित्र आशाको उज्यालो जुनकिरीको पुच्छरमा बले जतिको पिलपिल पनि रहेन।

अब त्यो शङ्कास्पद अभियुक्त आफैंमा एउटा रहस्यको पात्रजस्तो बनिसकेको थियो। त्यसलाई कति खोज्ने ? कहाँ खोज्ने ? योभन्दा बढी खोज्न थाले आफैं बहुलाउन बेर छैन। त्यसैले अब मोहदत्तलाई खोज्ने नाममा ऊ एक क्षण पनि खर्चन चाहन्नथ्यो। जम्माजम्मी चार शब्दमा उसले अन्तिम निष्कर्ष निकाल्यो, मोहदत्तलाई भेटाउन सम्भव छैन।

यता अभियुक्त फेला नपरेको अवस्थामा जगत्-मिथ्याको हेडक्वाटरले उसलाई यत्तिकै घर फर्कने अनुमति दिंदैनथ्यो। खोजी जारी राख्नू भन्ने नै आदेश हुन्थ्यो। त्यसकारण उसले हेडक्वाटरमा फर्कन लागेको खबर गरेन। बरू सबै कुरा हेडक्वाटरमै गएर भन्ने र यो मिसनबाट राजीनामा दिने विचार गऱ्यो। त्यसो हुँदा हेडक्वाटरले यो कामका लागि अरू नै कोहीलाई नियुक्त गर्न सक्थ्यो।

यही सोच गरेर सापेक्षले सीधै जगत्-मिथ्या फर्कने सुर गरेको थियो। उसले कम्मर पनि कस्यो। झोला पनि कस्यो तर उसको मन ? अहँ, कसिंदै कसिएन। सापेक्षले घाँटीछिनाबाट फर्कनलाई पाइला बढाएकै हो।

तर मन ? खै किन हो किन यसैयसै बरालिन थालेको थियो । ऊ यसैयसै अलमलिन थालेको थियो ।

त्यो दिन ऊ फर्कन सकेन । घाँटीछिनाबाट केहीबेर हिंडेपछि लौरूक भन्ने ठाउँमा उसले एउटा होमस्टे भेटायो । त्यो रात उसले त्यही होमस्टेमा काट्ने भयो । कोसौं दूरी पार गरेर आएको भरियाले चौतारीमा भारी बिसाएझैं गरी सापेक्षले आफ्नो थाकेको तन-मनलाई होमस्टेको आरामदायी ओछ्यानमा लगेर बिसायो । अनि शून्यमा शून्य सरी बिलाउने चेष्टा गऱ्यो ।

बाहिरबाट मान्छेहरूले हारगुहार गरे जस्तो आवाज लगातार आइरहेको थियो, जुन कोलाहलमय हारगुहारले उसको शून्यावस्थालाई खण्डित गरिदयो । ऊ शून्यतामा बिलाइरहन सकेन । मान्छेहरूको होहल्ला झन्झन् चर्कंदै गयो । कुनै विपत्ति पो आइलागेर हो कि ? के भएको रहेछ बाहिर गएरै हेर्न पऱ्यो भनी सापेक्ष उठ्यो । कोठाको ढोका खोल्यो र बाहिर आयो ।

नभन्दै, बाहिर आगलागीले बित्यास पारेको रहेछ । वरपरका घरहरूमा आगोको ताण्डव नृत्य जारी थियो । आगो निभाउन मान्छेहरू हस्याङफस्याङ गर्दै कोही बाल्टिनमा पानी ओसार्दै थिए र जल्दै गरेका घरहरूमा पानी छ्याप्दै थिए भने कोही माटो र बालुवा हुऱ्याउँदै थिए ।

आगो यति भीषण किसिमले दन्किएको थियो कि तिनले फ्याँकेको पानी, माटो र बालुवा डाइनोसरका मुखमा तिलका गेडाझैं भएको थियो । त्यो पाराले आगो निभ्ने छाँट कत्ति पनि थिएन । त्यहाँ कुनै ठूलो दमकलको आवश्यकता थियो तर आवश्यकता अनुसारको दमकल त्यहाँ मौजुद थिएन ।

उमेर निखि्रएका बुढाबुढीहरू एक छेउतिर बसेर पानी ओसार्दै गरेकाहरूलाई यसो गर र उसो गर भन्दै कराउँदै थिए । उमेरले बलिया मान्छेहरूको आगो निभाउने प्रयास जारी थियो । बालबच्चाहरू आफ्ना बाआमाको काखमा टाउको जोतेर रूँदै थिए । सापेक्षले आफ्नो अगाडि देखिरहेको यस्तो आपतलाई दर्शकजस्तो भएर सिनेमाझैं हेरी बस्न सकेन । आपत्मा सहयोगको हात बढाउनु नै मान्छे हुनुको अर्थ हो भन्ठान्यो उसले ।

अघि हतारमा निस्कँदा ऊ खाली खुट्टै बाहिर निस्किएको थियो । जुत्ता लगाउन भनी तुरुन्तै भित्र गयो । जुत्ता त्यहाँ थिएन, जहाँ हिजो उसले फुकालेर राखेको हुनुपर्छ । अन्तै फुकालेको रहेछु कि भनेर धम्मरधुस लगाएर खोज्दा पनि भेटेन । "भैगो, जुत्तासुत्ता छोड् ! ढिलो नगरीकन आगो निभाउन हिँड् !", उसले आफैँलाई फर्मायो र खालि खुट्टै बाहिर आयो । ऊ दौडँदै आगलागी भएका घरतिर लाग्यो ।

आगो निभाउन खटिएकाहरूसँग सापेक्ष पनि मिसिन गयो तर त्यहाँ उसलाई कसैले पनि वास्तै गरेनन् । देखेको नदेखेझैं गरे । उसलाई अचम्म लाग्यो । ऊ अलमलमा पऱ्यो । उसले के गर्ने कसो गर्ने, मेसै पाएन । सघाउन गएको ऊ त्यसै वाँ परिरह्यो । आगो उस्तै दन्किरहेको थियो । निभ्ने छाँटकाँट कत्ति थिएन ।

यस्तैमा सापेक्षले आगो दन्किरहेको घरभित्रबाट एउटा मान्छे निस्केर बाहिर आएको देख्यो । उसको टाउकोमा दियो बलिरहेको थियो तर अचम्मको कुरा के भने, उसलाई आगोले कहींकतै पोलेको थिएन । उसको ज्यान दुरुस्तै थियो । उसले लगाएका लुगा पनि सद्दे थिए । अरू त के कुरा गर्नु, उसको एउटा रौंसमेत कतै डढेको देखिएन । उसले काँधपट्टिबाट डोरो लगाएर हार्पिन बोकेको थियो र त्यही हार्पिन बजाएर एकदम बेसुरा गाउँदै ऊ निस्कियो ।

धन्य धन्य सोही ठाउँ मुरारी, युगल जोडीको रूप निहारी ।
धन्य ती पक्षी धन्य ती गाई, धन्य धन्य नर नारी र माई ॥

बाहिर निस्किएर ऊ आफ्नै सुरमा बाटो लाग्यो । न उसले त्यहाँको मान्छेहरूलाई वास्ता गऱ्यो, न त्यहाँका मान्छेहरूले उसलाई वास्ता गरे । मानौं, त्यो हार्पिनवालालाई सापेक्षबाहेक अरू कसैले पनि देखेका छैनन् ।

सापेक्षले त्यसलाई केही परबाट हेरिरहेको थियो । हेर्दाहेर्दै उसलाई त्यो हार्पिनवाला मोहदत्तझैं लाग्यो । फेरि आँखा गाढेर हेऱ्यो । ऊ दुरुस्तै मोहदत्त थियो । ओहो ! कयौं दिनदेखि खोजेको मान्छेलाई यहाँ आएर पक्रनु रहेछ... ! सापेक्षले ढिला नगरीकन आफ्नो गोजी छाम्यो र विषालु कलम भएको पक्का गऱ्यो । त्यसपछि उसलाई पक्रन जान्छु भनेर खुट्टा उचाल्यो । तर... खुट्टो

उचालिंदै उचालिएन । ऊ हिंड्नै सकेन । उसको पाउमा किलो ठोकेर जमीनमा गाडेजस्तै भयो । जति बल गर्दा पनि उसको खुट्टा उचालिएन । ऊ त्यहीं अड्किएर बस्यो ।

उता त्यो हार्पिनधारी मोहदत्त बेसुरा राग अलाप्दै अगाडि बढ्यो र पर गोलाकार पोखरीमा पुगेर उभियो, जुन पोखरीबाट मान्छेहरूले आगो निभाउनलाई पानी ओसारिरहेका थिए । कुनै अलमल नगरीकन बजाइरहेको हार्पिन अनि टाउकोमा बलिरहेको दियोसहित ऊ त्यही गोलपोखरीमा झ्वाम्म हाम फाल्यो । उत्रन्छ कि भनेको उत्रिएन । त्यतै बिलायो ।

त्यसरी हाम फाल्दा पनि सापेक्षबाहेक अरू कसैको ध्यान गोलपोखरीतिर गएन । ती सबै आगो निभाउने एक सूत्रीय अभियानमा तल्लीन थिए ।

त्यत्तिकैमा जल्दै गरेको अर्को घरबाट बूढो खच्चड डोहोर्‍याउँदै अर्को मान्छे निस्कियो । ऊ पनि उही मोहदत्त नै थियो । अघिको हार्पिनधारीझैं उसको पनि टाउकोमा दियो बलिरहेको थियो र उसलाई पनि न आगोले न पोलेको थियो, न त उसले डोहोर्‍याएको बूढो खच्चडलाई नै । ऊ पनि कसैलाई वास्ता नगरी आफ्नै सुरमा बाहिर निस्कियो । उसलाई पनि सापेक्षबाहेक कसैले वास्ता गरेनन् । ऊ सरासर गोलपोखरीमा पुगेर झ्वाम्म हामफाल्यो । बिलायो ।

यता जति जोडबल गरे पनि सापेक्षको पाउ जमिनमा टाँसिएको टाँसियै भयो । उता एकपछि अर्को गर्दै त्यही पारामा आगलागी भएको घरबाट मान्छेहरू निस्कँदै बाहिर जाँदै गरे ।

अर्को घरबाट हातमा फलफूलको झोला झुन्डाउँदै अर्को मान्छे निस्कियो । "यो गाउँमा कोही बिमारी छन् कि ?" भनी कराउँदै हिंड्यो । उसको अनुहार पनि मोहदत्तसँग मिल्दो थियो । उसलाई पनि आगोले कतै पोलेको थिएन । उसको पनि टाउकोमा दियो बलिरहेको थियो । उसले पनि बाटो तताायो र गोलपोखरीमा पुगेर झ्वाम्म हाम फाल्यो । बिलायो ।

अर्को घरबाट पुस्तक पढ्दै गरेको मान्छे निस्कियो । उसको हातमा मोटो पुस्तक थियो । उसको पनि टाउकोमा दियो बलेको थियो । उसको अनुहार पनि मोहदत्तसँग मिल्दो थियो । निस्कँदानिस्कँदै उसले "अदृश्यभूमि जाने

बाटो पत्ता लाग्यो । अब म त्यतै जान्छु । म बुद्धलाई भेट्छु । म कृष्णलाई भेट्छु । म महावीरलाई भेट्छु । म जिससलाई भेट्छु..." भन्दै हिंड्यो र उसैगरी गोलपोखरीमा पुगेर झ्वाम्म हाम फाल्यो । बिलायो ।

फेरि, अर्को घरबाट कुनै शैक्षिक प्रमाणपत्रजस्तो कागज हल्लाउँदै "यसपालि म पास भएँ ! म पास भएँ ! हिप हिप हुर्रे... !" भनी कम्मर मर्काएर नाच्दै निस्कियो । उसको पनि टाउकोमा दियो बलिरहेको थियो । ऊ पनि गोलपोखरीमै गएर झ्वाम्म हाम फाल्यो । बिलायो ।

यस्तै अर्को घरबाट "मेरो पेस्तोलमा दुइटा गोली बाँकी थियो । कता हराएछ ? कि कसैले चोरिदियो... ? ओ कामरेड ! कसले चाऱ्यो पार्टीले मेरो नाममा दिएको सम्पत्ति ?" भनी गर्जिंदै निस्कियो र हतारहतार गर्दै बाटो लाग्यो । उसको पनि टाउकोमा दियो बलिरहेको थियो । ऊ पनि गोलपोखरीमा गएर झ्वाम्म हाम फाल्यो र सेलायो । भुइँमा खुट्टा टाँसिएको सापेक्ष भने हेरेको हेऱ्यै भयो ।

त्यसपछि आगलागी भएका घरहरूबाट बथानका बथान चमेराहरू निस्किए र उड्दै आकाशतिर लागे । ती चमेराहरू उडेपछि घरहरूमा आगो देखिएन । सिर्फ धुवाँको मुस्लोमात्र निस्कन थाल्यो ।

"अब आगो निभ्ने भो... ! आगो निभ्ने भो !" भन्दै सबै जना खुशीले कराउँदै उफ्रन थाले ।

यस्तैमा बाल्टिनमा पानी बोकेको एक युवक सापेक्षको नजिक आएर भन्यो, "ओहो ! सबैतिर आगो ठेगान लागिसक्दा पनि तपाईंको टाउकोमा सल्किएको आगो त अझै निभेको रहेनछ । निभाइदिन्छु है !" र, भन्दानभन्दै उसले सापेक्षको टाउकोमा बाल्टिनको पानी खन्याइदियो ।

***

सापेक्ष सपनाबाट बिउँझियो । आँखा खोल्यो । बत्ती बाल्यो । पसिनाले गर्दा उसले लगाएको वस्त्र पूरै भिजेको थियो । लुगा फेऱ्यो । त्यसपछि झ्यालको पर्दा खोलेर बाहिर हेऱ्यो । बाहिर कुनै पनि घरमा आगो सल्किएको

थिएन । अँधेरो नै थियो । घडी हेऱ्यो । उठ्ने समय भइसकेको थिएन नै । त्यसपछि फेरि निदाउने प्रयास गर्दै ओछ्यानमा पल्टियो ।

बिहान ।

रातको सपनालाई सम्झन नचाहेरै सापेक्ष उठेको थियो । अनि त्यहाँ बस्न नचाहेरै ऊ होमस्टेबाट बाहिरियो र त्यहाँदेखि हिंड्दै आफ्नो गन्तव्यतर्फ लम्कियो ।

वारि र पारि समानान्तर रूपमा पसारिएका डाँडा अनि बीचमा हर्पन खोला बगिरहेको थियो । त्यही हर्पन गएर फेवा बन्दछ भन्ने कुरा सापेक्षले थाहा पाइसकेको थियो । फेवाताल बन्नका लागि हर्पन व्याकुल थियो । उन्मत्त भावमा हुत्तिंदै थियो, मानौं ऊ आफ्नी प्रियसीलाई भेट्न जाँदै छ । छेउछाउका अरू खोला-खोल्साहरूले पनि हर्पनलाई जोडसँग हुत्तिन सघाइरहेका थिए ।

वर्षाको मौसम । पातलो झरी परिरहेको थियो । पानीका थोपाहरू धुलोका मसिना कणजस्ता थिए । ज्यान ओसिलो पार्ने तर भित्रसम्म नरुझाउने खालको । नीलो आकाशमा सेता बादलले कब्जा जमाएका थिए । क्षितिजतिर काला बादलले घेरा नहालेका पनि होइनन् तर सेता बादलको साम्राज्य बढ्दै थियो । फैलँदै थियो । मध्यम किसिमको सिरसिरे चिसो बतास पनि चलेकै थियो तर यी कुराहरूलाई सापेक्षले खास महत्त्व दिएन किनभने जगत्-मिथ्याको आकाशलाई अझै पनि कालो बादलले कैद गरेर राखेको कुराले उसलाई बिझाइराखेको थियो । त्यहाँको अन्धकार नहटेसम्म सापेक्षको मनको बेचैनी पनि हट्नेवाला थिएन । त्यसैले ऊ आफ्नै मनको बेचैनीलाई सुम्सुम्याउँदै हिंडिरहेको थियो ।

हिंड्दै गर्दा बाटो छेउमा कति वन, बुट्यान, खोल्सा, झरना, पहिरो, मोड अनि घरहरू पार भए, उसले कुनै हिसाब राखेन । अलि अगाडि बढेपछि खपौंदी भन्ने ठाउँ आयो, जहाँबाट हर्पनले फेवाको फराकिलो आकार लिन शुरू गरेको थियो । त्यहाँबाट तालको बिस्तार परसम्म फैलिएको देख्न सकिन्थ्यो ।

त्यहाँनेर आइपुगेपछि भने सापेक्षलाई एकछिन यसै टहलिएर बस्न मन लाग्यो । छेउमा उसले एउटा अजङ्गको वृक्ष भेटायो । के कालवृक्ष भनेको यही हो ? उसले अनायसै आफैँलाई प्रश्न गऱ्यो । यस्तो प्रश्न, जसको उत्तरको अपेक्षा नै थिएन ।

वृक्षको फेदमा पातला छपनीहरूले चिनेको फराकिलो चौतारी थियो । छपनीका सन्धीस्थलबाट हरिया दुवोहरू मौलाएका थिए । ऊ त्यही चौतारीमा बसेर ताललाई एकतमासले टहलिएर हेर्न थाल्यो ।

डाँडाको टाकुरामा घोप्टिएको सेतो कुहिरो बिस्तारैबिस्तारै बाक्लिँदै र फैलँदै तलतल ओर्लँदै आयो । क्रमशः कुहिरोले वारि र पारिका दुवै डाँडालाई फेदैसम्म ढाक्दै गयो । डाँडाँहरूलाई पूर्ण रूपमा ढाकेपछि बाक्लिँदै र फैलँदै गएको कुहिरो अझै तल ओर्लँदै आयो । दिउँसै झिसमिसे साँझ पऱ्यो । उसलाई पुनः अन्धकारग्रस्त जगत्-मिथ्याको याद आयो ।

मौसमको यो चर्तिकला चौतारीमा बसेर हेर्दै थियो, ऊ । त्यहाँबाट तालको पर-परसम्म जोर आँखा डुलाउँदै थियो । यस्तैमा उसको आँखा एक ठाउँमा गएर अड्कियो, जहाँ उसले एक श्वेत आकृति डुङ्गामाथि सवार भएको देख्यो । कुहिरोका कारण त्यो आकृति त्यति प्रष्ट देखिएको थिएन । त्यो डुङ्गा अलि वर आएपछि उसले त्यो श्वेत आकृति मानवको हो भन्ने पहिचान गऱ्यो । अझ नजिक आएपछि त्यो नारी आकृति नै हो भनी ठम्याउन सक्यो । उसको आँखाले धोका खाएको थिएन ।

त्यो नारी आकृति थिई स्वरूपा । सापेक्ष उही स्वरूपातिरै एकोहोरिरहेको थियो । स्वरूपा शनैःशनैः ऊतर्फ नै आइरहेकी थिई ।

स्वरूपा सवार डुङ्गा तालको किनारामा आएर रोकियो । स्वरूपा डुङ्गाबाट उत्रिई । लचक लचक लच्किँदै ऊ सापेक्षतिर सोझिई । क्रमशः स्वरूपा र सापेक्षबीचको दूरी घट्दै गयो, घट्दै गयो । सापेक्ष कुनै तान्त्रिकको सम्मोहनले स्थिर प्राणीझैं हल न चल ठिङ्ग उभिरहेको थियो ।

सायद, स्वरूपाको झर्झराउँदो रूपले उसलाई सम्मोहित गरेको हुनुपर्छ । स्वरूपा धेरै नै नजिक आइपुगी । अब स्वरूपा र सापेक्षबीचको दूरी चार

अंगुलको पनि थिएन । दुवै जनाको जोर आँखाले दुवै जनाको जोर आँखालाई बराबर ताकिरहेका थिए । स्वरूपाको शरीरबाट निस्केको श्वास, ताप र गन्धलाई सापेक्षका इन्द्रियहरूले हार्दिकतापूर्वक ग्रहण गरिरहेका थिए । त्यसले उसको बोझिलो मन अनि थकिलो तनलाई पुनः ताजा बनाइदियो ।

यत्तिकैमा, स्वरूपाले आफ्नो दाहिने हातमा सेतो गुलाव प्रकट गरी । र सोधी, "मलाई चिन्छौ ?"

आगमनजस्तै उसको प्रश्न पनि आकस्मिक थियो । सापेक्षले उसको मोहोडाको नापनक्सा नियालेर चिन्ने कोशिश गरेन । ढिला नगरी सीधा जवाफ फर्कायो, "अहँ चिनिनँ !"

"म स्वरूपा !"

"रूप बमोजिमकै नाम रैछ ।", सापेक्षले यति मात्रै भन्यो ।

स्वरूपाले त्यो सेतो गुलाब सापेक्षको नाक नजिक लगी । त्यो सेतो गुलाबबाट चर्को मादक सुगन्ध फैलियो । त्यो सुगन्ध सापेक्षको नाकबाट प्रवेश गऱ्यो र फोक्सोसम्म भरियो ।

गुलाबको सुगन्धले उसलाई लठ्ठ बंनायो । ऊ लठ्ठियो । लठ्ठाइको जोड बढ्न थालेपछि ऊ मुर्छित भयो । त्यसपछि के भयो ? कसो भयो ? उसलाई केही थाहा भएन ।

***

कति दिन अनि कति रात गुज्रिएर गए भन्ने कुरा थाहा नपाईकनै सापेक्ष ब्युँझियो । र ब्युँझिंदा उसले आफूलाई यस्तो कोठामा भेटायो, जसलाई कुनै पौराणिक ऋषिमुनिहरूले भोगचलन गर्ने गरेको कुटी भन्न सकिन्थ्यो । जसको भित्ता रातो माटोले पोतिएको थियो । एउटा ढोका, जो ढ्यापिएको मात्र थियो । चुकुल वा कुनै गजबार लगाइएको थिइन । एउटा आँखी झ्याल, जसबाट मधुरो प्रकाशभित्र छिरेको थियो । त्यही प्रकाशको साहारामा सापेक्षले कुटीभित्रको वस्तुस्थितिलाई देख्न सकेको थियो अनि त्यही झ्यालबाट छिरेको बतासले उसलाई शितलो महसुस भइरहेको थियो । त्यो कुटीको छाना, जो

खरको थियो । ऊ सुतिरहेको काठको पलङमाथि बाक्लो राडी बिच्छाइएको थियो । एउटा पातलो ऊनीको च्यादर ऊ ओडिरहेको थियो ।

आफू र आफ्नो वरपरको अस्तित्वमाथि एक नजर फ्याँक्दै गर्दा उसका कानले सुनेका थिए, सामूहिक प्रार्थनाको लयबद्ध ध्वनि, जसले उसको तन र मनलाई झङ्कृत गरिरहेको थियो, जुन आवाज कुटी बाहिरबाट आएको थियो ।

उसले आफ्नो आँखा लगेर आँखी झ्यालनेर टाँस्यो र बाहिरको संसार हेर्न थाल्यो । ऊ बिलकुल अपरिचित संसारमा थियो । उसले देख्यो, वरपर अरू दुई-चारवटा कुटीहरू अनि प्रशस्त मात्रामा फस्टाएका केराका बोटहरू । उसले अलि परसम्म नजर पुऱ्यायो र देख्यो, फैलिएको हरिया रूखको घना जङ्गल ।

सापेक्षले उठ्न जरूरी ठान्यो । उठ्यो र ढ्यापिएको ढोका खोलेर बाहिर निस्कियो । उसले अघि झ्यालबाट देखेको संसार आधा थियो । बाहिर आएपछि पूरा संसार हेर्न थाल्यो । उसले अरू पाँच-सातवटा खरका कुटीहरू देख्यो । अलिपर घाँस चरिरहेका कैला गाई र सेता घोडाहरू देख्यो तर मान्छेको नाममा कोही पनि देखेन ।

जब कि उसले अझै पनि त्यो प्रार्थनाको लयबद्ध आवाज सुनिरहेको थियो । कहाँबाट आइरहेको छ यो आवाज ? प्रार्थना गर्नेहरू कहाँ छन् भनेर वरपर नियाल्यो तर कतै देख्न सकेन ।

"म यो कुन ठाउँमा आएँ ? म कुन समयमा छु ?", यी दुई थान प्रश्न उसको मनमा दोहोऱ्याइतेहऱ्याई उठे । जब कि उत्तर दिनका लागि कुनै तन त्यहाँ मौजुद थिएन ।

उसका अगाडि हिंड्ने बाटाहरू थिए । ती बाटाहरू कहाँ पुग्छन् भन्ने थाहा नपाईकनै उसले एउटा बाटो रोज्यो । र आफ्नो झोलीतुम्बा बोकेर अगाडि बढ्दै गयो । करिब हजार पाइला हिंडेपछि उसले एउटा पोखरी देख्यो । दुधिलो घामको किरणले पोखरीको पानी टल्किरहेको थियो ।

पोखरी गोलो आकारको थियो ।

"अरे ! यो त त्यै पोखरी हो !" ऊ चकित भयो । यो त्यही गोलपोखरी थियो, जसलाई उसले सपनामा देखेको थियो । उसले मोहदत्तलाई खोज्ने

क्रममा सुनेका कहानीका पात्रहरू आगलागी भएका घरबाट निस्किएर त्यही पोखरीमा हाम फालेर गायब भएका थिए ।

गोलपोखरीमा जरूर केही रहस्य छ भन्ठानेर सापेक्षले आफ्नो हिँडाइको रफ्तारलाई बढायो । जसै ऊ गोलपोखरीछेउ पुग्यो, त्यहाँ उसले रहस्य होइन, रहस्यमयी स्वरूपालाई देख्यो । मात्र एक स्वरूपालाई । त्यहाँ कुनै मोहदत्त वा ऊसरहका अरू कुनै पात्र थिएनन् ।

गोलपोखरीको कञ्चन पानीमा नुहाइरहेकी स्वरूपा सर्वाङ्ग नग्न थिई । सापेक्ष अकमकायो । स्वरूपा भने निशङ्कोच जलपरीझैं पौडिरहेकी थिई । सापेक्ष गोलपोखरीको किनारमा उभिइरह्यो । वरपर नजर डुलाइरह्यो । स्वरूपाले उसलाई देखेर बोलाई ।

"आऊ सापेक्ष, तिमी पनि स्नान गर !"

सापेक्षले कुनै प्रतिक्रिया दिएन । ऊ किनारमा मौन बसिरह्यो । सायद लजायो । स्वरूपा सापेक्ष उभिएको ठाउँ नजिक आई र केही नबोलीकनै स्वरूपाले सापेक्षको हरका सबै कपडा खोलिदिई । उसको हात समातेर गोलपोखरीमा तानी । सापेक्षले अनकनाउँदै पानीमा डुबुल्की लगायो ।

"यो गोलपोखरीलाई त मैले सपनामा देखेको थिएँ !", सापेक्षले भन्यो ।

"अनि, टाउकोमा दियो बलेका मान्छेहरू यहाँ हाम फालेका थिए हैनन् ?", स्वरूपाले रहस्यमय अन्दाजमा भनी ।

"हो, हो.. ! तर यो कुरा तिमीलाई कसरी थाहा भयो ?", सापेक्षले अचम्म मान्दै सोध्यो ।

"उनीहरूले मलाई सबै कुरा बताइसके ।"

"कसले ?"

"जसले यो पोखरीमा हाम फालेका थिए !"

"तिनीहरू अहिले कहाँ छन् त ?"

"पाताल प्रदेशमा ।"

"कहाँ छ यो प्रदेश ?"

त्यसपछि स्वरूपाले विस्तारमा भनी :

"सुन, म तिमीलाई यो गोलपोखरी अनि पाताल प्रदेशको रहस्य बताउँछु । जुन गोलपोखरीमा हामी उभिएका छौं, यो पाताल प्रदेशको प्रथम र मुख्य द्वार हो । यहाँ यस्ता सातवटा पाताल प्रदेश छन् । प्रत्येक प्रदेशमा यस्तै एउटा गोलपोखरी छन् । अहिले हामी सप्त पाताल प्रदेशमध्यको एक नं. प्रदेशमा छौं । म यही एक नं. प्रदेशकी किन्नरी हुँ ।"

"गोलपोखरीमा हाम फालेका ती पात्रहरूमध्ये एकएक गरी बाँकी छ प्रदेशमा छन् । यो गोलपोखरीको भूमिगत मार्ग संसारका सबैजसो तालतलैया र समुन्द्रसँग जोडिएको छ । मैले तिमीलाई फेवातालबाट यही मार्ग हुँदै यहाँ ल्याएको थिएँ । यो पोखरीको पानी हातमा लिएर संसारको कुनै पनि जलाशयको नाम सम्झिएर सङ्कल्प गर, तिमी निमेषभरमा त्यहीं पुग्नेछौ । तर तिमी जहाँ पुगे पनि जगत्-मिथ्याचैं कदापि नर्फक भन्छु ।"

"किन नफर्कने ?"

"जगत्-मिथ्या गयौ भने तिमीलाई ठूलो अनिष्ट हुनेवाला छ !"

"मलाई अनिष्ट हुन्छ भन्ने कुरा तिमीलाई कसरी थाहा भयो ?"

"मैले अघि नै भनिसके कि ती छ पात्रहरूले मलाई तिम्रो बारेमा सबै कुरा बताइसके । तिमी मोहदत्तको खोजीमा हिंडेका थियौ । जसलाई हत्याको बात लागेको छ । मोहदत्तलाई पक्रन नसकेपछि तिमी सीधै जगत्-मिथ्या जान कसिएका थियौ तर तिम्रो मन कसिएन । किन थाहा छ ?"

सापेक्ष केही बोलेन । स्वरूपाले रहस्य खोल्दै कुरा अगाडि बढाई ।

"तिनै छ पात्रहरूको अनुरोधमा मैले तिमीलाई रोकिदिएकी थिएँ । मैले नै तिमीलाई अल्मल्याएर त्यो दिन होमस्टेमा राखिदिएकी थिएँ । मैले नै देखाएकी थिएँ, तिमीलाई त्यो सपना । यो सब मैले तिम्रो अनिष्ट टार्नका लागि गरेकी हुँ । जगत्-मिथ्या नामक अजिङ्गरको मुखमा पस्न हिंडेका हरिण थियौ तिमी । त्यो विपत्बाट मैले तिम्रो उद्धार गरेकी हुँ ।"

"त्यसो भए मलाई मोहदत्तको अनुहारसँग मिल्ने ती छ पात्रहरूलाई भेटाइदेऊ । म उनीहरूलाई धन्यवाद भन्न चाहन्छु ।", विश्वासले होइन, स्वरूपाको कुरालाई विश्वास गरेझैं गरी सापेक्षले यस्तो अनुरोध गऱ्यो ।

"धेरै बाठो हुन नखोज सापेक्ष ! तिमी अहिले पाताल प्रदेशमा छौ । जगत्-मिथ्यामा होइन । तिम्रो भलो यसैमा छ कि तिमी यहीं मसँग बस ।", रहस्यको तलाबाट ओर्लिएर स्वरूपा चेतावनीको तलामा आएर उभिई ।

"चाहे जतिसुकै अनिष्ट किन नहोस्, मोहदत्त फेला परोस् वा नपरोस्, मलाई त जगत्-मिथ्या जानु नै छ ।", घमण्डको धुरीमा चढेर सापेक्षले यस्तो निर्णायक घोषणा गर्‍यो ।

"म तिमीलाई यहाँबाट जान दिन्नँ । तिमीलाई जगत्-मिथ्या जानबाट रोक्छु भनेर मैले ती छ जनालाई वचन दिइसकेकी छु ।", स्वरूपाले सापेक्षको घमण्डलाई बलियो घेरा हाली अर्थात् उसको बाटो छेकी ।

"मेरो बारेमा दुई-चारवटा कुरा थाहा भयो भनेर बढ्ता जान्ने नहोऊ स्वरूपा ! तिमीले मलाई रोक्न सक्दिनौ । मलाई कसैले रोक्न सक्दैन ।", स्वरूपाले हालेको घेरा कुरूक्षेत्रको कुनै योद्धाले रचेको चक्रव्यूह होइन भन्ने सम्झिएर सापेक्ष कड्कियो ।

"दुई-चारवटा कुरा होइन सापेक्ष, मैले तिमीलाई तिमीले भन्दा बढी चिनिसकेकी छु । बरू तिमीले आफूलाई चिन्न सकिरहेका छैनौ ।", स्वरूपाले पनि कुनै युद्ध चाहेकी थिइन र पनि सापेक्षलाई युद्धभन्दा ठूलो हाँक दिई ।

"यस्तो दार्शनिक तर्क गरेर मलाई नअल्मल्याऊ स्वरूपा !", अनपेक्षित चुनौतीको सामना गर्दै सापेक्ष आफ्नो प्रतिरक्षामा उभिन पुग्यो ।

"यो कुनै तर्क होइन, सापेक्ष ! यथार्थ हो । तिम्रो वास्तविकता हो ।", युद्धमा आएको कुनै रणनीतिक परिवर्तन जस्तो गरी स्वरूपाले थप कुनै हाँक दिइन, बरू सापेक्षलाई सम्झाउने यत्न गरी ।

"मेरो वास्तविकता के हो ? त्यो मलाई राम्ररी थाहा छ, स्वरूपा ! तिमीले मलाई सिकाउन पर्दैन । अब मलाई तिम्रो कुनै गन्थन सुन्नु छैन । म हिंडें ।", युद्धको मोर्चामा होइन । यो अस्तित्वमा, सापेक्षले उसका लागि स्वरूपा हुनु वा नहुनुको कुनै अर्थ छैन भन्ठानेर यस्तो रूखो जवाफ फर्कायो ।

सापेक्ष फटाफट गोलपोखरीबाट बाहिर निस्कियो । लुगा लगायो र आफ्नो झोला बोक्न लाग्यो । स्वरूपाले पनि आफ्नो जिद्दी छोडिनँ । ऊ पनि

गोलपोखरीबाट बाहिर आई अनि दुवै हातले पछाडिबाट सापेक्षको कम्मरमा कसेर समाई र भनी, "म फेरि भन्दै छु सापेक्ष, तिमीलाई तिम्रो वास्तविकता केही पनि थाहा छैन । वास्तविकता थाहा हुनलाई त मान्छेले आफ्नो अनुहार आत्माको ऐनामा हेर्न सक्नुपर्छ ।"

स्वरूपाको बाहुपाशबाट फुत्कन सापेक्षले जोर लगायो तर सकेन र करायो, "फेरि उही वाहियात दर्शन नछाँट न स्वरूपा ! किन आत्माको ऐनामा हेर्नु पर्‍यो र ? हेर्नै परे काँचको ऐनामा हेरे भइगयो नि !", ऊ झोंक्कियो ।

"हेर न त आफ्नो अनुहार ! कति दिन भयो तिमीले ऐनामा आफ्नो अनुहार नहेरेको ? अरूलाई खोज्ने ध्याउन्नमा कताकता हरायौ । अरूलाई सम्झने प्रत्यत्नमा कतै आफैंलाई पो भुल्यौ कि ? आऊ, हेर यै गोलपोखरीको पानीमा तिम्रो असली अनुहार !"

अलि अघिसम्म पनि नखोलेको र सकेसम्म खोल्न नचाहेको एउटा भयानक सत्यलाई स्वरूपा बाध्य भएर खोल्दै थिई । उसलाई त्यो बाध्यता युद्धको मैदानमा हार्नुभन्दा अघि चलाएको अन्तिम ब्रह्मास्त्रझैं लाग्यो ।

सापेक्षलाई स्वरूपाले बल गरेर तानी । सापेक्ष लतारिएर पुनः गोलपोखरीतर्फ फर्कियो । मन नलाइनलाई बाध्यतामा बल्झेको सापेक्षले आफ्नो टाउको पानीतर्फ सोझ्यायो ।

गोलपोखरीमा अघि उनीहरूले नै छचल्क्याएको पानी क्रमशः शान्त हुँदै गरेको थियो । पानीको तरङ्गित छाल शनैःशनैः सेलाउँदै थियो । पानीमा आफ्नो अनुहारको प्रतिविम्बलाई देखेर सापेक्ष सशङ्कित भयो । उसलाई आफ्नो अनुहार आफ्नोजस्तो लागेन ।

कतै यो दृष्टिभ्रम त हैन भन्दै आँखा झिम्झिम्याएर सापेक्षले पुनः पानीमा प्रतिविम्बित आफ्नो मुहारलाई ताक्यो ।

जब शान्त, स्थिर अनि अविचलित गोलपोखरीको पानीले सापेक्षको असली अनुहार स्पष्टसँग देखाइदियो । तब उसलाई हजार भोल्टको झट्का लाग्यो । उसको सातो कता हो कता उडेर गयो । त्यसपछि उसले आफ्नो

अनुहार छाम्यो । अत्तालिंदै भन्न थाल्यो, "यो के भयो ? यो कसरी भयो ? यो कसरी... ? यो... क... स... री... भ... यो... ?"

सापेक्षले गोलपोखरीको पानीमा आफ्नै प्रतिविम्ब त देख्यो तर आफ्नो अनुहार भने देखेन । त्यहाँ उसले आफ्नो अनुहार नभएर मोहदत्तको अनुहार देख्यो । जसलाई उसले यतिका दिनसम्म खोज्दै भौंतारिंदै हिंडेको थियो ।

सापेक्षलाई विश्वासै लागेन । "यो पोखरीको पानी झुठा हो । म मान्दिनँ यस्तो छली कुरा ! कहाँ गयो मेरो असली अनुहार ? मेरो अनुहार सत्य हो ! यो पानी मिथ्या हो !" भन्दै ऊ उफ्रन थाल्यो ।

ब्रह्मास्त्र चलाएको नतिजा हेर्दै गरेकी स्वरूपाले सापेक्षको आहत हृदयलाई सुम्सुम्याउँदै भनी, "यो सत्य हो, सापेक्ष ! यो एकदम सत्य हो । यो पोखरीको पानीले तिम्रै अनुहार देखाएको हो । तिमीले पाएको असली अनुहार !"

सापेक्ष झन् आत्तियो । होस ठेगानमा नभएको मान्छेझैं हड्बडाउन थाल्यो । धरहराको धुरी चढेको उसको अहङ्कार पाताल प्रदेशको गोलपोखरीमा आएर विसर्जित भएको थियो । विसर्जनपछिको समर्पण ! समर्पणपछिका भावुकता ! अनि त्यही भावुकताले सापेक्ष स्वरूपाको छातीमा घोप्टिँदै असहाय भई रून थाल्यो ।

"यो के हो स्वरूपा ? खै मेरो असली अनुहार ? यो के भयो स्वरूपा ? यो के भयो ? म को हुँ ? म कसरी यस्तो भएँ ? मलाई सत्य-सत्य बताऊ स्वरूपा !", असहायताको अन्तिम विन्दुमा, आहत हृदयको पींधबाट सापेक्षले जगत्-मिथ्याको सरकारी एजेन्ट हुनको अहम्लाई बिर्सिएर सत्य जान्न चाह्यो ।

"सापेक्ष, तिमी जुन अनुहारलाई खोज्दै हिंडेका थियौ, त्यसैलाई पायौ । आखिर जे खोजिन्छ, त्यही नै पाइन्छ, होइन र ? आफूलाई खोजेको भए आफैलाई पाउने थियौ होला !"

स्वरूपाको यो सत्य वचनलाई सुन्न आकाशमा उडिरहेका चरादेखि लिएर मैदानमा चरिरहेका वस्तुभाउ; भुइँमा कुटुकुटु हिंडिरहेका कीरादेखि लिएर पोखरीमा पौडिरहेका माछा; बहँदै गरेको हावा; अनि बगिरहेको नदी

समेत; पाताल प्रदेशको सारा भूगोल एकछिनका लागि टक्क अडिएको थियो । र एकछिनको निम्ति म पनि रोकिएको थिएँ ।

स्वरूपाबाट सत्य जानेर पनि सापेक्षले पाताल प्रदेशमा आफूलाई रोकी बस्न चाहेन र भन्यो, "मेरा लागि यी कुराहरूको अब कुनै अर्थ छैन । जसरी हुन्छ, म जगत्-मिथ्या फर्कनै पर्छ । जे छ, साँचो सत्य कुरा म उहीं पुगेर बताउँछु ।"

"जगत्-मिथ्यामा तिम्रो कुरा सुन्ने को होलान् र ? त्यहाँ तिमीलाई अनिष्ट हुनेछ सापेक्ष ! तिमी जगत्-मिथ्या नजाऊ ! जगत्-मिथ्यामा सत्य बोल्नु अपराध हो भन्ने कुरा बिर्सियौ तिमीले ? अब अरू विकल्प केही छैन । तिमी आफूलाई जोगाउन चाहन्छौ भने यहीं पाताल प्रदेशमा मसँगै बस । तिमी यहाँ सुरक्षित हुनेछौ ।" सापेक्षलाई सम्झाउन बोलिएका शब्दहरू स्वयम् थाके होलान् तर स्वरूपा थाकिन । शब्दहरू स्वयम्ले हार खाए होलान् तर स्वरूपा हारिन ।

"त्यो मलाई राम्रोसँग थाहा छ, स्वरूपा ! तर मेरो अनुहार, मेरो पहिचान र अस्तित्व स्थापनाका लागि म कुनै पनि हालतमा जगत्-मिथ्या जानैपर्छ । म अर्काको अनुहार बोकेर बाँच्न चाहन्नँ । अर्काको अनुहार लिएर पनि के बाँच्नु ? बरू म मर्न तयार छु । मरे पनि उहीं आफ्नै माटोमा गएर मरूँला तर अर्काको अनुहार लिएर म अब एक पल पनि बाँच्न सक्दिनँ । अब जे हुन्छ, जगत्-मिथ्यामै हुन्छ । मलाई बिदा गर स्वरूपा !"

सापेक्ष, आफ्नो अनुहार खोसिएको मान्छे ! अर्काको अनुहार बोक्न विवश मान्छे ! आफ्नो अस्तित्वका लागि मर्नदेखि डराएन । स्वरूपाको अनेक आग्रह र चेतावनीलाई उसले लत्याएर हिंड्यो ।

***

आफ्नो पहिचानलाई नामेट पार्ने त्यो अनुहार, जो उसलाई महाकुरूप लागेको थियो, सम्झिएर सापेक्षले गोलपोखरीमा हामफाल्यो । स्वरूपाले उसलाई पुनः रोक्न सक्थी । त्यसैले उसले गोलपोखरीको पानी समाएर

सङ्कल्प गर्न कत्ति ढिला गरेन । जुन सङ्कल्प-रहस्य स्वरूपाले ऊसामु खोलेकी थिई । बेला न कुबेला रहस्य खोल्ने हतार गरेकोमा स्वरूपा आफैंसँग थकथकाई ।

सापेक्ष निमेषभरमै जगत्-मिथ्याको रागदहमा प्रकट भयो । भनिरहन नपर्ला कि जगत्-मिथ्याको मौसम उस्तै थियो । पूरा आकाश कालो बादलले ढम्मै ढाकेको । दशै दिशा अन्धकारै अन्धकार । बादलको गड्याङगुडुङ... गड्याङगुडुङ... गड्याङगुडुङ... गड् याङ गुड उङ... गर्जन । पानी पर्छ झैं हुने तर नपर्ने !

रागदहबाट निस्किएर सापेक्ष मूलसडकतर्फ अगाडि बढ्यो । ऊसँगै बढ्यो उसको बदलिएको अनुहार, जो उसको वास्तविक अनुहार थिएन ।

कयौं दिनदेखि घामको मुख देख्न नपाएका मान्छेहरू चिसोले कक्रक्क परेका थिए । जतिसुकै बाक्लो बख्खु लगाए पनि उनीहरू सिउसिउ गर्दै हिंडिरहेका थिए । ऊर्जा अभावले होला सडकका बत्तीहरू पनि असाध्यै मधुरो बलेका थिए । जसले बाटो हिंड्नेहरूलाई खासै सहायता गरेको थिएन । मानिसहरू आआफ्नो हाते लाइटको मद्दतले बाटो पहिल्याएर हिंडिरहेका थिए । चिसो धपाउने अभियानमा दाउरा बालेर आगो तापिरहेका मानव झुण्डहरू ठाउँठाउँमा देख्न सकिन्थ्यो ।

सापेक्ष सीधै हेडक्वार्टर पुगेर आफ्नो यथा वृत्तान्त सुनाउन चाहन्थ्यो । यसैले ऊ सरासर हेडक्वार्टरतिरको बाटो लागेको थियो । टर्च लाइटको मधुरो प्रकाशको सहारामा बाटो पहिल्याएर हिंड्दै गर्दा उसले शहरका भित्ताभरि 'मोस्ट वान्टेड मोहदत्त' लेखिएको तस्वीरसहितको पोस्टर देख्यो । उसलाई झोंक चलेर आयो । अनि भित्तो कोपारेर पोस्टर उप्कायो । च्यातचुत पाऱ्यो ।

असफलताले भन्दा बढी उसलाई अनपेक्षित रूपमा आइलागेको आपत्ले डसिरहेको थियो । बदलिएको अनुहारले उसको अस्तित्वलाई चुर्लुम्म डुबाइदिएको थियो । जसबाट उत्रने प्रयास स्वरूप ऊ हेडक्वार्टरमा स्पष्टीकरण दिन जाँदै थियो ।

जाँदै गर्दा विपरीत दिशाबाट हिंड्दै आएको एक बटुवाले बोकेको मोबाइल-लाइटको प्रकाश सापेक्षको अनुहारमा ठोकियो । त्यो बटुवा सोचमग्न भई एकछिनसम्म त्यहीं अडियो । सापेक्ष भने आफ्नै सुरमा अगाडि लाग्यो । त्यो बटुवाले धेरै ढिला नगरीकन मोबाइलमा फटाफट नम्बर डायल गऱ्यो र कुरा गऱ्यो । कुनै जरूरी सूचना दिंदा हुने एक किसिमको हडबडाहट उसको आवाजमा पनि थियो ।

छिटोभन्दा छिटो हेडक्वार्टर पुग्ने ध्याउन्नमा एकोहोरो हिंडिरहेको सापेक्षलाई मानिसहरूको एउटा ससानो जत्थाले पछ्याइसकेको थियो । सशङ्कित हुँदै सापेक्षले पछाडि नजर लगायो । मान्छेको जत्था देखेर उसको मनमा चिसो पस्यो ।

जसोतसो हेडक्वाटर पुगेर स्पष्टीकरण दिन पाए हुन्थ्यो भन्ने सोचेर उसले हिंडाइको रफ्तारलाई दोब्बर बढायो । उसलाई पछ्याइरहेको जत्थाले पनि उही अनुपातमा आफ्नो रफ्तार कायम गऱ्यो । बिस्तारैबिस्तारै त्यो जत्थामा अरू मानिसहरू पनि थपिंदै गए ।

सापेक्ष हेडक्वार्टर नजिक पुग्यो । तर हेडक्वार्टरको गेटअगाडि मानिसहरूको बाक्लो भिड जम्मा भइसकेको थियो । सापेक्षलाई के गरूँ र कसो गरूँ भयो । आसन्न सङ्कट हरण गर्ने कुनै विकल्प सम्झने चेष्टा गर्दै ऊ त्यही ठिङ्ग उभियो । भाग्नका लागि कतै कुनै सम्भावना पो छ कि भनेर वरपर नजर डुलाउँदै हेऱ्यो । अफसोस, मानिसहरूको भिडले उसलाई चारैतिरबाट घेरिसकेका थिए ।

ती सबैले आफ्नो हातमा भएको लाइट सापेक्षको अनुहारमाथि फ्याँके । सापेक्षले त्यो चर्को प्रकाश सहन सकेन र छेक्न भनी दुवै हात उठायो ।

यत्तिकैमा त्यो भिड कराउन थाल्यो, "ओइ हत्यारा, अब कहाँ भाग्छस् !"

जे नहोस् भन्ने थियो त्यही भयो । भिडको नाममा उसलाई घोर सङ्कटले घेरिसकेको थियो । त्यो सङ्कटबाट पार पाउने अन्तिम विकल्प भनेको भिडसँग दयाको भिख माग्नु हो ।

त्यही आश गरेर भिडसँग सापेक्षले यस्तो याचना गऱ्यो, "मेरो कुरा सुन्नुहोस् ! तपाईंहरूले सोचेजस्तो म मोहदत्त होइन । म त मोहदत्तलाई खोज्न हिंडेको सरकारी एजेन्ट सापेक्ष हुँ । भलै यो मेरो अनुहार बदलिएर मोहदत्तको भएको छ । यसको कुरा छुट्टै छ । त्यो कुरा पनि म तपाईंहरूलाई बताउँछु । यी मेरो झोलामा भएको प्रमाण बुझ्नुस् ! सत्य कुरा के हो तपाईंहरूले थाहा पाइहाल्नुहुन्छ । कृपया, मेरो कुरा सुनिदिनुस् ! मलाई हेडक्वार्टरमा गएर आफ्नो स्पष्टीकरण दिने मौका दिनुहोस् !"

भिडले उसको कुरा सुन्ने फुर्सद लिएर आएको थिएन, न त उनीहरूको खल्तीमा दयाको भिख जस्तो कुनै चिज नै थियो, जो स्वाँट्ट निकालेर भिखारीको पोल्टामा हाल्न सकियोस् ।

"बढी बोल्छस् तँ ! ओइ, समात् यो हत्यारालाई !"

"हो, हो समात् ! समात् !"

"ठोक् ! सालेलाई ठोक् !"

आक्रोशले लबालब भएको त्यो भिड सापेक्षमाथि खनिन थाल्यो । भिडको आक्रमणबाट फुत्कन सम्भव नहुँदा नहुँदै पनि सापेक्षले अत्तालिएर भाग्ने कोशिश गऱ्यो । कति नै टाढा पो पुग्न सक्थ्यो र ऊ ! एकै झमटमा भिडले उसलाई कऱ्यापच्याप पारे ।

"ओइ, डोरी ले डोरी !", भिडबाट कसैले आदेश दियो ।

अपेक्षित समयमै डोरी आइपुग्यो । त्यही डोरीले सापेक्ष बाँधियो । उसलाई बाटोमा लडाइयो । अनि स्यालले सिनो घिसारेझैं त्यो भिड पनि सापेक्षलाई सडकमा घिसार्दै नगर परिक्रमाका लागि उन्मुख भयो ।

भिडमा उत्साहभन्दा बढी उत्तेजनासहित सामेल जगत्-मिथ्याका देशभक्त जनता सापेक्षमाथि खनिन थाले । लात्तो बलियो हुनेले लात्तो बर्साए । हातमा कोर्रा हुनेले कोर्रा । लाठी हुनेले लाठी । ढुङ्गा टिपेकाले ढुङ्गा । अनि केही नहुनेले पनि सराप्दै थुक बर्साए ।

सापेक्ष अझै पनि "मेरो कुरा सुनिदिनुस् ! म हत्यारा मोहदत्त होइन । हत्यारालाई पक्रन पठाइएको सरकारी एजेन्ट सापेक्ष हुँ" भन्दै कराइरहेको थियो ।

न्याय-अन्यायको कुनै ख्याल नहुने भिडका माझ उसको त्यो बिलौना कता हो कता बिलायो । ऊ जति कराओस्, उसको पुकार सुनिदिने कुनै कान त्यहाँ थिएन । लाग्थ्यो, मर्म बुझिदिने मुटुलाई भिडका मान्छेहरूले घरमै छाडेर आएका थिए ।

बस्, उसलाई निर्ममतापूर्वक सडकमा घिसारिँदै लगियो । उसको हरका लुगा फाटेर धुजा भए । छाला धसारिएर रगत बग्न थाल्यो । उसको रगतले जगत्-मिथ्याको सडकलाई रङ्ग्याउँदै गयो ।

यातनाको शृङ्खला यतिमै टुङ्गिएन । भिडले सापेक्षलाई सार्वजनिक पाखोमा लगे । त्यहाँ उनीहरूले फटाफट खाल्टो खने र त्यही खाल्टोमा सापेक्षलाई जिउँदै जाकिदिए र घाँटीसम्म आउने गरी माटोले पुरे ।

कराउँदाकराउँदै सापेक्षको स्वर पनि सुकिसकेको थियो । त्यही स्वरमा उसको आफ्नो नभएर पनि हुन बाध्य अनुहारले याचनाको अन्तिम, सायद अन्तिम हरफ निवेदन गरिरहेको थियो । भिडले उसको विह्वल निवेदनमाथि होइन, उसको अनुहारमाथि नीलडाम र घाउको तोक लगाएको थियो । उसको अनुहार विद्रुप भएको थियो ।

यसै बीचमा भिडको कुनै निदर्यी सदस्यले उसको टाउकोमा तेल खन्याइदियो । जल्लादी भिड उत्साहले एकसाथ करायो । त्यसपछि त्यही सदस्यले सलाई कोरेर उसको टाउकोमा आगो झोसिदियो । सापेक्षले असह्य पीडाको अन्तिम डाँको छोड्यो । उसको डाँकोलाई भिडको उत्साही तर निदर्यी आवाजले उछिन्यो, जुन आवाजले जगत्-मिथ्याको रनवन थर्काएको थियो ।

अहो, कति क्रुर ! कति निर्मम ! कति वीभत्स !

भिडका मान्छेहरू आआफ्नो हातको मोबाइल उचालेर सापेक्षको जलिरहेको टाउकोसँग सेल्फी खिचाउन तँछाडमछाड गर्न लागे । कतिले भिडियो र टिकटकसमेत बनाउन भ्याए । सापेक्षको टाउको आगोले खाएर सक्यो । सँगसँगै त्यो मोहदत्तको अनिष्टकारी अनुहार पनि खरानी भयो । अनि कता हो कताबाट आएका गिद्धका बथानले त्यही खरानीलाई घेरा हाले । त्यो बथानमा भएकामध्ये एउटा गिद्ध त्यही थियो, जसलाई मिथ्या-

प्रकाशन लिमिटेडका हाकिम श्री कुम्भोदरको स्वकीय सहयोगी परमदासले बिहान कार्यालयको मूलगेटमाथि बसेको देखेको थियो, जसलाई उसले जति प्रयास गरे पनि धपाउन सकेको थिएन ।

यत्तिकैमा जगत्-मिथ्याको कालो आकाश जोरजोरसँग गर्जिन थाल्यो । चमकचमक गर्दै बिजुली चम्कन थाल्यो । अन्ततः कयौं दिनदेखि पर्न नसकेको पानी मुसलधारे भई बर्सियो । तीन दिनसम्मको अनवरत वर्षाले आकाशको कालो बादल उडाएर लग्यो । अन्धकारलाई बिदा गर्दै आएको घमाइलो दिनको स्वागतमा जगत्-मिथ्याका बासिन्दाले हर्षबढाइँ गरे । उत्सव मनाए । खुशीयाली मनाउन सरकारले एक हप्ताका लागि सार्वजनिक बिदाको घोषणा गऱ्यो । मैले जगत्-मिथ्याको पूरा आकाशभरि यही वाक्य तैरिएको देखें :

ॐ खं मिथ्या... !

ॐ खं मिथ्या... !!

ॐ खं मिथ्या... !!!

प्रकाशकलाई पत्र

प्रकाशकज्यू !

सापेक्षको कथा समयले अन्त्य गरिदियो तर मेरो कथा अन्त्य गरिदिनका लागि यहाँ कुनै 'समय' मौजुद छैन । म आफ्नै लयमा यो कथा विसर्जन गर्न चाहन्छु ।

तपाईंलाई थाहा भएको हुनुपर्छ, कालिगडको वचनले म बाँधिएको थिएँ । सत्य लेख्नुपर्ने थियो । केवल सत्य । मैले सत्य लेख्ने प्रयास नगरेको होइन तर प्रयास मात्रले सत्य लेखिँदो रहेनछ । अहिले आएर यो कुरा मलाई राम्रोसँग बोध भएको छ ।

पहिलो कुरो त सत्य के हो ? त्यो मलाई थाहा थिएन र छैन पनि ! लेख्न पाइने भो भन्ने जोशमा मैले कालिगडसँग कस्तो वाचा गरेछु । त्यो बेहोसीमा गरेको वाचा सम्झँदा मलाई आफैंप्रति हाँसो उठ्छ । यति बेला म अज्ञानानन्दलाई सम्झिरहेको छु । उसले ठीक भनेको थियो । यो कथा छापिएपछि एक प्रति लिएर म उसलाई जरूर भेट्न जानेछु ।

सत्य लेख्ने सामर्थ्य नभएपछि मैले झण्डा-मानवले दिएको कलम, जसलाई कालिगडले मर्मत गरिदिएको थियो, उठाउने हिम्मतै गर्न सकिनँ । कालिगडका अनुसार यदि मैले लेखेको कुरा झुठा ठहरे म निरक्षर हुन सक्थें । आजसम्म मैले पढेका, जानेका सबै अक्षरहरू भुल्न सक्थें । त्यस्तो जोखिम उठाउने दुस्साहस मैले गर्न सकिनँ । लेख्नका लागि अरू उपाय मसँग केही पनि थिएन ।

आखिरमा आएर मैले कालवृक्षको हाँगा काट्ने निश्चय गरें र काटे पनि ! अनि त्यही हाँगाबाट बनाउन लगाएँ, एक हजार आठ कलम । ती कलमहरू मैले लेख्ने अठोट गरेका कयौं लेखकहरूलाई बाँडिदिएँ । यो कुरा थाहा पाएर तोरणघाटको बूढो माझी निकै खुशी भयो । ऊ खुशीले रोयो र मलाई मनभरिको शुभकामना पनि दियो । उसलाई पनि पढेर सुनाइदिनुपर्नेछ यो कथा ।

मैले बाँडिदिएको कलमबाट लेखकहरूले थुप्रै कथा लेखिसकेका छन् । ती सबै कथाहरू पाठकले पढिसकेका छन् । जस्तो अस्तित्वलाई पनि मैले एउटा कलम दिएको थिएँ, जुन कलमले उसले आफ्नो अधुरो प्रेम कथा लेखेको थियो । उसको कथालाई धेरै पाठकहरूले मन पराएको बारे तपाईं स्वयम् जानकार हुनुहुन्छ ।

यहाँ उल्लेख गर्नैपर्ने कुरा यो छ कि, कालवृक्षको हाँगा काटेर बनाइएको एक हजार आठ कलममध्ये लेख्नका लागि केवल एउटा कलम बाँकी थियो । अरू त सबै लेख्दालेख्दा खिइएर सकिए । यो कथा त्यही बाँकी रहेको एक हजार आठौं नम्बरको अर्थात् अन्तिम कलमले लेखेको हो । यो कथा पूरा भएसँगै बाँकी बचेको त्यो अन्तिम कलम पनि खिइएर सकिएको छ ।

कालवृक्षको हाँगाबाट बनेको मध्ये लेख्नका लागि अब कुनै कलम बाँकी छैन । पढ्न बाँकी भनेको कथा पनि यही हो । अब यो कथा पनि पाठकहरूले पढ्नेछन् । त्यसपछि श्रापित यक्षणी कालवृक्षको कैदबाट मुक्त हुनेछिन् । उनी आफ्नो प्रेमीलाई भेट्न पाताल जानेछिन् । त्यहाँ उनीहरूको ऐतिहासिक भेट हुनेछ ।

अँ साँच्ची, एउटा कुरा भन्न झण्डै भुलेको... !

प्रकाशकज्यू ! प्रेसबाट यो कथा छापिएर आउने बित्तिकै मलाई खबर गर्नुहोला । केही दिन अघि भूलभूलैयासँग मेरो भेट भएको थियो । उनी यो कथाको पहिलो आधिकारिक पाठक हुन चाहन्छिन् । तपाईंलाई मेरो सादर अनुरोध छ कि उनको यो चाहनालाई पूरा गरिदिऊँ ।

र अन्त्यमा,

म तपाईंलाई अर्को पनि अनुरोध गर्छु । मैले अनुरोधमात्रै धेरै गरें । कृपया, झर्को नमानिदिनुहोला । यदि सत्य लेख्न सक्ने कुनै पक्का व्यक्ति फेला पार्नुभयो भने कृपया उसलाई मेरो सम्पर्क नम्बर दिनुहोला । म उसलाई झण्डा-मानवले दिएको कलम सुम्पन चाहन्छु । जसलाई कालिगडले मर्मत गरेर चाँदीले मोरेको बट्टामा राखेर मलाई सुम्पेको थियो । त्यो कलम जस्ताको तस्तै मसँग सुरक्षित छ ।

मलाई थाहा छ, यो देशमा फेरि कुनै परिवर्तनकारी राजनीतिक आन्दोलन भयो भने त्यो झण्डा-मानव फेरि पिएन क्याम्पस गेटअगाडि जरूर देखा पर्नेछ । यदि त्यस बेलासम्म पनि सत्य लेख्ने कोही भेटिएन भने उसलाई दिने जवाफ मसँग हुनेछैन । उसलाई मैले त्यो कलम बिना शर्त फिर्ता गर्नुपर्ने हुन्छ । यो मेरो मात्र नभएर समग्र लेखन-प्रकाशन क्षेत्रकै लज्जाको विषय हुनेछ ।

आजलाई छुटें ।

उही तपाईंको

अनादि

पोखरामा जन्मिएका दीपक पराजुली नेपाली साहित्यका आख्यान र गैर-आख्यान विधामा विशेष कमल चलाउँछन् । राजनीति शास्त्रमा स्नातकोत्तर एवम् कानून विषयमा स्नातक उनी प्राध्यापन र कानूनी पेशामा संलग्न छन् । मन्चित नाटक *यो कस्तो महाभारत ?* का लेखक पराजुलीको *मिथ्या* पहिलो उपन्यास हो ।

www.ingramcontent.com/pod-product-compliance
Lightning Source LLC
LaVergne TN
LVHW100231051026
849517LV00006B/1854
* 9 7 8 9 9 3 7 7 5 3 0 9 8 *